梅 驿◎著

空房子

中国言实出版社

图书在版编目(CIP)数据

空房子 / 梅驿著 . -- 北京 : 中国言实出版社，
2022.7
ISBN 978-7-5171-4170-9

Ⅰ.①空… Ⅱ.①梅… Ⅲ.①中篇小说—小说集—
中国—当代 Ⅳ.① I247.5

中国版本图书馆 CIP 数据核字（2022）第 091056 号

空房子

责任编辑：张国旗
责任校对：张馨睿

出版发行：中国言实出版社
　　地　址：北京市朝阳区北苑路180号加利大厦5号楼105室
　　邮　编：100101
　　编辑部：北京市海淀区花园路6号院B座6层
　　邮　编：100088
　　电　话：010-64924853（总编室）　010-64924716（发行部）
　　网　址：www.zgyscbs.cn　电子邮箱：zgyscbs@263.net

经　　销：新华书店
印　　刷：北京温林源印刷有限公司
版　　次：2022年8月第1版　2022年8月第1次印刷
规　　格：880毫米×1230毫米　1/32　8.875印张
字　　数：176千字

定　　价：58.00元
书　　号：ISBN 978-7-5171-4170-9

目 录
CONTENTS

空房子

一

王耒住院之后，我跟单位请了个长假，全天照顾他。

以前不重要的事情忽然变得无比重要起来。比如一日三餐，吃什么，什么时候吃，怎么吃，吃了什么反应等成了我们生活中的头等大事。药物治疗我们完全插不上手，我们能做的也就是在一日三餐上翻翻花样了。王耒的妈妈、我妈妈两位老太太轮番上阵，猪蹄筋汤、鲜耳粥、乳鸽煲一趟趟往医院送。

石家庄雾霾重，吃完晚餐，一般情况下，王耒都会在病房里练气功。我呢，趁洗碗筷的机会，到水房和人聊天。聊天的人中，还是女人多，也就是说病人中，多数是男人。也会见到男人，穿得脏兮兮的，笨手笨脚地洗碗，我们都会生出感慨，好像他们受的苦比我们多一些似的。在医院，人们攀比心态更严重，一期病人比二期病人有优越感，二期病人比三期病人有优越感，老病人比年轻病人有优越感，觉得自己多活了几年，跟年轻人比，总归是赚了的。

还有，就是睡眠。

睡了几十年，忽然发现自己不会睡了。

医生查了房，同屋的病友拉上了隔帘，王耒也安顿好了，我把陪护椅放倒，上面铺一条棉褥，和衣躺下，椅子虽窄，容下一百来斤的我不在话下，而且，经过了一天的劳碌，这么一放平身体，还挺舒服。可等到夜深人静，事情变了味，三张病床，三个病人，三个陪护家属，有五个打呼噜，不管女的男的，五个，全打。王耒也打，还打得那么响。除了我，我打不打，我自己不知道。呼噜有深有浅，有长有短，有高有低，节奏不一，简直是一场混乱的呼噜大合奏。我蓬着头发从陪护椅上坐起来，胸膛快要炸掉的时候，不得不小心翼翼地把陪护椅挪到了走廊上。医院走廊灯火通明，护士站更是亮如白昼，还不时瞥见值班护士的身影，我避开护士，推着陪护椅找幽暗一点的地方，最后在卫生间附近找到了一小方。在走廊上睡觉，不敢把陪护椅放倒，我只好坐着睡，眼睛上搭一块毛巾。可还是在刚迷糊过去时，被护士推醒了，护士告诉我，这个地方不能睡觉。我说了我的情况，好心的护士允许我挨过这个晚上，第二天晚上就再不许了。

第二天醒来，我去找王耒的主治医生，他的病不是一天两天就能治好的，我的睡眠问题解决不了，如何照顾他？主治医生也没有好的办法，问，之前你有过睡眠障碍吗？我说，没有。他又问，从什么时候开始的？我说，半月前。半月前，王耒刚查出病来。他说，那我给你开点药吧。

药是阿普唑仑。我从网上查了查，也对症。

前几天，这药是管用的，我迷迷糊糊睡了几晚上。后来，就不管用了，我加了一粒，过了几天，又睁着眼彻夜难眠，不敢再加，去找主治医生，医生说千万不能再加了，让我去医院五楼，找心理科。

从医生办公室出来，我软着腿，从电梯上到五楼，在心理科门前站住了。我没有进去，给我一个朋友打了个电话，朋友吓了一跳，极力阻止我进去，我愣怔了一会儿，又回到了三楼。

后来，我变成了白天睡觉。白天的下午，王耒输完液，就会坐在陪护椅上，把床腾给我，奇怪，白天人来人往的，各种声音不断，我居然能小眯一会儿。所以，主治医生的话不能全信，他们有时候会夸大事实，而且，他们往往是纸上谈兵。

偶然的一个晚上，我发现病区内有个病房又黑又安静，像是空着的。我左右看看没有人，用手推了下门，门居然没上锁。我心跳如鼓，马上意识到，这间空房子可以解决我睡觉的大难题。回病房，跟王耒商量，他也很高兴，我睡眠状况不好，也是他的一块心病。可是，你自己……再说，你那个脾气……王末没有说完，我也没让他说完。

你永远也不知道一个人潜藏的能力有多大。我这个晚上在家里睡觉都要四闭门窗，拉紧窗帘的人居然在那个晚上抱着床单、薄被、枕头去了那间空荡荡的病房，心里竟然有一种别样的庆幸。

空房子仿若处子，等着我推门而入。

虽然黑着灯，但屋里并不全暗，从门上的玻璃窗透过来的光，让这间空房子有一种幽静的感觉。和其他病房一样，三张床，挨着门一张，挨着窗户一张，中间一张。这三张空荡荡的床，情形却不同，完全空下来的，上面套着一张绿色的塑料薄膜；上面还铺着白色床单，床头还堆着白色被子的，是尚属于某个病人的，不过，这个病人在当天的治疗结束后，回家去住了。虽然这在医院是不被允许的，但总有病人能做到。

我想了下，选择了挨着门的那张床。我觉得哪种床并不重要，重要的是位置。我知道兜着绿色塑料薄膜的床，要么是病人好了，刚出院，要么是被担架抬到一楼了，一楼是太平间。但医院哪个病床上没死过人呢？不过一个是已冷，一个是尚温。而挨着门那张床会比较方便跑，无论遇到的危险来自人还是鬼魂，都比较方便跑。会有什么事情发生呢？我不知道，也许并不会有。但我一定要早有准备。我在脑子里演练了一遍，无论发生什么，我都会三步并作两步，夺门而逃。

影影绰绰中，我把床单铺好，把枕头放好，自己上了床，从药盒子里倒出一粒阿普唑仑，用唾沫咽了下去。之前，我吃个药片得用半杯水，现在，我干吞都能吞下去。适者生存，去空房子睡觉，也是不被医院允许的。我从王耒的病房到这间空房子，要偷偷地、快速地，一闪身就不见，不可能拿太多东西，自然也不好再回去拿一趟，吵醒病房里的病人就不好了，所以，我是没有办法再端一杯水的。

我躺在床上翻手机。我加了个肝癌病友群。王耒是肝癌，晚期。我逐条看完群里的消息，把有用的消息截屏保存起来，等着睡意降临。

竟然睡了一个长达四五个小时的长觉。

从此，去空房子睡觉，成了我的一个秘密，不，也不是什么秘密，去空房子睡了两个晚上之后，我便发现，其实好多陪护家属都是这么干的，而之前，我竟然浑然不知。这社会就是这样，每个领域有每个领域的"深水区"，对于陪护家属的我来说，我现在才算摸着了点门道，前路漫漫，而照此下去，我有信心抵达终点。

但从此，我睡觉再也没有离开过阿普唑仑，人，有时候会乖乖听命于暗示，这是没办法的事情。

二

一般，第二天的凌晨五点多，我就会蹑手蹑脚地推开王耒的病房门，有时候，王耒已经起来了，多数时候，他还在睡着，我就坐在一旁的陪护椅上，等他醒来。他醒来后，我从床底下找出小电饭锅，去水房做饭，一般是猪蹄筋汤煮挂面荷包蛋，放香葱，淋香油，点香醋。我从网上搜的，猪蹄筋汤可补充胶原蛋白。他洗漱完，等不了两分钟，我就会从水房端着小锅回来，时间我是掐算好的。他吃一碗稠一点的，我吃一碗稀一点的，我现在饭量比他大，我还得再加几片芝士或者几个泡芙。

吃完早饭，是我和王耒一天中最放松的时刻，我们常常说笑一会儿。说说越来越冷的天气，说说越来越不听话的女儿，女儿并不知道王耒患的是什么病，在一所私立学校里住得很踏实，在我们仨的群里撒娇撒得七倒八歪，听听他们学校的人和事，听听我们单位的八卦，王耒很享受这段时间。

左边病床上的瘦老头埋头吃着东西，耳朵却支棱着，我们笑声一大，他就会扭过头，嘴巴咀嚼半天，吐出一句话来，小两口挺恩爱。我们对视一眼，王耒说，什么小两口，都老夫老妻啦。一会儿，我端着小锅去水房洗，老头的陪护家属胖老太跟我屁股后头出来了，手里提着暖壶，我知道她要跟我在水房探讨王耒的病情。我承认，在这个 CA（肿瘤）病区，王耒几乎是"鄙视链"的最低端，晚期，已扩散，年轻，刚四十岁，大学讲师，满肚子学问，却对老天的安排无任何抵抗能力。而老头，自做了胃癌切除手术后，已又活了八年，这回虽然又稍有复发，但用了点紫杉醇，居然效果杠杠地好。你家那个，真是……胖老太刚说到这儿，我已经快言快语地打断了她，你提这个暖壶保温吗，现在的暖壶都不保温，我们都用 VE 真空内胆的，日本原装进口。

用物质打击一个人，很奏效。趁胖老太发愣的当儿，我已经转身离开了。

在病房，胖老太也想高高在上。经常有病人和家属慕名而来，找瘦老头胖老太讨教怎么活过八年的经验。瘦老头故作淡定，胖老太自觉有功，压抑不住自己的得意之情，把瘦老头怎么发现的病，辗转了哪几个医院，怎么治疗的，包括在紧要关头，她让儿子守着瘦老头，她和女儿如何去苍岩山为瘦老头祈寿，等等，通通都讲一遍。到最后，去苍岩山祈寿往往成了最重要的一环，大家问得尤其仔细，胖老太就告诉他们，每年都要去，风雨无阻，要挂红绳，要撂油钱，要烧三炷香，要让老天感到你的诚意。

这个时候，王耒一般一边输着液，一边戴着耳机听音乐。我呢，一边给他看着液体的多少，一边打开手提电脑，写剧本。我们没有空闲听瘦老头胖老太那一拨人的谈话，也从不接那两位抛过来的眼神。

如若吃完晚餐，病房里还有聒噪的声音，王耒就会披上大衣，换上运动鞋，到走廊里散步，天不好，他不能去院里。

这么在走廊里走了几回，有一天，王耒回来，神秘兮兮地凑到我耳朵根儿，301没人。我帮你看了，今晚你就睡301。趁着打水，我去确认了下，301确乎没有人。这下，倒省得我鬼鬼祟祟地去找空房子了。

之后，找空房子，竟然成了王耒的专门业务，吃完晚饭，王耒换上运动鞋，出门时，并不跟我说去散步，而是闪闪眼睛，凑我耳朵根儿说，我给你找空房子去。在漫长的毫无希望的一日一日中，找到一间空房子成了最容易达到目的最容易获得回报的一件事，所以王耒乐此不疲。明白这点后，每次，王耒跟我说，我给你找空房子去时，我都会微笑着冲他摆手，心里却苦得要滴出水来。

王耒的足迹遍布 CA 病区的角角落落，所以，我在这个病区的很多房间里都睡过，东头，西头，中间，北面，南面，离护士站近一点的，离护士站远一点的，等等。当然也有根本没有空房子的时候，这种情况下，王耒的失落居然比我还严重，他说，竟然满了，病人越来越多了，连一间空房子都没有了。我说，正常，你不知道"省肿"，治疗床都摆到楼道里来了。王耒说，病人真是没有尊严。我说，让我们感到没有尊严的事情多了。

多数时候，王耒是能找到空房子的。这种时候，他的眼睛里就会闪出顽皮的光来，这种神情，让我很想抱抱他。自从他生病后，他就没有跟我深深拥抱过，抱一下，也是浅尝辄止。也许他潜意识中会认为，如果浅浅的拥抱是逗号，深深的拥抱就是句号或者感叹号，会有一种确认的成分在，确认什么，我们都不说，但我们都明白。

这天，瘦老头的病情突然恶化了。真是奇怪，一个昨天还能吃能动的人，一个晚上就水肿了，一个星期后，就被蒙上单子抬走了，后头跟着低眉臊眼的胖老太，胖老太看起来并不怎么伤心，更多的是羞愧。

瘦老头的床很快被兜上了绿塑料薄膜。这张塑料薄膜太扎眼了，我一直等着有新病人来，占了这张床，但没有。我们右边那张床上的病人病情尚轻，每天治疗完，陪护者就回家休息了。

那天吃完晚饭，王耒照例披上大衣，换上运动鞋，去走廊上散步，回来告诉我，335是空的。我只轻轻点了点头，没有看他的眼睛，却在心里记住了这个房间号。

王耒那边安静之后，我抱着床单、薄被，手心里塞上药盒子，临出门时，看了眼空荡荡的瘦老头的床，我不知道我为什么不愿意在这张床上睡，不是恐惧，这段时间，我睡过的哪张床都有可能刚抬走一个病人，而王耒，明显也不想让我睡在瘦老头的床上，335这个空房子还是他替我找的。

我躺在335的一张床上，心里从来没有这么恐慌过。我一直觉得，还有一种什么东西能赶走我们内心的荒凉，而现在，我确定，没有。

第二天，我回到王耒身边，第一次没有主动给他讲我昨晚的"睡后感"，王耒倒从容，吃完早餐后，像要调节我们之间略显尴尬的气氛一样，笑着跟我历数我睡过的空房子，360、327、301、314……然后说，你想一想，你的同学朋友中，谁和你一样，睡过那么多……房子？我想了想说，确实是我睡得多。他笑了，指着我的鼻子说，行啊小姑娘，睡遍天下无敌手啊。

睡遍天下无敌手。我也笑起来。天知道，我之前是一个有洁癖的人，别人在我的床上坐一下，我都要洗床单。王耒一定是忘记这件事了。

三

我这个睡遍天下无敌手的人，在空房子里，见过许多奇人奇事。

空房子并不空。

很少有我一个人独占一间空房子的时候，多数情况是不知道什么时候，就来了一个人，后来又来了一个人。有时候我去空房子的时候，空房子里已经有了人。但我看不清他们的面孔，他们只是床上隆起的一个长条，有时候是弯着的一长团。

可以说，我和许多个面目模糊、身份不明的人在一个屋子里睡过；也可以说，白天，在医院任何地方遇到的任何一个人，都有可能是昨晚或者前晚与我在一个房间里睡过的人。有时候，遇到一个人，我会神秘兮兮地跟王耒说，我和这个人在一个房子里睡过。王耒说，从哪儿看出来的？我说，那天晚上，他在我隔壁床上打电话了，你不是不知道我听觉特别灵敏，他一开口，我就知道了。王耒说，是不是这个医院一半的人你都睡过了？王耒生病后，喜欢起了开玩笑，有时候玩笑开得还很粗俗。我说，差不多吧，我知道这个病区里多半人的悲欢离合。王耒说，说得自己像个女巫。"女巫"这个词我不想听，说，精灵好不好？其实，我真的觉得自己是女巫，一个睡在不明地带的女巫。

有一回，睡到半夜，我被强烈的光打醒。迷迷糊糊睁开眼，看见屋子亮如白昼，值班医生怒气冲冲地站在屋里，后头跟着护士。我们那晚赶上了突击检查，整个 CA 病区被从空房子赶出来的有十来个，有男有女。我们十来个人面面相觑，之后，排着队，走到护士站，蹲下，接受值班医生的训教。你们像被堵在宾馆床上的嫖客和妓女。王末听我讲完之后，笑得一塌糊涂。怎么像嫖客妓女呢？我们只是上错了床。而且，我们也没被罚钱啊。当然，我们最后都发誓，再也不会去别人的床上睡觉了。我和王末要贫嘴。王末的嘴角扬起来，他好久没开心地笑了。

紧过一段时间后，这所三甲医院又恢复了散漫无序的原状，他们那些游荡在黑夜里的精灵和我这个穿行在黑夜里的女巫便又开始走东串西了。

有一回，我听到一个人彻夜哭泣。那是一个年轻女人的声音。我不知道一个人如果哭一晚上会不会把眼泪哭干。那是一间南向的房间，窗下有一棵西府海棠。今年春天，我在那个房间里睡过一个晚上，看到过那棵西府海棠的胜景，一朵朵花聚成一簇簇，开满枝头，香味一飘一飘地在空中飞舞。现在只余枝干了。我听到女人打开了窗户，我悄悄转过头，心提到了嗓子眼，我很害怕女人从窗户跳下去，但我又不敢开口劝阻，怕一说话惊扰了女人。女人把脑袋探了出去，呼呼的风一下子冲进了屋里。女人仿佛说了句什么。也许是冷吧。我听到女人关了窗户，又回到床上，开始哭泣。在她的哭声中，我闭上了眼睛，也不知过了多久，我看到一只小小的狐狸进了我和年轻女人的屋子，这只狐狸有毛茸茸的尾巴，很漂亮。狐狸冲我们一笑，跟我走呀。我们稀里糊涂就跟狐狸走，这狐狸跋山涉水，如履平地，我们也仿佛有了超能力，跟着它疾行如飞。过了一个桥，狐狸说，其实你们都已经死了。女人一听，开始大喊大叫，我不吭声，自知已无力回天，我从来都是一个接受命运安排的人。狐狸说，但你们都还要活下去。我说，然后呢？狐狸不说话了。我很想知道以后会怎么样，可是女人的哭声把我吵醒了，我醒来，女人果然还在床上哭。

有一回，我在空房子里躺下来的时候，情绪很好，那多半是因为王耒的情绪好。晚餐过后，穿上羽绒服，我陪王耒去院外散了步，像多年前一样，我挽着他的胳膊。查完房，王耒很快就睡着了，我去了空房子。空房子被月光笼罩，我查了日期，是阴历的十一月十六。我爬起来去窗户旁看月亮，冬天的月亮是红的。我从来没见过那么红的月亮。那晚，我竟然一点都不想吃阿普唑仑，我就那么躺着，任月光洒在身上。

一个人进来了，听脚步，是个男人。在我旁边的床上躺下了。这个时候，我知道自己该睡觉了，我要赶在这个男人的鼾声起来之前，让自己率先进入梦乡。我一心一意酝酿睡意，可我听到了一种声音，不，不是鼾声，是那样一种……声音。男人低低地呻吟着，床发出咯吱咯吱的响声，我双腿并紧，感觉自己也绷了起来，最后在到达终点的时候，男人发出压抑的一声低吼，而我，也舒展开四肢，然后，眼泪无声无息地淌下来。

我终于和一个男人睡过了。我想，如果我告诉王耒这件事，我一定会以这样一种口吻说话。但我打定主意，不把这件事告诉王耒。实际上，在空房子里，我也做过无耻的春梦，梦里的男人不是王耒。

有一回，我去医院资料室复印王耒上回住院的出院单，遇到了一个高高大大的男人也来复印。资料室的管理人员懒，放我们自己进去复印。男人一看就是个大老粗，不懂怎么操作，我就帮他复印。男人很感动，结结巴巴跟我搭讪，我一听是南方口音，问他是哪里人。男人告诉我自己是湖南的，这回是坐了近二十个小时的火车来医院复印媳妇儿上回住院的资料的。我有些吃惊，说，你可以让医院给快递呀。男人说，这还能快递？我给他解释了医院关于这方面的一些规章制度，男人后悔得要青了肠子，连连说，知道能这么干，我就不来了，花这么多钱，还搭上好几天工夫……

临出资料室的门，男人迟疑地看着我问，你是哪个病区？我告诉他是 CA。男人不懂什么是 CA，我告诉他是三楼。男人说，我媳妇儿当时也在三楼。对了，男人结结巴巴地说，大妹子，你能帮我个忙吗，我们家穷，现在去哪儿住宿都得百八十块，都够我坐车回湖南了，今晚上你能不能把我放进去，让我去病区睡一晚上？我用疑惑的眼神瞅着他，他立刻明白了我的意思，说，大厅太冷了，后半夜就没暖气了。三楼还暖和点。我同意了，他加了我的微信，说晚上跟我联系。这家医院在这方面还是很严格的，没有门禁卡进不了病区。晚上，他果然跟我联系了，我把他领进病区。他竟然带了两挂香蕉，要去看看王耒。

王耒最近消瘦得厉害，很不喜欢有人来看他。湖南人执意要看，我只好带他去，他曾经陪妻子在这个病区住过，肯定会有医生护士认识他，一旦被认出来，一定会被赶走的，我也不好脱干系。

湖南人站在王耒的病床前，我在一旁很是不安，我没办法介绍这个男人，我根本不知道他叫什么。

湖南人说，大哥，你吃香蕉。

王耒狐疑地看看我，看看湖南人，我附到他耳朵根儿，告诉他实情。王耒说，大哥，你坐。

湖南人一直在王耒一旁的凳子上坐着，他们俩当然没什么话。王耒还有个手机可翻着玩，湖南人不知道为什么，连手机也不看，就那么呆呆地坐着。医生来查房的时候，湖南人埋下头，大鸵鸟一样的脖子一弯，很轻易就避开了医生护士的目光。

趁湖南人去厕所，王耒小声跟我说，媳妇儿，今晚你去308睡，但我觉得你还是让这个湖南人去308睡吧。我说，好。

和湖南人好说歹说，湖南人同意了。

我把陪护椅放倒，手伸到王耒的被子里，握住王耒的手。很奇怪，一会儿，我竟然睡着了。后半夜，我感觉有人推我，我迷迷糊糊坐起来一看，是湖南人。湖南人挥着大手把我往外赶，那意思是替换下我，让我去空房子里睡，他在陪护椅上睡。我不答应，他急得红头涨脸的，怕王耒被吵醒，我只得轻手轻脚地出了门。推开门的一瞬间，我想，第二天凌晨，王耒醒后，看到旁边陪护他的人，换成了湖南人，会怎么想？应该也会理解的吧，我就放心地去空房子睡觉了。

第二天，我送湖南人出病区，问湖南人，你妻子现在怎么样？恢复得挺好的吧？湖南人说，去世了，明天是五七。我昨天晚上本来要去杀了他们的。我汗毛直竖，杀谁？湖南人说，那些医生和护士。我们入院的时候，他们告诉我们这病能好，现在我钱也花了，人也没了，连复印，他们都不管我，还让我这么老远跑来，他们这是看不起乡下人。我要是赶不上明天的五七，我……湖南人开始哭。

我打开手机，给他买上回长沙的高铁票，告诉他这回他一定是能赶上他妻子的五七的，这车只要五个小时。

湖南人离开后，有几个晚上，我尝试着在陪护椅上睡，把手伸进王耒的被子里，握住王耒的手。我和王耒结婚二十年了，很少分开睡过。当然，我们也吵架，吵完后，王耒有时候会哄我，有时候不会。他不哄我的时候，我也有办法让他主动开口，比如我会一不小心坐在地上，磕了膝盖；比如我会不停地哭，哭得喘不上气；比如我会把衣服扔得满床都是，作势要离家出走，王耒看着我作天作地，恨得牙根痒痒，但他没任何办法，只能没脾气地哄我，末了，王耒都会叹口气说，一个大编剧，怎么任性起来，跟个小女孩一样？然后，我就又钻入他的怀抱。王耒喜欢抱着我睡，从结婚开始，我就枕在他的左胳膊上，他会把左胳膊弯成环，环住我。当然，一觉醒来，我们往往换了姿势，我们和所有的夫妻一样，背对背，弓着腰，各睡一边。

王耒病了之后，我们一多半的时间在医院，即使在家里，睡觉时，王耒也不再抱着我睡，我钻入他的怀抱，他松松地抱住我，一会儿，我就感觉到他的胳膊慢慢抽开了，我只好翻过身，自己去睡。

可是，我躺在陪护椅上，把手伸进王耒的被子里，握着王耒的手，连着吃掉两粒阿普唑仑，仍然没有睡意，而鼾声大合唱又开始了，我不得不又悄悄爬起身，一个人幽灵似的，在医院走廊里转悠，看到有空的床，就凑合着蜷缩一宿。第二天，王耒跟我说，你还是别在这儿睡了。我说，为什么我们不能在一起睡了？我的愤怒要冲破我的胸膛。王耒说，可能是因为悲伤吧。

那天晚上，王耒告诉我 323 房间没人。

晚上，我拿着我的床单、薄被、药盒子去了 323，推门进去，发现挨着门那张床和挨着窗户那张床已经有人和衣躺着了，只有中间那张床还空着，我把我的床单铺上去，躺下来。那晚不知道为什么，我翻来覆去睡不着，又连吃了两粒阿普唑仑，睡意也没有降临，我想起许多人，和王耒同过病房的病友，瘦老头胖老太，包括差点酿成大祸的湖南人。湖南人为什么最后没有闯下大祸呢？是因为睡了一个还算暖和的觉吗？

凌晨一点，我从 323 出来，脚步轻飘地在医院走廊里走了一圈，发现 329 房间还空着一张床，挨着门。我觉得自己今晚的运气真是好。我把东西挪到 329，把自己放倒在 329，闷头睡了过去。

不知道几点，我起来去卫生间，迷迷糊糊中，听到房间里有人磨牙。声音很响，一声和一声中间隔好几秒。是挨着窗户那张床上躺着的人在磨牙。我站在当地，听着，忽然就像被什么利器猛然击中，这种磨牙的声音太熟悉了，不会错，是王耒。我不敢相信，蹑手蹑脚往那张床前走，中间床上的人忽然翻了个身，我吓了一跳，又退了回来。但，一定是王耒。王耒在我耳边磨了二十年的牙，我听得出。我在自己的床边站着，动弹不得。

果然是睡遍天下无敌手，和我一起睡过的人中，竟然也是有我的丈夫王耒的。算是睡过吧，我们遥遥相对，中间隔着条银河，而且，彼此全然不知，银河对面就是我们恩爱了二十年的另一半。

我在空房子里睡觉的经历结束于一个星期后。王耒病情恶化，再也没有机会从自己缠绵五十六天的病床上出逃，他的夜晚被捆住了，变得异常难熬，疼痛、胀气不定时地来袭击他，而且频率越来越高。他的身边再也离不开人了，我雇了护工，和我一起照顾他。我们倒着班在他一旁的陪护椅上休息。从那以后，我再也没有去空房子睡过觉。

晕床症

一

"新生群"里又在讨论开学装备的问题，还有家长晒出的购买清单：Nike 鞋、BP 宝缔防晒霜、驼峰大容量水壶、苹果手表……杜茜退出群，检视自己给祝小乐买的东西，贵人鸟运动鞋、曼秀雷敦防晒霜、富光水杯，跟人家比，低了几个档次。有什么办法，加上拉杆箱、床单、枕套，光这些零碎就花了她一个月工资。手机、耳机，又是一个月工资。电脑，两个月工资。而一年只有十二个月。

祝云涛陷在沙发里。

沙发上混乱不堪。祝云涛屁股压着的那一块凹了下去，左边是他的毛巾被、枕头、T恤、书，右边是毛巾、袜子、烟，茶几上是一个常年开着的笔记本电脑，一旁是书、纸、笔、茶杯、打火机、烟灰缸。祝云涛正在录视频。每录一次视频，祝云涛就要把沙发搞乱一次。他每天都要录，录完了"祝馆长讲《论语》"，再录"祝馆长讲《庄子》"。这个"馆长"是他自封的——他哪有"馆"，只有这一张沙发。

他们家领域划分很明确。沙发和茶几那部分领域是祝云涛的。杜茜收拾房间时，会提醒祝云涛，收拾收拾你的窝。祝云涛也收拾，可第二天照样乱糟糟。刚开始，杜茜还生气，还帮他收拾，时间久了，就自动忽略了那一部分空间，就像忽略了卫生间水池子下面那个角落一样。

没错，那张他们结婚时买的布艺沙发就是祝云涛的窝，祝云涛在那张沙发上睡了十二年了。他们家的客厅不大，沙发也不大，好在祝云涛身高只有一米七多一点，也不算太胖，容纳他绰绰有余。那个年月的沙发制作得结实，垫子比较厚。沙发巾是杜茜一针一针钩的。杜茜都不敢相信，自己曾经用一根钩针钩过那么多东西。那是二十五岁那年秋天，她买了好几斤白色开司米，下班后在自己宿舍里钩的。盖茶盘的、搭冰箱的、罩电视的，都钩完了，最后钩沙发巾。钩沙发巾最耗时，她记得整整钩了一个月。钩完，她和祝云涛结婚的日子也到了。而自从祝云涛把沙发当床后，她就再也没有见过那几块洁白镂空的沙发巾。奇怪的是，茶盘盖子、冰箱搭子、电视罩子这些她亲手钩的东西，也不知道什么时候都不见了。

现在，祝云涛屁股下是一张凉席。夏天，这张使用多年的、垮塌塌的凉席替代了沙发巾；冬天，祝云涛妈给这张沙发定做的花棉褥会替代沙发巾。祝云涛妈来送这个花棉褥时，脸上比这个棉褥上印的花还斑驳，杜茜在一旁静静等着，她早就在等这一刻。她要让他们一家都知道，祝云涛这么多年就没有出去工作过，也没有给家里花过一分钱。可祝云涛妈给沙发铺好花棉褥站起身来时，像变戏法似的，脸上变得平展展的，她什么都没说，走了。

没有祝云涛妈做引子，夫妻俩也吵。吵够了就不吵了。他们都是有些修养的知识分子，不做太多的无益之事。

此时祝云涛还陷在沙发里。像十二年前一样，陷在沙发里。

杜茜走到沙发跟前，盯着祝云涛脑袋顶上那个旋，说："过几天，小乐就开学了，你给他买块手表吧？"

旋没了，一张多年来毫无变化的脸出现在她面前，声音也没变化："好，我录完就去买。"

杜茜走开了。

祝云涛不是不买东西，也买，但只限于自己使用，用录视频赚来的钱，都买最便宜的。比如裤子，他会买二十元一条的，一条能穿五年；比如理发，他会去街边树林子里找露天剃头的，一次五元。有一回，祝云涛正饶有兴趣地跟杜茜讲他在树林子里剃头时遇到的几个老头，家里座机响她去接，对方是个女的，找祝总编。她愣怔了一会儿，才反应过来，是找祝云涛。她听到自己说，你打错了。放下电话，她看着顶着光秃秃新发型、陷在沙发里的祝云涛，没法想象这个人就是当年在《新市经济报》做到副总编的那个人。

祝云涛读中文系时，就颇有才名。别的中文系才子都是创立了什么文学社之类的，祝云涛不是，他创立的是新闻社。在教学楼大厅竖起一米多高的牌子，上面贴着"一周见闻"。遴选从收音机里听来的时事新闻之类的内容，是新闻社其他人员来做的。热点追踪、深度剖析的内容，只有祝云涛做得了。他从中学时代就关心国内外形势，又有社会学、经济学的底子，再加上中文课程练就的文字功底，他写起这些来，又透彻又犀利，吸引了很多师生观看。当然，这是杜茜后来听祝云涛讲的。多年后，看美国电影《聚焦》，祝云涛在沙发上窝不住，一会儿直起身来，一会儿又颓然后仰，是杜茜亲眼见到的。杜茜还听祝云涛在他录的视频上讲这部电影，他说他觉得这部影片的伟大之处并不在于媒体的力量突破重重障碍得以彰显，而在于一个人实现社会理想的艰难。幸亏他和听众不是面对面，他看不到他们对于他不合时宜地乱发感慨的反应。

大学毕业后，祝云涛应聘到《新市经济报》，先是当东跑西颠的记者，写豆腐块小稿，三年后升任新闻部主任，速度快到让人嫉妒。嫉妒也白搭，祝云涛的胆识和脑子不是人人都有的。石家庄一个开花店的卖花姑娘要骑自行车去西安看大雁塔，祝主任给她开了个专栏，叫《杜杜走单骑》。那年月，有勇气实践这种肆意活法的人还少，更何况是个二十多岁的姑娘，人们都争着买《新市经济报》跟踪着看，像看连环画一样。卖花姑娘也不负众望，单人单骑，搭帐篷、住夜店、品尝小吃、游赏美景，等等，一路走，一路拍，一路写，诗文书画，全套。《新市经济报》很是火了一阵。

杜茜就是那个卖花姑娘。

其实，杜茜当年骑车去西安是为了跟父母赌气。没想到，这气赌得，简直是乾坤大扭转。一个多月后，那个专栏结束了，祝主任很欣赏她，把她推荐到《新市青年报》写另一个名叫《十里春风》的专栏。这个专栏写完，赶上一次招聘，她成了《新市青年报》的副刊编辑，是合同制。而这个时候，祝主任已成了她的男朋友。她先动的心。那阵子，她正备考自学考试，时间宝贵，每天晚上看书时，眼前光晃他的面容。她告诉自己，考试重要，考试重要，他的面容还是不走。她拿着自己写的十几期《十里春风》专栏去找他，名义上请他指点，实际就为了见他一面。最后是他捅破了这层窗户纸，他说："这专栏快写完了，到时，我们怎么见面呢？"她的心怦怦跳，低下头不敢看他。他说："你做我女朋友吧，这样我们就有理由见面了。"她惊讶地抬头看他，他眼里亮晶晶的。

热恋时，他曾问她，以你这么胆大包天可以一个人骑车去旅行的姑娘，怎么就不敢和我表白呢？她气得打他。双方父母都认可。他俩结婚，算是业界很让人羡慕的一对。那时候，祝主任已离开新闻部，又往前跨了一大步，任《新市经济报》副总编，正是事业上升期；她也拿到了汉语言文学自考的本科文凭，跟《新市青年报》又签了一次合同。

信命吗？朋友们聚在一起时，总问这个问题。杜茜信。命是无法绕开的，她能绕开祝云涛吗？绕不开。祝云涛能绕开他自己的命吗？也绕不开。多少次，祝云涛都在饭桌上、枕头边跟她做规划，他们报的总编过几年就退了，不出意外的话，他就是总编，届时，他要整顿报刊，社会新闻版要加强，深度剖析要跟上，让《新市经济报》上一个台阶。她呢，安安生生做副刊编辑，把家照顾好。谁知，他们的人生列车很快就脱离了既定轨道。那几年，国内忽然冒出一些假货，有人专门打假，《新市经济报》做了几次打假新闻。那个念头是如何从祝云涛脑子里冒出来的呢？杜茜不得而知。她知道的是，祝云涛好几晚上辗转反侧，一个早晨，他做了决定，他要辞职，专门写书，书名就叫《打假人》。杜茜疑虑重重，用他多次给家里做的未来规划来劝他，他一句都听不进去。

和杜茜跑西安一样，祝云涛也是单人单骑，不同的是，杜茜是风花雪月的行程，祝云涛是为了更高的理想。他坐火车南下北上，采访观察，饥餐渴饮，耗时两年，把《打假人》写出来了，二十多万字。那是异常辛苦的两年。杜茜扫地时，扫出的都是祝云涛的头发，她把笤帚上的头发择下来，洗好笤帚，再扫，还是一笤帚头发。书稿拿到和祝云涛签有协议的那家出版社，谁也没想到，出版社换了领导，新领导觉得这本书出版意义不大。祝云涛又找了好几家出版社，他们像是长了同一张嘴巴，说出的话一模一样：出版意义不大。

写书两年，光跑出版就跑了一年，还出不了。祝云涛死心了。

第四年，祝云涛去了一家文化公司，从职员做起，后半年，成功策划一项大型文化活动后，他被提拔当了副总。公司副总多，加上他，三个。他觉察到这家公司管理上存在问题，还没来得及建言献策，就被人事部门通知去财务领薪水。不到发薪的时候被通知领薪，他明白其中的含义，但不明白原因。好几天后，他听到一个消息，提拔他当副总的那个总也被扫地出门了。

　　第五年，祝云涛经人介绍，给一个机构写小剧本，不署名的那种。有关青少年安全系列的。他拿到手的是二十九个小剧本，每个五千来字，价钱是五百元一个。按说，这种小剧本对祝云涛不算个事，写起来才知道，比想象的难很多。他天天到小区广场，有时坐一个三轮车上看孩子们玩，有时下场替孩子们捡球，有时给孩子们的爷爷发烟，请老人家说东道西。他共写了十五万多字。试拍是在一个宽敞明亮的家庭里，大机器一支，小演员一上，他坐在后头，把烟一抽，心里很是惬意。可小剧本只拍了一个。后头的，据说是制作方经费出了问题，没有拍成，讲好的报酬也就没有给，只给了五百元。他拉下脸去要了两回，无果。

　　第六年，祝云涛和朋友合伙开了家培训公司，教授国学。前半年，培训公司运营困难，后半年很有起色。得说，祝云涛踏实了许多，租场地、聘人员、撒广告、招学生，一步一个脚印。也是很突然，一个周六上午，祝云涛正在给孩子们讲《诗经》，教室里闯进来几个警察，众目睽睽之下，"氓之蚩蚩，抱布贸丝"的诵读声还在教室上空飘荡，祝云涛被带走了。

在羁押所，祝云涛才得知，和他合伙办培训公司的朋友是个传销头目，这家培训公司白天是教室，晚上是秘密集会的据点。

第七年，祝云涛开始在家工作。所谓在家工作，就是开了个"祝馆长讲某某"的"馆"。最初发布的是博客的文章形式，后来变成微信公众号上的音频形式，再后来，变成视频，每天发一段，开通打赏功能。祝云涛很能坚持，也算与时俱进，内容是从《朱子治家格言》《弟子规》《论语》到《庄子》。有一阵，杜茜听着沙发上祝云涛滔滔不绝的声音，很害怕他是自说自话，她留心听了几次，发现还是有独到之处的。祝云涛很圆融，把老祖宗留下来的这些智慧跟现实生活联系起来讲，颇有些以古为鉴、古为今用的意思。可几年过去了，祝云涛借此挣到的钱还是只够自己的粗茶淡饭。

信命吗？朋友们聚会时，还是会问这个问题。杜茜信，尤其信。

一个晚上，杜茜做了几个菜，干炸带鱼、双椒炒肥肠、熘肝尖，都是祝云涛爱吃的。她帮祝云涛接了个活儿，给一个企业家写传记，报酬先给一部分。而之前有几次，祝云涛拒绝了类似的活儿。这回，她也是实在没办法了才接的。那年，《新市青年报》裁员，她虽没被裁下来，可工作量增加了很多，奖金还减了很多。祝云涛一边吃一边听她兜兜转转地讲，讲完了，他也就停了筷子，说："不行，这活儿要干你干，我不干。"杜茜急了："人家找的是你。"祝云涛说："那我去辞。"杜茜说：

"你这么清高有用吗？清高能当饭吃？"祝云涛说："我不是清高。"杜茜说："那是什么？倒驴不倒架？"祝云涛没理她。

杜茜赌气睡了。祝云涛喝了点酒，估计也是想缓和一下气氛，上床后，趴在了杜茜身上。杜茜心里厌烦，甩了一下身子，又觉得祝云涛可怜，复摊平了身体，可运动起来的祝云涛满嘴的浊气，让她一阵晕眩，她把头扭到了一边。祝云涛感觉到了，把头扭到了另一边，他们各朝一边别着自己的脑袋，僵持了一会儿，事情不了了之。

第二天晚上，祝云涛借口自己抽烟太凶，把自己的被子枕头一股脑搬到了沙发上。家里只有两个卧室，一个他俩住，一个祝小乐住。他不能跟小乐住一屋，一是他抽烟，二是他熬夜。刚开始，杜茜觉得祝云涛也就是撑撑面子，谁知道他在沙发上一住，就是十二年。

总结一个人的前半生，竟然这么容易。但跟孩子解释就没那么容易了，小乐问杜茜为什么让爸爸在沙发上睡，杜茜让他去问祝云涛，她倒要听听祝云涛怎么跟孩子说。没想到祝云涛用一句话就解决了问题。

祝云涛说："爸爸有晕床症。"

小乐问："什么是晕床症？"

祝云涛说："你知道晕车、晕船吗？爸爸晕床。"

小乐问："就是说你上了床就发晕？"

祝云涛说："是的，就像在什么地方漂着一样，睡不着觉。"

小乐不问了。那时候，小乐也就七八岁吧。

晕床症。杜茜偶尔会想到这个词。是个好词。糊弄七八岁的孩子没问题，可孩子总归会长大，好在，长大后的孩子也就不问这个问题了。他习惯了晚上沙发上躺着他的父亲，白天沙发上坐着他的父亲。

现在，深陷在沙发里的祝云涛摘掉耳机，站起来，抖了抖屁股，套了件 T 恤，出门给小乐买手表去了。

二

送祝小乐去学校，开了一天车，杜茜真是累了。祝云涛不会开车，在后排看手机。很多现代生活的技能，他都不会。饭倒是会做，也不经常做。今天，看杜茜踢掉鞋子，一头倒在床上，他去做饭了。做之前，先打开茶几上的笔记本电脑，点出一个郭德纲的相声。

吃饭时，祝云涛看到餐桌上他买的那块电子表，惊讶地问："没给小乐装上？"

杜茜不想说话。累。也懒得解释。

那天，深陷在沙发里的祝云涛起身去给祝小乐买手表，买回的是一块简陋包装的电子表，目测不会超过二十块钱。杜茜动都没动，赶紧从网上给祝小乐买了块卡西欧手表，带蓝牙，带 MP3。就这，估计也刚够祝小乐的要求，跟他们同学也没法比。寄到时，正赶上祝小乐开学。

要是把这些说给祝云涛，祝云涛会说："表就是表，能看时间就行了。生活简单点，有什么不好？还能腾出精力来，好好学习呢。"就像早年间，杜茜抱怨祝云涛天天窝在家里不赚钱养家时，祝云涛说："我怎么不养家？要我养家，就按我的标准来养。你就是欲望太多。"他的意思很明白，他并没有违背他们结婚时的承诺，他不是不养家，他只是按他的标准养家，每天吃白粥咸菜，每天穿旧衣旧裤，不去社交，没有休闲。有时候，她还能从他的话语中听出另一种揶揄的意思，他活成了闲云野鹤，而她，不过是凡夫俗子。

杜茜无话可说。

他们吃饭时，茶几上的笔记本电脑还放着相声。杜茜脑子里回旋着祝小乐宿舍的窄小杂乱，心里酸酸的。电脑里的声音像几百只苍蝇叫。她的目光从茶几上掠过，恨不得变成利器，切断这个声音，又巡睃到沙发上，不期然地，她用比电脑高好几度的声音说："你看看沙发乱的！"祝云涛扭头看下沙发，说："是乱。不过儿子走了，我可以到小卧室睡觉了。"

杜茜愣了一下，埋下头吃饭。这点，她倒没有想到。

那么，十二年的晕床症其实也不是什么顽症，这么容易就可以得到解决。

洗锅洗碗时，杜茜动作轻快了许多，一边留心听着客厅里的动静，祝云涛踢踢踏踏的声音一直没有停。收拾完，她经过客厅，发现沙发变得很整齐，书、衣服、凉席、枕头、毛巾被都不见了，露出自己本来面目的沙发宽宽阔阔，一身轻松。

杜茜洗了澡，回自己卧室，没有把门关紧，而是开着个缝隙。靠在床头，杜茜左腿叠压着右腿，从网上购买沙发巾。淘宝真是方便，她很快就找到了钩针钩的镂空沙发巾，和她当年自己手钩的差不多。她趿上拖鞋，找出盒尺，去客厅量好沙发尺寸，很快就下了单。

弹琴时，杜茜选了一首欢快点的《洪湖水》，她是古筝六级。成年后学的。准确地说，是在祝云涛搬到沙发上住后学的。那是一段无法形容的时光。他们像住在隔壁的舍友，出出进进时遇到了打声招呼，然后各干各的。轻松是有的，像是甩脱了个包袱。最起码眼不见心不烦。可人就是这样，一旦情境改变，之前情境中的好就被记起。拉紧窗帘，入睡前，杜茜频繁想起祝云涛的好，再想想沙发的逼仄，杜茜心疼了。她多次暗示，可祝云涛装傻，并不接她的话茬。那么好吧，她也没有必要强拉硬拽。可她并不如他冷静，有一阵，听到沙发上匀实的呼噜声，辗转反侧的杜茜都想冲出去，把沙发撤掉，让那个可恶的人从梦的云端摔下来。可沙发不是梯子。

时间久了，他们变成了更加友好的隔壁舍友。互相帮助，互相补台。她有事叫他，他就坐在她床头的化妆凳上跟她说话。化妆凳是结婚时买的，和梳妆台是一套。她让他帮着贴块膏药，他就斜坐在床边，给她贴。贴完，还坐在化妆凳上跟她说话。她没什么话后，他就回到他的沙发上去了。有一回，在他起身要走的一刹那，她搂住他，把他扳倒在床上，他伸直双腿躺了一会儿，坐起来说，这床，太软了，真晕床。

真晕床。杜茜有一瞬间的恍惚。这时，祝云涛的声音再次响起："你可以学琴啊。你不是一直想学吗？"

杜茜在心里冷笑了一声。

过了几天，她真花两千元报了个古筝班。也不单单是漫漫长夜难熬，她也确实想为自己花点钱。祝云涛已经好几年不挣钱了，她挣的钱全花到家里了，过年她自己连件衣服都舍不得买。话是这么说，可一直到那个班快要开了，她还没买上古筝，买新的太贵，上千元。挣扎到最后，她还是从一个熟人那儿买了把二手的，六百元。没有架盘，她又去二手市场淘，淘到了一个略显粗笨的杨木架盘，五十元，样子像个岔开的板凳，四个脚很壮实。琴凳就算了，用化妆凳来代替。

真正学起古筝，杜茜发现这是个无比正确的决定。因为花了钱，不学会心疼，那十来节课她坚持下来了，坚持下来她就体会到了沉迷音乐的好，也体味到了给自己花钱的好。她又花了两个两千元，考了级，老师把她介绍到一个业余剧团，每个周六，这个剧团都到公园一角吹拉弹唱。刚跟别人合时，她有些跟不上节拍，一个打扬琴的张姓男人来指导她，两个人加了QQ，不演奏时，也偶尔聊聊天。有一回在QQ上聊天，杜茜就跟他聊起了祝云涛。他们这个圈子不大，都说祝云涛如今隐居起来了，她分辨不出他们嘴里的"隐居"是美化一个事实还是嘲笑祝云涛。哪种，都让她不舒服。哪种，都含着祝云涛吃软饭的意味。

扬琴张是个很好的听众，在她聊祝云涛的时候，不怎么插言，偶尔插上一句，都说到点子上。他说，像祝云涛这么有才华的人，不过是暂时受挫，时候到了，还会好起来的。内心已经恓惶很久的杜茜盯着对话框里这句话看了好久。又一回，从公园一角出来，她和扬琴张去一家茶室待了一下午。第三次，他们去的是宾馆。

她和扬琴张约会频率并不高，程序也不大变化，每次也必讨论祝云涛。扬琴张每每都会体贴地说，你以后会幸福，你想啊，祝云涛这么有才华，怎么会一直这样呢？国学大师都是越老越值钱的，等祝云涛东山再起，你就不需要我了。他的语调甚至有那么一点伤感。

这样的话一说就说了五六年。后来，杜茜已经不能再听这样的话了，一听就要奓毛。扬琴张很会察言观色，从她身上爬起时，不再多说话，讪讪笑着。杜茜说，你说祝云涛呀，怎么不说了？那个时候，杜茜已经让自己艰难地相信，祝云涛这辈子算是毁了，再无翻身的可能。那回，她跟扬琴张忧心忡忡说起祝云涛连养老保险都没有交，扬琴张没绷住，说了一句，那他岂不是要吃你一辈子？杜茜冷了脸，一把推开他，抓起自己的包就走了。

回到家，一切照旧。祝云涛坐在沙发上，茶几上开着笔记本电脑。杜茜不看他，进自己卧室时，脚底被硌了一下。靠近门的位置，地板翘起了一块。每次出门进门，都要被硌一下。她以前并不在意，那天晚上她抬起脚，踢了两下翘起的地板，冲客厅喊："祝云涛，祝云涛！"

祝云涛半天才进来。估计是大口抽了几口烟，掐了。

杜茜压着火，指给他看那块翘起的地板。

祝云涛蹲下来研究。

祝小乐听到动静，跑到她的卧室，杜茜迅速调整表情，给了儿子一个微笑。等小乐回到自己卧室，杜茜想起上个星期小乐过生日，几个同学要来家里玩儿，小乐没让，跟她要了二百块钱，去外头饭馆吃了一顿。她也一样，她外地的同学来石家庄，她从来没让他们来过家里。这样一想，她气更大了，说："不仅仅是地板，厨房橱柜也都坏了，客厅墙壁也脏得不成样子了。我们要不要装修一下房子？"

祝云涛头都没抬，说："说地板就说地板。怎么又扯别的？你就是什么事情都扩大化。"

杜茜早就料到他会这么说，心里冷笑一声，说："那你就来解决地板。"就算换换新地板，也得几千块，他有吗？

祝云涛果然抬起了一张茫然无措的脸，但那神情只在他脸上停留了一秒，他看到了她摆放在床头的古筝。"把你的古筝搬来，压住这个角，压上几个月，就不翘了。"他说。

杜茜一屁股坐在床上。

祝云涛看她不吭气，就先挪开琴凳，不，不是琴凳，是化妆凳。然后，把她的古筝连同架盘一起搬到了门口，用架盘那粗笨的一个脚压住了那块翘起的地板。

事情解决了。

杜茜呆呆地坐在床上，她怎么就像早有预见似的，从二手市场淘了这么一个粗笨的架盘？她忍不住缥缥缈缈地想，如果她当时淘来的是一个细脚伶仃的架盘，他会怎么解决这个问题呢？

好几天，杜茜没有弹古筝。那古筝，放在那个位置太怪异了。它是压住了那块翘起的地板，但它也挡住了多半个门。每次进卧室、出卧室，她都要侧着身体。好在她瘦。祝小乐也瘦。小乐侧身进来问她怎么把琴放在门口，她想了一下说，辟邪。她等着祝小乐往下问，她答不上来，就让祝云涛答。可是十七八岁的祝小乐兴趣显然不在这上头，侧着身出了卧室。

杜茜看着祝小乐的身影，估计了一下祝云涛的身板。这几年，祝云涛胖了些，他要是进她的卧室，需要收腹、直腰，深吸一口气，才能挤进来。不过，不是她唤，他从不进来。那么，她就别让他费这个力气了。

从那之后，祝云涛就再也没有进过杜茜的卧室。但他们能隔着门听到彼此都在干什么。杜茜弹琴，和朋友聊天，祝云涛录视频。杜茜观察过他，先在一张纸上简单列个大纲，这大纲也就是几个关键词，真录起来，祝云涛就进入了一种旁若无人的状态，他说古道今，挥洒自如，只偶尔瞥一眼关键词，以防漏了知识点。杜茜让扬琴张听过，扬琴张听完，张大嘴巴，很惊讶的样子，说，讲得真不错啊，很流畅，很有条理，还很风趣。又纳闷地说，按说能火呀，这么生动精彩的课程怎么火不了？不应该啊。

扬琴张的口气很是义愤填膺，像替祝云涛声讨这个社会。杜茜内心很是安慰。扬琴张观察她的表情，接着跟她分析，现在这个社会，得会策划，得会圈粉，流量才是一切，祝云涛就该在快手上开个直播，以他的能言善道，就算给网友解决情感纠纷、经济纠纷都能火了……杜茜偶尔也刷到类似的快手主播，直播间上演的多是精心布局的假戏真做，真诚点的，要么为了仨瓜俩枣的分手费闹个不休，要么为了地边子、房角子打得一塌糊涂。扬琴张还在设想，先巩固祝云涛"知心大叔"的人设，然后花点钱买人气，再往后带货……杜茜猛然发现，他这个样子，跟他摇头晃脑弹琴简直一模一样。她愤而起身，离开了。

回到家，侧身而入自己的卧室，杜茜想起自己本来是要跟扬琴张说用古筝的一个脚压住翘起的地板这件事的，其实，说了又有什么用呢？还是用时间来解决问题吧。

过了一个来月，一天晚上，杜茜自己把古筝连带架盘挪回了原位，地板果然服服帖帖。谁知第二天一早，杜茜赫然发现，地板又翘了起来。她愣愣地看了半天，临上班前，又把古筝和架盘挪到了门口。

在门口也没什么不好。

三

《洪湖水》没有弹好，最后一节有些拖泥带水，走思了。杜茜犹豫着要不要再弹一首，收回胳膊，叹了一口气，朝后仰了仰头，让自己酸疼的脖子放轻松，同时侧耳听外面的动静。没有动静。祝云涛已经躺到小卧室的床上了？

杜茜打开半扇门，喊："祝云涛，祝云涛！"

果然，祝云涛踢踢踏踏的声音是从小卧室传过来的。

杜茜懒洋洋地从化妆凳上站起来："你帮我把古筝挪到床头吧。"

祝云涛挺胸、收腹，挤了进来。"是不方便。"他说。他洗了澡，换了件两根筋背心，拖鞋湿淋淋的，湿印子踩到地板上，地板很快花了。杜茜最讨厌他洗澡后不换拖鞋，穿着淋了水的拖鞋到处走，今天她一声没吭。祝云涛丝毫没有停留，反身，搬起古筝，递给她，自己搬起架盘，放到床头，试了稳不稳，又伸手去她怀里接古筝，杜茜心里跳了一下。他已然接过古筝，放到了架盘上，整个动作很流畅。

然后，祝云涛看了一下地板，说："明天拖吧？今天都累了。我的课还没传，幸亏昨天录了两节，我去传一下。"

祝云涛的背影臃肿而疲惫，让杜茜感到莫名的心酸。他们都老了。杜茜很想叫住他，跟他说，地板拖了还是脏，地板平了还得翘起，他们实在是该换地板了。

杜茜靠在床头，拿起手机搜，假设换地板、刷墙、做一套橱柜，按经济实用型算，大约需要一万多块钱。她又查了查自己的支付宝，付这个钱还是足够的。看了一会儿效果图，很满意。知道实际装修后的效果和网上的效果图有差距，她又想象了一下自己家的实际装修效果，应该不会差——仅仅沙发变回沙发，地板焕然一新，就让她满足了。

删掉刚才录的那段《洪湖水》，杜茜又坐在化妆凳上，弹了一遍《渔舟唱晚》，这回一气呵成。她发在快手上。她也有快手号。但她只在快手上保存自己的作品。点开扬琴张的微信，她很想跟他说说祝云涛，说说他们家就要来临的变化。但好像又没法说，跟扬琴张，她从没说过祝云涛在沙发上住，是因为一个好笑的名词"晕床症"。这个原来只用来哄孩子的词，后来成了他们家一个秘密的存在，横亘在他们的生活中间。但这个词不能提，跟任何人都不能提。现在，这个词要从他们家消失了。只要这个词消失，她才不要祝云涛觍着脸去当什么快手主播呢。这样的生活又不是不能过。犹豫了一会儿，她关了手机，很快睡着了。

第二天醒来，已经天光大亮。凌晨，她做了个梦，梦中出现了一个不认识的男人，瘦，年轻，意气风发，杜茜给这个男人打电话，拨的号码却是祝云涛的号码，但怎么也拨不出去。

侧耳听了听，没听到祝云涛的动静。估计还在睡。杜茜起来了，扯开窗帘，一个晴朗的天。地板果然翘起了，杜茜躲开它，出卧室门，去洗手间洗漱。洗漱完，还没有祝云涛的动静，她去厨房做饭，经过客厅时眼睛一下子被沙发粘住了。沙发像一个狼藉的战场。她很吃惊，走近看，果然是祝云涛的凉席、枕头、毛巾被、袜子、烟盒、书。

杜茜站在客厅，一时不知身在何处。

一切又恢复到了原点。不同的是，沙发上没有祝云涛，厨房里也没有，小卧室也没有。杜茜回过神来，忽然想到祝云涛应该是去买早点了。他们楼下新开了个"早点到"早点铺，这两天大酬宾，油条一块钱一根，小米粥免费，他俩吃顿早餐只需要三四块钱。不过，得排队，有时候得排到上午十点。

茶几上的笔记本电脑开着，杜茜坐到沙发上，点了一下鼠标，屏幕开了。她随便点开一个视频，祝云涛的上半身冒出来，他的脸在屏幕上干净而白皙，小眼睛一眯，简直称得上慈眉善目，她听到他的声音：

你们知不知道"达则兼济天下，穷则独善其身"这句话哪有毛病？不知道吧？我们见过太多这样的用法，实际上是错的。正确的顺序是"穷则独善其身，达则兼济天下"，出自《孟子·尽心上·忘势》。不信你们去查一查。没错，古人都是先"穷"后"达"，现在我们都是先"达"后"穷"，这个顺序一反，意思可就差远了。

祝云涛又开始讲《孟子》了。杜茜起身走开了。让他的声音在客厅里空响着。

杜茜里里外外转了一圈，不知道自己要做些什么。小卧室的床单是皱的，祝云涛从小卧室爬起来，挪到沙发上去睡，是夜里几点？

杜茜觉得这个问题很难思索出答案。

听到肚子咕咕叫，杜茜撕开一袋牛奶喝掉，又转悠到沙发和茶几那块领域。这里的空间很窄，走进走出不太方便，但适合祝云涛录视频。杜茜俯下身，把茶几挪开，茶几是钢化玻璃的，不沉，只消抬一抬就挪开了。茶几上祝云涛的声音也消失了，应该是这节课结束了。

这十来年，她从没有这么近距离看过这张沙发。

沙发其实已经坏掉了。沙发虽然是布艺的，但四只脚是铁的，两块碗状的铁扣在一起，用螺丝钉拧在木头上，挨着墙的一块碗状铁被压瘪了，比其他沙发脚矮了五六厘米。不注意看发现不了。但天天在沙发上睡的祝云涛肯定是一清二楚的，杜茜想象了一下，那个位置应该是祝云涛放脚的位置。如果塌陷的不是他放脚的位置，而是放枕头的位置呢？如果他每天从沙发上爬起时，都是歪着脖子的，浑身酸痛，他还能"穷则独善其身"吗？

杜茜去阳台的工具篮里找工具，没找到斧头，找了把鹰嘴钳。先把沙发上的东西堆到茶几上。挪沙发的时候她有些犯难，不过，她从来都是一个不惜力的人。沙发不像她想象的那么重，先让靠背触墙，再悠着劲儿让沙发倒地，沙发的四只脚就朝外了。四只锈迹斑斑、沾满灰尘的脚。杜茜拿起鹰嘴钳，把和被压的脚相对的那只脚先敲坏了。完了直起腰，很茫然，不知道自己在干什么。猛地，她又俯下身，"咚咚咚"好一阵敲，直到把剩下的两只脚都敲坏。

沙发"扑通"一声落地时，她吓了一跳。

找不到空调遥控器，杜茜又把乱七八糟的东西放回沙发上，遥控器出现了。杜茜打开空调，吹自己身上的汗，这时听到门被敲响。一定是楼下的邻居找上来了，那一声"扑通"实在太大了。

是祝云涛。他手里拎着三根油条，塑料袋里装着稀汤寡水的小米粥，另一个塑料袋里是黑乎乎的萝卜条咸菜。

吃饭。他说。

祝云涛把手上的东西放到餐桌上，一屁股陷在沙发里，点开郭德纲的一个相声，他根本没有感觉出沙发的变化。杜茜冷眼看着，那沙发的四只脚都坏了，竟然更加稳当，只是位置更低了一些，像一个把自己深深埋入尘埃的人。然后，祝云涛的目光停留在茶几一角的鹰嘴钳上。

微 苦

一

我从来没见过一个人面相这么苦。

那天，罗琴打电话来问吃什么的时候，我随口说想吃"梅梅烤肉"，这家餐馆离我们单位近。不过，等我们分开坐好，我才发现，今天这餐饭委实不应该吃烤肉。请我们吃饭的是王戎，一家文化公司的负责人，男的，还带了个小弟，坐在烤盘对面，拘手拘脚的。我和罗琴坐在一面，我坐在里首，罗琴的胳膊便一直扬着，用食品夹夹起肥牛、金针菇、培根放在锡纸上，隔两分钟翻翻个儿，等一会儿清清盘，然后又扬起胳膊……

我很同情罗琴，她快成服务员了。我还同情那两瓶由对面男士提来的老白汾，尴尬地竖立在一角。王戎见我注意到了老白汾，接过我的目光，迟疑地问，孟老师，喝点？这酒挺绵，不碍事。

我说，喝点吧。

酒这个东西，是我最近喜欢上的。罗琴大约还不知道，惊诧地抬起头打量我。王戎已经出去要酒杯了。烤肉和白酒有些不搭。不过，喜欢喝酒的人，不在意配什么菜。我们连干了三小杯，每一杯他都在感谢我，感谢我把"班级文化墙"的设计、布置交给他们公司做。王戎嘴角往上扬起，脸上堆着小心翼翼讨好的笑。又让旁边那个小弟敬我一杯，我说，我只有三杯的量。

我和老全离婚两年多，之后见了差不多有一打相亲对象，就在昨天晚上，还见了一个，是个油腻的胖子，一上来就说他在政界有朋友，可以把我从教师岗位调出去。我不知道自己的人生何以要让一个陌生人安排，胖子自顾自憧憬，我换到一个清闲的岗位，好待在家里，相夫教子。我打断他，我一无夫，二无子。然后，推门出来了。这些，罗琴都不知道。我没有跟她提起。

罗琴的注意力已经从我的酒杯上挪到了王戎身上。是她介绍王戎这家公司给我的。她是王戎一个同事的前女友。她的"圣母心"起来了，跟我说，他们的"班级文化墙"做得不错的，你要记得把他们公司介绍给你的同事们啊，你们学校多少个班？要是有一半的"文化墙"让他们公司做……

我目光迷离，说，一半不敢保证，十个八个没问题吧，我和同事们关系都不错。

王戎很激动，倒了个满的，和旁边小弟一起站起来，说，太感谢了，我们先干为敬，孟老师随意。

我看看罗琴，不知道站起还是不站起。罗琴伸出一只手，说，都坐下，坐下。我在他们坐下那一刻，把酒喝掉了。

这杯酒喝下，我觉得我的脑袋有千斤重，抬不起来了。

我一喝酒，就会想起伤心事。是老仝坚持和我离的婚。我们结婚十八年，从没想过有一天会离婚，我们感情说不上多么好，但也没多么坏。当时，老仝跟我说了一句话，说我一辈子都不会笑，我妈更是，两辈子都不会笑。我昏昏沉沉的，想着我不会笑……

这时罗琴揽住我，指着王戎说，想当年，他们公司红火着呢，石家庄前十强。前十！一个租民房办公的小公司，进了前十！他们拍的宣传片、微电影参过很多次展……

我扭过头说，不对吧，我看他们现在做的是展牌，亚克力板、PVC 板……

罗琴打断我，是，他们现在转行做展牌了。以前不是。最早他们拍电影，拍过一个电影叫《公路》。拍两个人，每年回乡都要走这条公路，公路一侧是一个湖泊，有一天他们发现湖泊下沉了，后来他们发觉公路也下沉了……算了。不跟你讲这些了。后来他们发现拍电影入圈太难了，入圈懂不懂？没办法，他们开始做视频，也得打开局面——跟为你们班做"文化墙"

一样，托人，找关系，请客，喝酒，收效也不咋好。还是王戎想了个主意，这主意绝呀，几乎是一夜之间，全石家庄大大小小的单位都收到了一张光盘，光盘里是他们公司拍的视频、照片集锦……

公路下沉了，是不是村庄也会下沉？村庄下沉了，人呢？人也会下沉？我迷迷糊糊地问。

罗琴纠正我说，我让你听他们公司的发家史呢，你怎么关心起了电影？我刚才说，全石家庄大大小小的单位都收到了他们公司的光盘，王戎的名号也在业界传出去了。后来他们公司就步入正轨了，接活儿，干活儿，参赛，获奖。他们获过好多奖呢。不过，这社会总在发展，后来各单位都有了自己的宣传机构，渐渐地，他们公司就很难接到活儿做了。得变革啊。他们开始进军广告创意。他们学制表，学设计，要维护的客户群变化，又一轮公关，托人，找关系，请客，喝酒……

"托人，找关系，请客，喝酒"这话罗琴是第二回说了，让我感觉不舒服。作为被服务对象，好像我是为了这瓶老白汾来的，我狠狠地也一眼罗琴。

罗琴浑然不觉，兴致勃勃地继续着：跟你讲个笑话。有一回，我去他们公司，发现他们在学习杜蕾斯文案……他们电脑上是一张照片，雨地里一只鞋子，鞋子上套着个……外套，哈哈哈。

我也笑起来。那是一张经典照片。

后来我们四个都喝上了。四只玻璃杯碰在一起，我、罗琴、王戎、小弟，"当"一声脆响，我一口灌下杯中酒，呛到了喉咙，睁开眼，发现那边王戎静静地看着我，然后，他哗然展开一个笑容，说，行啊，孟老师！

我一下子醒了，愣了。我不知道自己愣了多久。

我是被那个笑容惊醒的。

唉，那笑容，怎么形容那笑容呢，嘴角是上翘的，眼梢是下拉的，颧骨上的肌肉堆起——笑是笑的，可那笑让人感到的不是笑，是苦。苦不堪言。像一张被攥成一团的纸。

我第一次见到一个人面相这么苦，而且是在笑的时候，显得苦，苦得像戴了一个小丑的面具。

我埋下头，极力回想今天晚上王戎的脸、王戎的笑。他并不是第一次笑，不过，是第一次大笑。如果是微笑，表情是缓缓而起的，肌肉变动不大，而这个大笑来得突然，肌肉堆得高，又久久不回落，便显得异常苦。

罗琴以为我醉了，拍拍我，我没有抬头。后来，我一直没有抬头。但我感觉王戎还在笑。他那张皱巴巴的苦脸一定还在酒桌前方晃着。我伏在了酒桌上。

那场酒怎么结束的，我不记得了。只记得多半个月后，王戎给我们班级布置好了"文化墙"，又要请我吃饭，我脑子里一下又闪出他那张皱起来像哭一样的笑脸，便拒绝了。

晚上，我和罗琴语音聊天，提起了王戎的面相，罗琴也颇多感慨，说，看起来怎么这么苦不拉儿的啊，王戎以前不这样。二十年前，他是个小白脸，帅着呢。脸上也没这么多痘痘，皮肤也好，又高又瘦。脖子上挎个照相机，肩上背个双肩包，包里装着笔记本、文案、策划，迈着两条大长腿在石家庄的大街小巷穿来穿去，他是想记录这个城市的变化的。他是想在这个城市立足的。

我说，一个人得经过多么深长的苦水的浸泡，才能让一张笑脸显得苦？

二

世界上要是有种药水，像涂香水一样涂在手腕内侧，这个人就能把自己藏起来，该有多好。这天，教务处秦主任来检查，指责我们班的"文化墙"用了《名侦探柯南》中工藤新一的照片，让我换掉。那张照片真的不大，在整面内容励志的墙上，只占一个小小的角落。这角落现在在秦主任眼里比天还大，都带高三班了，这么由着性子来，想过后果吗？你这么纵容学生，他们能考上大学吗？简直是瞎胡闹！苦其心志，苦其心志，懂不懂？我知道跟他解释不通，很多这样的时刻，我都只想涂上药水，藏起来。意识到这是种痴心妄想，在秦主任吼到第三遍时，我说，好吧，我换掉。

我妈是不是也需要一款这样的药水？回到家，我脑子里还止不住胡思乱想。六年前，我爸去世，我们姊妹仨商量我妈的养老问题，我妈胆子小，又有高血压，一个人不敢在老家住。我妈点了我。我弟媳妇和我妈关系不算好，我妹妹两个孩子还小，吵得慌。我这边，只有一个女儿，在读高中，平时住在学校，老全性格还算温和，家虽然是两室的，也住得开。当时，老全还说，家有一老，就是一宝。咱妈性子绵，住谁家里谁沾光。

我妈确实让人省心。每天早上五点，我妈就起来了，上卫生间、洗漱，等我和老全起来，我妈早钻入自己卧室，就等我们叫她吃饭了；中午，她坐在餐桌一角，很快吃完饭，把自己的碗筷洗干净，等着抹桌子；晚上，她不到九点就上床了，一晚上都再无声息。刚开始，她老人家这种做派让我和老全猜疑我们是不是哪儿做错了，我们说话更柔和些，拣她喜欢吃的饭菜做，我们陪她看电视，和她聊天，但这些都没有改变她一丁点。她给我们的感觉是，她只想藏起来，藏到我们看不见的地方。

试着让我妈交到新朋友，我带她去散步，她跟在我身后，像只乖巧的小狗。她终于认识了一个阿姨，她们坐在一棵金黄的栾树下，聊家常，我躲在远处看着，心里很安慰。可第二天等我和老全上班后，我妈仍然在家里窝了一整天。有一天，我遇上那位阿姨，我热情地把她带到了家里，我妈神情尴尬地跟人家打招呼，支支吾吾的，阿姨感觉到不对劲，都没跟我说一声就离开了。我有些气恼，问我妈为啥这么做。我妈说，老全要是回来，看见我往家里领人，该不高兴了。

又是这套。就像她从不下厨房，我们后来领悟到的是，她怕我们嫌她多用了米面油一样，就像她每晚九点就钻入卧室再也不出来，给我们解释说怕影响我们看电视一样。我知道这是我妈的真实想法，越真实，越让我和老全觉得我们在犯罪。事实上，我们回来再晚，也从不要求她帮着下厨。还有，每晚九点，她钻入她的卧室后，我和老全也就钻入了我们的卧室，我们一人靠半边床头，各玩各人的手机。

家里的另一个卧室内躺着一个度日如年的老人，我们做不到在客厅看着电视哈哈笑，我想象不出那是一种什么样的罪恶。我也曾多次跟我妈解释，这就是你的家，你想做什么就做什么。老全受过高等教育，也是娘生爹养的，不可能不懂这点道理。你辛辛苦苦把儿女养大，现在到了大大方方享受儿女照顾的时候了，没必要天天夹着个尾巴，小心翼翼地看人脸色。

这话听过，我妈脸上显出一抹松快，可要不了一顿饭的工夫，她就又恢复成了原样。我去找心理咨询师，咨询师说让老人家感受到自己的价值就好了。第二天，我把自己的棉裤拆了，洗干净，抱给她，让她给我缝一缝。她答应了，第三天就给我缝好了，拿给我时，我连连夸她缝得好，可几天后我听到她给我大姨打电话说我不让她闲着，连个棉裤都让她缝。

秋天，我们单位组织了个合唱，我下班后在家吊了几回嗓子。晚上，我意外听到我妈给我大姨打电话，说，都快寒食节了，还唱，整天唱，这得多狠的心啊！我回到自己卧室，翻了下手机，离寒食节还有三天，也就是说，离去我爸的坟上祭拜还有三天，而三天是不够的。没错，去我爸坟头哭，也得提前一个礼拜让自己斋"戒"，而"戒"的不是别的，是笑声，是歌声。

寒食节过后不久，老全要和我离婚。这是我妈住到家里来的第三年。这之前，有大半年，他隔三岔五晚归，喝得醉醺醺的，第二天清醒后，他跟我道歉，跟我商量让妈去我弟弟或者我妹妹家住一段时间。说实话，这些我也想过。但我知道这不可能，我妈跟着我住都如此，跟着不是自己亲生的我弟媳，或者乱哄哄的我妹妹一家人住，更不可想象。老仝也应该知道这种情况，还这么要求，我很愤怒。我们吵了起来。我说，你不就是嫌不能和我好好睡吗？老仝愣住。我知道不仅仅为这个，可愤怒让我专拣伤人的话说。老仝气得浑身哆嗦，说，你跟你妈一样！我说，那是，我是我妈生的！我们越吵越厉害。老仝开始骂人，说，真他妈的怪异，我都快被逼疯了！感觉到他嗓门变大了，我牙根咬紧，说，你要是把我妈吵醒，我就杀了你。我真是那么说的，一想到我妈被我们的吵架声吓得哆哆嗦嗦的样子，我快要疯掉。老仝疯不掉，我会疯掉。

老仝被我这句话吓住了，再没跟我吵过架，也没跟我做过爱。直到他提出离婚。我求老仝，你现在和我离婚，我妈会认为是她的错，她以后怎么活？

老仝捡起上回吵架的话茬，说，家里气氛太怪异了，我受不了了。

我嘴硬，说，怎么就怪异了？

老仝说，你会笑吗，你一辈子都不会笑。你妈更是，两辈子都不会笑。

果然，知道老仝和我离婚后，我妈更觉得自己多余，日日提着心吊着胆，饭吃得愈加快，桌子抹得愈加干净，牙关因为常年紧咬，嘴角越来越僵硬。我在某一时刻抓住她，让她坐下来，告诉她，如果她没有住在家里，老仝也是要和我离婚的，我们离婚和她没关系。她不信，我想了想，要安慰她，可从嘴里迸出来的却是，我们并不是不喜欢你住在这里，我们只是觉得你太苦了，你在这个家里弥散出的苦，让我们受不了了。

她愣住，像一块石头。

我说，你不觉得自己苦吗？

她说，这辈子谁都没有我苦。

我说，现在该苦尽甘来了。你是住在自己女儿家，你把女儿养大，她就该养你，你就该踏踏实实享受她的照顾，她照顾你是天经地义的。你明白吗？

她脸上显出一丝松快，但我知道这是一种幻觉。

我那苦命的妈啊，她是想把自己藏起来吧？我揣着一肚子心思，进厨房炒菜，我妈把菜择好了。吃饭的时候，我们目光躲闪，聊一些不疼不痒的话题，吃完饭，我妈照例洗了自己的碗筷，抹完桌子，快速地闪进卧室。那一刻，我真想把手里的碗摔个稀碎，或者，干脆让我也藏起来吧，再也不用面对这一切难题。

可世界上没有让人藏起来的药水。我躺在床上，脑子里闪出秦主任气急败坏的脸，我点开微信，联系王戎，想让他去学校换掉"文化墙"上工藤新一的照片，说出口的却是，我给你讲一个人吧。

三

事后回想起来，我自己也不清楚，那天晚上，我怎么就和一个只在业务上有过往来的男人聊起了我妈。像是喝了酒。那种感觉很真实，头脑昏沉，却又异常亢奋。没错，跟第一次和王戎一起吃饭时的感觉一模一样。

我说，王戎，我给你讲一个人吧，你一定没见过这样的人。

王戎表现出浓厚的兴趣，嗯？什么样的人？

我说，是一个好人。

当然，我妈的确是天下最好的人。好到什么程度呢？这么说吧，好到了让人怜悯的程度。凡是认识她的人，没一个不从内心对她生出怜悯之心的。我妈又瘦又小，被人贩子拐卖给我爸，偏偏我爸吃喝赌一样不落，我奶奶还极为护犊子，家里又穷，我妈领着我们姊妹三个怎么熬过来的可想而知。小时候，刚刚学会察言观色的我，放学回家，最怕看到妈妈紧抿的嘴唇、下拉的嘴角。那好像是我第一次认识这世界上有一种东西，叫苦。有一回，放学路上，我看到两个女人扯着头发打架，回家后，我讲给妈妈听，妈妈脸上绽开了一个轻浅而短暂的笑容。这笑容就是茫茫黑暗中的一道光。后来，为了看到妈妈脸上这道一闪即逝的光，我每天放学都给妈妈讲在路上看到了什么，有时候根本没有发生什么，我就编一些出来讲，故事越编越溜，我后来有个外号，叫"瞎话精"。

说到这里，我已经刹不住车了。我从没跟别人讲过这些。隔着无尽的夜色，我听到自己的声音像从遥远的地方传来的，而与此同时，我体内有什么开始抖，我一时分辨不出是什么在抖。我激动地讲了下去——

有一天，我放学回家，看到北屋地上满是玻璃碴子，暖壶被摔碎了。我妈和我爸站在玻璃碴子上还继续吵。我钻进东厢房，关上门。后来，我听到我爸歇斯底里地喊了一声，我妈喝农药了，幸好及时送进诊所才被救活了。这已经不是我妈第一次喝农药了。口吐白沫的我妈躺在架子车上，已经不是第一次从村里穿过了。我十三岁那年，偷拿了家里的钱，一个人要去河南少林寺，抱着学会武功回来把我爸打跑的目的，我还没走出河北，就被我爸我妈给追了回来。我红着眼珠子，瞪着我爸。我爸气坏了，一只胳膊抱着我，一只胳膊抱着我妈，跨着大步走，然后把我和我妈扔到借来的拖拉机斗里。从那时候起，我就在心里发狠，离开这个家，永远不回来。

上师范那几年，我很少回家。毕业进学校工作没多久，我就和老全同居了，然后迫不及待地结了婚。我弟弟、妹妹结婚也都不晚。我弟弟婚后就在城里租了房子住。逢年过节，我们三家人从不同的方向回家，我们大包小包从车上往家里卸东西，我们争着下厨，做出一桌子饭。但一坐到饭桌上，我们就变得小心翼翼，都很少笑。在这个家庭里，在这个我们生活了二十来年的房子里，笑是不适宜的，不管我们在外面笑得多么开心，一进这个家门，我们就不由自主地止住了笑。我们做除了笑之外任何让爸爸妈妈高兴的事情，唯独笑，我们做不到。

笑？我沉默的间隙，电话那头的王戎迟疑地问。

是的，笑。老全总结得很准确。我说。

我妈住过来后，不知从什么时候开始，在家里，我也不会笑了，然后是老全，老全也不会笑了。我们取消了一切娱乐活动。在这个家里，所有的欢乐都是罪过。现在想，老全离开我是对的，一辈子就这么长，人家凭什么天天跟着我和我妈压抑自己？

真像喝了酒，跟一个只吃过一次饭的业务伙伴，我竟然提起了老全。好在王戎没有顺着老全的话题往下接，他的兴趣还在我妈身上。

老人家是不是有什么心理……

我没让他说完，说，没有。她就是苦。她这辈子太苦了。而她又特别习惯这种苦。

苦？

苦。你是没见过她的嘴角。她有一个全天下最苦最僵硬的嘴角。那是常年牙关紧咬咬出来的。这话说完，我脑子里忽然冒出王戎笑着然而异常愁苦的脸，一愣神，说不下去了。

沉默了一会儿。倒是王戎先开口，你可以试着改变，你自己笑，再逗你妈笑。我说，我试过，我咧着嘴，逗我妈笑，鼓了老大勇气，可我自己都觉得假。我说，真的，我妈不会笑。

哈哈哈。王戎忽然笑起来。

你笑什么？我有些恼怒。

没什么。你刚才说到苦，人生本来就是苦的啊，要不，为啥婴儿出生后先学会的就是哭呢？我也很苦。不过，我告诉你一个把苦挨下来的办法。

什么办法？我问。

我看《追忆逝水年华》。那书特别难看，你看过没有？真的，特别难看。我在最苦的时候，就看这本书。我告诉自己，看到第五十页，生活就会变好。如果没有变化，我便告诉自己，看到第一百页，生活就会变好。

哈哈哈。轮到我忽然笑起来。

很好笑？

不，不，你这个办法很好。而且，这本书除了难看，还特别长，如果以一次五十页的速度挨日子，我估计你能挨个三年五年。

不是三年五年，能挨一辈子，因为下一轮，我永远都是从头开始，这么多年了，这套书的第二本我还没有打开过……

哈哈哈。这回，我笑得眼泪都快出来了。

哈哈哈。他那边也笑，又一本正经地说，真的，第二本还没有打开。

笑声像扑棱棱的鸟儿，在卧室上空飞来飞去。这个房间很久没有响起这么放肆的笑声了。

之后，我们的话题四处延展，王戎讲起疫情、房价、内卷、基金，都是很平常的事情，不知道为什么，我一直在笑，该笑的时候笑，不该笑的时候也笑，也不知道为什么要笑。这中间，我听到我妈的屋门响了一下，我下意识地止住了笑，可不过五秒钟，我又大声笑了出来，心里怀着隐隐的一丝快意，直到我妈的屋门又关上。

四

笑一旦打开，就收不住了。

我从不知道自己那么能笑，跟一个几乎陌生的人，每天晚上都在手机上笑。那种感觉很让人迷惑。

白天，我们从不相见——自从王戎和小弟把我们班"文化墙"上的工藤新一换成高尔基后，我再也没有见过他。私下，我却一直在帮他，我帮他介绍成功了五个班级"文化墙"的设计安装业务。不过，他如何跟人家沟通的，他哪天去安装的，顺不顺利，我一概不知，也不问。

只有一次，我捧着书本，从走廊里看到他和小弟在我们校园西南角转悠，上课后的校园空荡荡的，他的衣服被风鼓起来，一个细瘦的腰部露出来。估计他们是等放学后，教室空了，去干活儿的。我没有跟他们打招呼，从另一个方向绕到了办公楼。

晚上，在微信上，王戎说我们学校西南角的山茱萸好看。我趿上拖鞋，用手机拍书柜上一串插了三年之久的山茱萸给他看。老全也喜欢山茱萸，每年都鼓动我掐一枝插瓶里。我们离婚后，我没有再掐过，但三年前的那枝竟然一直鲜红如初。王戎赞叹了一句，很快转换了话题。他不喜欢我提起老全。他发给我一个趣味测试，他测的结果是，他前世是个帝王，妃嫔多多。我把我测后的结果截屏给他看，我前世是个僧尼，终生未嫁。

我跟他聊起上个礼拜天，我照例带我妈去公园散心。我妈和我去公园，她永远走在我身后，她不并排和我走。有一回，我们遇到小区一个邻居，我停下来，跟邻居寒暄了几句，邻居离开后，我前后左右看不到我妈，找了一圈，才发现我妈躲在一棵树后面。问我妈为啥这么做，我妈说，你离婚都快三年了，还找不到对象，还不是因为有个拖累你的妈？而那天，我妈一直和我并排走，我感觉有些奇怪，只听我妈神神秘秘地问我，找到对象啦？我一愣，旋即明白我妈一定是听到了晚上我卧室内的笑声。

没有，找什么对象？哪那么好找？我皱起眉，一脸烦躁。也许我该安慰我妈，说找到了。只有这样，那深夜里的笑声才是正常的。可我没有，我也不知道为什么要笑。也许我是想告诉我妈，我就是很开心，但我的开心并不在于我遵从了正常的人生规则，而我也不在意别人因此开不开心，哪怕是自己亲妈。

我妈被我一句话噎回去后，不多一会儿，又落在了我身后，像个迷茫的孩子要牵妈妈的手，而妈妈一直不伸出手来。我在前面走，不忍回头看她，内心早后悔了。走到一个小亭内，我铺好坐垫，让我妈坐下来，广场空地上有人在唱《王宝钏》，是"武家坡"那一段，我妈喜欢看戏。小时候，我妈就常给我讲王宝钏寒窑一十八载，后来成了娘娘的故事。

你还是要嫁一个的。王戎说。
嫁过一个了。我说。
再嫁一个。王戎说。

你跟我妈一个德行。我回复。

说得我像封建大家长。王戎这回回复慢了。

再嫁一个，也行。我说。

什么？王戎发了一个调皮的表情。

再嫁一个。这个人负责逗我妈笑，我负责陪我妈看《王宝钏》。我说。

我最能逗人笑了。王戎含而不露，既表明了态度，又给自己留了余地。

我没有回。

像是老天的有意安排，时间不长，我就见到了王戎逗人笑的本领。是在一个饭局上。我组的局。快到元旦了，学校还没有给王戎结账。作为把王戎引进我们这几个班级业务范围的发起人，我不得不去教务处恭恭敬敬请秦主任。秦主任不大喜欢我的教学方式，但对我组局请他吃饭不反感，很痛快地答应了。

这回人多，除了我和一个女班主任，剩下的都是男的。酒场上，咋咋呼呼是没有用的，吭吭哧哧更没有用，得耳聪目明、牙尖嘴利，抓住可以引起轻松愉快笑声的一切契机，能有几个哄堂大笑更好，这叫掀起一个个小高潮。王戎看起来很有经验。几个不露痕迹的笑话讲过，大家一轮一轮笑过，王戎一轮一轮地敬过酒，秦主任已然身心舒泰。

这王戎，有两下子。

我也笑了几回。每回笑，我都朝王戎脸上望去。第一回见王戎，他脸上那比哭还难看的笑容并没有出现。我有些恍惚，眼前反复涌现出那个笑脸，我确定那不是我的臆想。怎么会是臆想呢，那个笑脸就像刻在我脑子里。就在这时，不知谁讲了个笑话，大家又哄地笑了，我有预感似的抬头，看向王戎，看向王戎的脸——没错，正是那个笑容，他独自一人展开的，比哭还难看的笑容，嘴角朝上，眼梢朝下，颧骨堆起，像块皱巴巴的抹布。

我像触电一样把自己的目光拔下来，看向秦主任，秦主任神色自如，我又看向其他人，其他人也都一如往常，没有人注意王戎那个笑脸。很快，王戎的笑脸收回了些，肌肉拉起的程度不那么大了，显得也不那么苦了。苦，也还是苦的，较刚才的大苦，现在是微微的苦了。

回到家，王戎意犹未尽，在微信上跟我聊天，我调侃他很会跟人搞关系，他说，做生意嘛，都是笑脸相迎的。我愣了一下，直接问，那你知不知道你的笑脸苦哈哈的？他很久才回，知道，好几个人都说我笑起来一脸苦相。

他那边一坦承，我一时不知道怎么回答了。

其实，你和我妈很像。和我妈像，就是和我像，因为我和我妈很像。我打出这行字，删掉，又打出，一狠心，发了出去。

其实，我很愿意做那个逗阿姨笑的人，也愿意做那个陪你和阿姨看《王宝钏》的人。这回，他回复得很快。

我看着这行字发呆。我不知道这是不是我想要的。

静默了五秒钟，语音聊天的声音响起来，我心惊肉跳地摁了接听键，王戎很激动，语无伦次地说今天对他来说是个至关重要的日子，又说要请罗琴吃饭，没有罗琴，怎么可能认识我，还说自从他知道我妈喜欢看《王宝钏》后，他每天都在学着唱，现在都会唱"武家坡"的一段了……

五

这回去的是"小放牛"。服务员端来那盘糯米藕时，我告诉王戎，我不吃甜的。王戎很惊诧，女人不都喜欢吃甜的吗？我说，我都这个年岁了，得抗糖。王戎一笑，别瞎听那些养生专家的。女人每天吃点甜的，心情好。

这是我们第一次单独吃饭，本来约了罗琴，罗琴在外地出差，听到我和王戎的关系时，有些意外，转而就大声嚷嚷必须去希尔顿请她吃顿大餐，她算大媒呢。

上个礼拜天，王戎去见我妈了，我们仨一起吃了饭。程序是相反的，在我们家，必得是我妈先接受王戎，然后才是我接受王戎。王戎聪明，明白这一点。事先，我没告诉我妈。我有经验，若提前一日告诉我妈，我妈便会提前一日把心悬起来。若提前半小时告诉我妈，我妈顶多把心悬起来半小时。就算第二天只是去逛街，我妈都怕自己耽误了时间，影响到我。提前半小时告诉我妈，足够我妈换换衣服，简单整理一下房间了。吃的、喝的等招待王戎的一切用品，我都带了。我能想象出我妈挂掉电话后慌里慌张的样子，好在只有半小时，我很快就能安抚到我妈。

安抚到我妈的是王戎。我没想到效果这么好。我一边在厨房洗切，一边竖起耳朵听着客厅的动静。这是一种奇葩的格局，常规情况应该是我妈在厨房洗切，我和王戎在客厅聊天。但在我家，就是相反的。这种相反，造成的是王戎和我妈两个人的尴尬。没办法，我家厨房小，我妈到厨房和我一起做菜，容不下。再说，把一个第一次登门的交往对象单独扔在客厅，不太礼貌。

时间不长，我在油锅爆响后的间隙里，听到从客厅传来的笑声是王戎的。我关了抽油烟机，屏息静气，确认了一下，真的是笑声，王戎的笑声，但好像又有所混杂。再次打开抽油烟机的时候，我动作轻快了许多。

整餐饭时间不算很长，气氛一直很融洽。王戎一直在给我妈搛菜，搛完，还拿我妈说事，比如，搛了一块五花肉，王戎就说，老太太吃豆，慢慢磨；老太太吃肉，一口嗍。我妈在吃饭时，从未被人调侃过，不，不仅仅是吃饭时，她这一辈子好像都没有被人调侃过。我们这些儿女谁敢调侃她？她又没有朋友。这调侃的话让她箸头上的五花肉颤颤悠悠，她努力把它送到嘴里，王戎还不算完，看着她说，嗍呀，嗍，这肉软，嗍一口，贼香。我妈不知所措，被人盯着的感觉估计也不好，她张大嘴，糊里糊涂嗍了一下，那软糯的五花肉就咽下去了。

哈哈，王戎说，岁数大了，就该吃点软的，以后我来做，我最拿手的就是做老人喜欢吃的菜。你们不知道，我有个外号，就叫中老年妇女之友。

这话不算多新鲜，可我妈竟然笑了。借着这笑，王戎又给我妈搛菜,每道菜他都能找到让我妈吃下去的说辞,每句都半带调侃半带哄抬。一屋子的欢声笑语。这欢声笑语大都是王戎发起的,我紧跟其后,我妈也笑了几回,虽很腼腆,很拘谨,但这种轻松愉快,在我家已经很久没有过了。

吃块藕,没那么甜。王戎看我不乐意吃,说,还得让我像劝阿姨一样劝你?我撇撇嘴,说,那我妈在你心里比我还重?王戎哈哈笑,哪有吃自己妈醋的?我不劝你,喂你好不好?他真伸来筷子。我脸红了,打掉他的筷子,自己吃了几口,是挺好吃。王戎眼风一飞,要不要再要一盘蜜汁麻山药?要,我说,又不花我的钱。

蜜汁麻山药比糯米藕还甜。好几年了,我都没吃过这么甜的食物。我抗糖抗油抗淀粉好几年了。怕王戎嘲笑,我坚持吃了几块,竟然没感到腻。王戎也搛了一块,吃下,说,太甜,我们男的真吃不了。我说,你们男的喜欢吃香的喝辣的。王戎说,我们男的在外头奔波,多费力气。其实,人只要习惯就好。像阿姨,你只要调侃阿姨,阿姨就会开心,你越不触碰,她心里越是一块冰坨子,还不如直接拿来取笑。她一慌张,没办法,只得跟着笑,笑过几回,她就会自己笑了。人如果会自己嘲笑自己,就算打开了心结。

道理我也懂,却做不到。还不算正式家庭成员的王戎,做起这些来,却驾轻就熟。心里一轻松,那餐饭,我糊里糊涂吃了半年甜食的量。

第二天,我神清气爽地起床后,发了条朋友圈:昨晚吃糯米藕、蜜汁麻山药，睡了个特别好的觉，我要不要写篇论文《论甜蜜素和睡眠的关系》？下面一群人点赞。罗琴也点了，还评论了一句，苦尽甜来啦。

六

领证后，王戎搬到我家来住。他东西不多，衣服、书籍、简单的生活用品，两个拉杆箱就够了。我腾了一个衣柜给他，又在客厅的书柜上给他腾了几个格子，放他的书籍。主卧室大一些，放了张书桌。他那本《追忆逝水年华》就在某一页打开，放在书桌左边的阅读器上，旁边放一个花瓶。我跟王戎说，当初，正是他用来挨日子的这个办法，让我对他产生了兴趣。王戎笑着说，这么说，不用请罗琴吃饭啦，她不是我们的大媒，《追忆逝水年华》才是。

王戎花钱，把家里重新装修了一下，又换了几件电器，电视、空调、冰箱。这不是主要的，主要的是他以一个摄影师的眼光给客厅、餐厅、走廊设计了灯带，吸顶灯、壁灯、地脚灯一开，我们三个人坐在沙发上看电视一个效果，我们三个人围坐在餐桌前吃饭又一个效果。他告诉我妈，不管我和他回来得多晚，她一个人在家，再也不许直到什么都看不见了才开灯，而是要早早打开灯，客厅的灯调明亮点，餐厅、走廊的灯调柔和点。他说，妈，你试试，一个人在家的时候，只要打开这些灯，就不会孤单。

王戎一口一个妈叫着，还为我妈设计了这些灯，我妈没有接受过除了儿女之外其他人的这种温暖，感动之余有些无所适从。抽个空儿，她叮嘱我，人家是到女方家住，别让他感觉到难堪，让他像个主人。

我点头。

天热起来了，学校举办了"十八岁成人礼"活动，自从高考誓师大会被强令取缔之后，这个"成人礼"就是变相的誓师大会。为了准备这个会，我三天没回家。等会议结束，我开着车冲出学校时，突然想起我妈和王戎来。王戎住到我家已有两个月，不过，我三天不在家的情况，这还是第一次。

家里的格局大出我的意料。我进门，看到沙发上坐着王戎，王戎确乎是个主人的样子，一边抽烟一边看电视。厨房里是我妈。我妈围着围裙，拎着个铲子，在炒菜。听到我回来，两人同时说，回来啦？我洗完手，换好衣服，几个菜已端到了餐桌上，我妈给我介绍，牛肉套皮是王戎做的，木须肉和小葱拌豆腐是她做的。我说，我没什么贡献，我来开瓶酒吧。我用起酒器旋开一瓶长城干红，倒了三个半杯。我妈说，我就不喝了吧？以往这种情况，我妈是坚决不喝的，劝也不喝，后来，我们就不劝了。这回，王戎说，你这"佘太君"不喝，我们敢喝？我妈不好意思地端起杯，喝了一口。

生活好美啊。我洗好碗筷，看着橘黄光晕下的家，很想跳舞，让老妈妈坐在沙发上，看我跳。我不大会跳舞，我扭来扭去的样子一定很丑，但我很想跳。我跟王戎小声说了我的想法，没想到王戎张嘴就喊，妈，你闺女要给你跳舞。正要闪回卧室去的我妈愣了一下，还没等回过神来，已被王戎拉回到沙发上。我也还在发愣，王戎已把我软底绣花的老北京布鞋拿了来。我豁出去了，用发带竖起头发，换上布鞋，披了块艳红的纱巾，舒胳膊，挺胸，纱巾一展，左腿一弓，旋转……这么来了两轮，我没了耐心，便胡乱地甩臀晃胳膊地扭来扭去，我妈的笑声越来越大，我扭得没了力气，扔了纱巾，扑到我妈身上，也笑得止不住。

从来没这么开心过。

之前，也开心。下班后，王戎开车接上我，时间不够，我们就在石家庄二环路上绕一圈再回家。车里，我们斗嘴、嬉闹，副驾驶座上的我喂奶茶给他。东二环路绕烦了，有一回，我让王戎绕北二环，从北二环下来，王戎斜了一眼一旁的一栋高楼，说，我第一任前女友家就在这里。那是石家庄一座品质比较高的楼盘。我扭头看一下他的表情，他脸上没什么表情。很奇怪，自从和他谈起恋爱，他也常在我面前哗然展开一个大笑，但我已不觉得他脸上那哭一样的表情难以忍受。

后悔过吗？我问。王戎跟我讲过，他谈过两段恋爱。一段六年，和一个大学生，分手时，觉得大学生在他身上错付了青春，把一套房子给了大学生；一段三年，和一个带孩子的女人，分手时，考虑到女人要养孩子，把投资的一个花店给了女人。把自己讲得这么情深义重，我有些不信，曾向罗琴求证，罗琴讲的和王戎讲的一模一样，然后说，王戎善良，不会辜负你，这点我敢打包票。

后悔啥，一套房子值得了什么。恍惚中，我听到王戎说。

不说这些了。王戎又说。可是我想说。我笑嘻嘻地说，我们去你第二任女友那里买一束花吧。王戎说，什么意思？我说，没什么意思，就是想买一束花。王戎拗不过我，载着我去了一家叫"一往情深"的花店。他在车里坐着抽烟，我下去，买了一大束百合花，卖给我花的是一个胖胖的中年女人，一个十来岁的小女孩伏在一旁的柜台上写作业。算是她对我和王戎的新婚祝福吧。

我把花捧到车上。王戎沉默。

如果以后你跟我分手，你会留给我什么呢？我嘴巴欠，问。

我们不会分手，王戎说，你是我这辈子遇到的最好的女人。我不会离开你，除非我死了。

除了我和王戎一起开心，我们还在一个周末带我妈去洛阳看了牡丹，我牵着我妈的手，我妈说从来没见过这么好看的花。实际上，十来年前，我和老全带他去柏乡看过牡丹，同样是牡丹，我妈已经忘了。王戎跟我解释，生活就得常常唤起。你知道妈为啥喜欢看《王宝钏》吗？就是因为王宝钏的苦能唤起她的苦，在这种苦中，她是存在的，舒适的。

舒适？我问。

是的，舒适。王戎说。

你现在还觉得我面相苦吗？王戎看我不说话，问。

还好吧，没有那么苦了。我说。

自然不那么苦了，这一段时间，我们无论腻在一起，还是各上各的班，都很开心。但都没有今天这么开心。

回到卧室，我伏在王戎胸口，跟他讲学校的事情，秦主任在"成人礼"的组织上差点出了大乱子，他安排一个公司支起的宣讲舞台差点被风刮倒。孙校长训斥了他，我亲耳听到了。王戎从我脖子下抽出胳膊，侧过身，点了支烟，说，这宣讲舞台我们公司也能做。我找秦主任了，秦主任没给我，说下回给我个大活儿。我有些意外，说，你还跟秦主任有联系？他这个人……

王戎打断我，什么人不重要，什么人都得结交。

掐灭烟，王戎重又搂住我，他动作之前，会在手机上先开一个比较激烈的电视剧做掩护，这回开的是《生死阻击》，上回是《红海行动》，还有一回是《叶问》。手机上响起砰砰砰射击的声音时，我们俩也展开了肉搏。给我们伴奏的电视剧要常换。王戎跟我说，防止老太太听出规律来，哈哈哈。我们搂着笑了一会儿，睡着了。

七

夏日的晚上，遛弯时，我和王戎已经在讨论换房子的事情。高考结束了，我有两个月的假期，我的女儿也回到了家里，这个大两室的房子，变得窄小逼仄了。让女儿挤在我的床上，她还能勉强接受，现在要让她挤在她姥姥的床上，她接受不了，于是就在客厅和衣睡在沙发上，凑合了几个晚上。没几天她从我这里拿了一些钱，和同学去丽江玩了。

我的意思是换个三室的房子。王戎的意思是再买个民水民电的公寓。两套房，居住更方便些。考虑到让他和继女同在一个屋檐下，确实不方便，我同意了他的主张。看了几天房，我们选了一个近郊的精装公寓，总价六十万，王戎拿出三十万，我拿出三十万，我们在合同上签了字。

两个星期后，我和王戎从机场接回女儿，直接把她送到了公寓。女儿惊讶得不得了，那公寓虽然在石家庄近郊，但站在窗户旁，眼前就是一大片灿烂的花海。

把女儿载回来，一家人和和美美地吃了饭，委婉地和女儿商量怎么个住法。女儿一直不喜欢姥姥，希望自己一个人去公寓住。但她还不足十八岁，又是个女孩，我们不同意。而如果我和王戎去公寓住，女儿要天天面对姥姥，她是不愿意的。没办法，只有王戎一个人去公寓住，我两头跑。

隔个三五天，我会开车往公寓跑一趟。王戎有时候在，有时候不在。他一直很忙。但公寓收拾得很干净。我掐好点，在微波炉上热我带过去的饭菜，等他回来吃。有时候，他回来得很晚，我已经光溜溜在床上等他了，他扑上来……现在，我们的肉搏，不需要播放任何电视剧了。

也不是次次都有肉搏的欲望。有时候，时间还早，我们就并排靠在床头，把灯光调暗，看我用 U 盘拷过去的电影。王戎喜欢和电影有关的一切话题，他的眼睛在明明灭灭的叠影中闪着光。我想起第一次和王戎吃饭时，罗琴说过他拍的叫《公路》的电影，忽然很想看一看。问王戎，王戎说，其实，那电影根本就没拍完，后期经费出了问题。那电影的构想真不错……咳，说这些干什么。他把胳膊从我脖子下抽出来。

秋天，女儿返校，我也开学了。看出来我妈有些惦记王戎，我跟王戎商量，让他住回来。王戎问，妈怎么个惦记我？我跟王戎描述，我妈对他的担心，属于一个老母亲对漂荡在外的游子的担心，像是只要在外头，就处处受苦。王戎笑了，却没有答应搬回来住，只是隔个三五天，回家陪陪我妈。王戎一回来，我妈就争着下厨。

那天，下课后，我端着书本，往办公室走，经过学校西南角，看到那里的山茱萸结出了一串串红果。我掐了一枝，夹在书里。我忽然很想王戎。去年这个时候，他在山茱萸树下曾经露出一个细瘦的腰部。那是一个非常有韧性的腰部。我把那枝山茱萸用袋子装好，开车往公寓赶。

王戎不在。几天没来，公寓显出脏乱。我先找了个酸奶瓶，插上那枝山茱萸，然后开始收拾房间。又在电饭锅里蒸上米饭，外卖要了一个排骨玉米、一个清炒菜心。一切都准备妥当，王戎还没有回来，电话也没有接。我随手拿起床头柜上的U盘，插入墙壁上的电视插口，投屏开始播放内容，是部电影。我靠在床头，舒展双腿，一边留神听着外头的动静，一边开始看。

屏幕上显示出硕大的"公路"两个字的时候，我还在发愣，一帧一帧闪回，直到屏幕上出现"王戎"的字眼，我才意识到这是王戎很多年前拍的电影《公路》。我的神经一下子高度集中，两个人，一男一女，背着包，在公路上走，公路上没什么人，公路旁是一大片碧蓝的湖泊……镜头停住。我摁遥控器，不管用。原来只有五分钟。这是电影宣传片。

我倒回去，又一幕一幕看，终于明白这部电影又一次启动拍摄了，由一个叫"视间"的影视公司来拍。

我锁上门，出来了。

自那之后，我再也没有联系上王戎。十来天后，罗琴约我吃饭。

我们去的还是"小放牛"。我点了一个糯米藕，一个蜜汁麻山药。罗琴瞪大眼睛，你不是从来不吃甜的吗？我说，偶尔吃点甜的，也不错。罗琴附和我说，也是，我们上大学的时候，不是最喜欢吃甜的吗？

糯米藕上得快，一筷子下去，又甜又软。

罗琴躲闪着我的目光说，王戎让我跟你说对不起。

我笑了一声，问，他自己为什么不来？

罗琴嗫嚅着说，他说……他没脸见你。

"我不会离开你，除非我死了"——那天，在北二环，王戎跟我说过的话一下子在我耳边响起来。我翘起嘴角，扬起一个嘲笑。

蜜汁麻山药上来了。罗琴不看我，看着那盘蜜汁麻山药，告诉我，"视间"是石家庄服装集贸一个女老板赞助的，王戎隔三岔五和秦主任喝酒，认识了这个女老板，这个女老板有钱，秦主任手里学生校服的制作只是她业务的一小部分，连百分之一都算不上。

罗琴的目光从麻山药上撤下来，看向我，我低下头，撩起一块麻山药，放入口中。煳了，我说，这麻山药做煳了。罗琴也吃了一块，然后说真煳了，都有点苦了，让服务员换一盘吧？

我说，不用换了，微微苦一点，没关系。

罗琴没有叫服务员，犹豫了一会儿说，王戎说过段时间就还你的三十万。

我愣了一下。

罗琴继续说，他说了一定还，房子不管归谁，他都还。

我问，那房子是抵押出去了？

罗琴说，可能是吧。他现在刚撑起一摊来，资金周转不过来。但是他说了，一定还，让我跟你说。罗琴的语气像是她自己做错了事情。

我说，不用还了，王戎不是每段感情都赔付对方一部分钱吗，这回改改规矩，算我赔付他了。

罗琴说，他不是那样的人。说到底，他还是……

我用筷子挑起一丝麻山药上的蜜汁，颜色有些暗，应该是汁熬煳了。

回去后，我一直在等王戎来家里收拾他的东西。可他一直没来。半年后的一天下午，我把他所有的东西都装了箱子，方便他来取。唯独装那本书桌上的《追忆逝水年华》时，我不知怎么的，有些舍不得，就把它连同阅读器放到了书柜中，跟几年前那枝山茱萸放在一起。还有灯带，这些已嵌入墙壁的灯带是无法去除的。我妈像是也接受了在这些灯光下无处躲藏的命运。每次吃完饭，她会微微扬起嘴角，熟练地把灯光调得柔和些，和我相对而坐。

羞　耻

后来想起那个人，于青激动不已。

那个人叫什么名字，长什么样，她都记不清了。只见过一面，还是在几年前。能隐约想起来的是，矮小，瘦弱，留着一小撮不黑不白的山羊胡——为了表示自己好歹是个艺术家吧。是在一个饭局上。说起来，那个饭局多少有点奇怪，几伙儿不相干的人坐在了一起，当然，这几伙儿不相干的人跟饭局的组织者关系都不错。可但凡在社会上混上几年，谁都知道请客吃饭最忌讳的就是这么"混搭"，被请的人谁都觉得自己是搭子，谁也不会领情。可那个张总连眼皮都不眨，就这么请了。酒喝到一半，于青才基本闹明白一共几伙儿。于青和朋友海娜一伙儿，当地一家日报的总编、记者一伙儿，写古体诗词的三个老先生一伙儿，一个唱黄梅戏的女人和一个刚考上中文系的女学生一伙儿。剩下的，便是几个陪同人员了。陪同人员中，包括张总的另两个合伙人。张总和那两个合伙人合开了一家文化公司，场地很大，摄影棚、模特走台场地、观影室、餐厅，还有许多叫不上名字来的体验室，一个挨一个，装修都很华丽。成立后的这两年，也接了几桩业务，但毕竟知名度太低，得宣传啊。于是就有了这个饭局。

那个人是后来进来的，感觉像是一直在隔壁指挥布菜，任务完成了，才坐到了桌子前，而他一上来，这个饭局的气氛就变得不一样了。

那个人太喜欢说话了，不是能说，而是喜欢说。能说的人能把话说出花儿来，他却只是那几句，翻过来倒过去说，都是殷勤劝吃劝喝的。他吹着自己的山羊胡，说得滔滔不绝，说得让人不禁皱起了眉头，他却浑然不觉，仍然那么热情恳切地说着，多吃点，多喝点，几个家常菜，多担待……

不管如何，气氛倒是松快了些。张总适时地又开始打圈，打到谁那儿就夸夸谁，比如，喝到黄梅戏女人那儿，就夸黄梅戏女人风韵犹存，然后建议那个人给她拍一套写真——到那个时候，于青才知道那个山羊胡是个摄影师。喝到中文系女生那儿，就夸中文系女生青春逼人，然后建议山羊胡给她也拍一套写真——不一样的，中文系女生是五四学生范儿，两条麻花辫，蓝短衫，黑裙子，搭扣布鞋；黄梅戏女人是大上海名媛范儿，旗袍，卷发，浓妆，红唇，高跟鞋。喝到海娜那儿——海娜是什么人？还没待张总开口，海娜自己就说，我拍比基尼——说着，还站起来，两条胳膊上举，露出一截小蛮腰，扭了扭。大家哈哈笑。喝到于青这儿，一干人打了噎。于青不算漂亮，年轻时，身材玲珑，还可一看，现在已将近五十岁，今天从单位出来时，偏又只穿了件宽松 T 恤，短发，脖子和手腕上都光秃秃的，该拍什么范儿呢？于青很难堪，心里发着狠，一边骂海娜不该带她来这个饭局，一边目光散乱，自嘲道，我拍劳动范儿！说着，甩了下袖子，瞧瞧，干活多利索！大家正待笑，山羊胡说话了，这位女士，我看您该拍文艺范儿！真的，文艺范儿！一会儿你们去我的"土布美院"看一看就知道了，这位女士穿件我们的棉麻衫往那一站，就是一幅美景！大家终于哈哈笑了起来，围算是解了。于青却更是难堪，"土布美院"？难不成她是最适合放在农村织土布的？

后来，他们一干人真去了"土布美院"，那是山羊胡的领地。山羊胡是首家进驻这家文化公司的，两年来，一直跟文化公司共进退，算是"开国元勋"。除了搞摄影，他还搞了这个"土布美院"，也就是个手工生产土布的地方，织布机、梭子、从新疆购进来的棉花，土布床单、土布香囊、土布文具，甚至还有土布耳钉、土布娃娃，摆了一溜。重头戏在后头呢，山羊胡领他们去了土布衣服的展厅，各种款式的衣服成排挂着，半身裙、长裙、短袄、长衫、旗袍，斜襟的、盘扣的、套头的……花色却也不是大红大绿，而是水墨画似的，以青绿为主，荷花、山水，还有浑身印满青花瓷的。至此，于青已知道这绝非手工制作的了，但这些衣服她还是很喜欢，比她前两年去凤凰小镇买的那几件土布衣服典雅多了。看出她的喜欢，山羊胡怂恿她穿一套，黄梅戏也要穿，两个人就去了试衣间。黄梅戏穿一件竖条纹旗袍先出来，她穿一件浅紫苎麻汉服后出来，明显地，大家把目光纷纷投到了她身上，连张总都指着她说，好看，书卷气！海娜为给她报仇，惊呼了一声，我们于青简直是红袖添香啊！她有些不好意思地抬起头，正好看到了山羊胡眼里一束亮晶晶的光。

当然，这是后来于青想起来的。于青给海娜打电话，问山羊胡的名字。海娜想了半天，也想不起山羊胡，更想不起是哪个饭局来，末了说，谁记得这个！你找他干什么？于青一时没想好怎么说，撒了个谎，说，我就想赶个潮流，买点土布。怎么想起一出是一出？神经呀！海娜说。

放下电话，于青脑子里再次闪现出山羊胡的样子来，仍然模糊不清，只有他喋喋不休说话的样子。他激动，说话语无伦次，他对张总的文化公司抱有巨大的期望，希望于青能给文化公司写一个剧本，为此，他一连干了三杯酒——而他并不是合伙人中的一个。当然，后来剧本并没有写。无论如何，他都给人一种印象，忠厚，老实，甚至有点痴。这痴正是她喜欢的啊，现在这社会，找一个对某类事物痴的人并不那么容易，不然，他又怎么能一眼看出她的身体需要棉麻衣服呢——是的，从那之后，她喜欢上了棉麻衣服。海娜大大咧咧的，并不知道她对棉麻的热爱从何而来。她现在确定山羊胡眼里确实闪过亮晶晶的光，这让她信心倍增，她一定要找到他。

念头是怎么起来的呢？

生活又是怎么过成这个样子的呢？每天下午下了班，他往沙发上一靠，拿出手机，就开始划拉，划拉到饭好了，吃了饭，往电脑跟前一坐，他就开始上网看小说。有时候，看着看着，会脑袋倒栽着睡着，一个激灵醒来后，端起茶杯喝口水，接着上网看小说。她呢，收拾了碗筷，半靠在床上，拿出手机，也开始划拉，划拉一阵儿，烦了，开始练瑜伽。先前不是瑜伽，是郑多燕，练了没几天，换成了甩手功，又练了没几天，换成了瑜伽。瑜伽垫铺上了，练功服换上了，打开视频，她开始练，练到一半，觉得实在没有意思——想想这一天，还没有跟他说过几句话，就跑到书房跟他说话，话说不了两句，开始争吵，她又跑回客厅练瑜伽，练不了两式，又觉得无聊透顶，拿出手机，放到一旁，自己摆一个动作，对着手机喊一声"茄子"，手机咔嚓一声，给她照上了相。这样玩了几天，有一天她清理手机照片，突然发现有张照片中，自己锁骨深陷，肩头浑圆，很有些风情。多久没有和他在一起了呢？她想了半天，想起多半月前，他喝了酒，搂了她两次，都被她推开了。当晚，她洗了澡，想等他上床，可看着看着手机她就睡着了。第二天她删除了那张照片，心里好一阵怅然。她已经五十二岁了，绝了经，身体的欲望仿佛也随之一去不返了。她突然惶恐得像到了世界末日，她还没有好好生活啊，她还没有好好爱过啊，一切难道就已经晚了吗？

　　二十年前，自己的身体什么样儿呢？她想不起来。二十年前，他贪恋过她的身体吗？好像也是贪恋过的，但他不是个善于言辞的人，好像从没有赞美过她的身体。二十年后，自己的身体成了什么样了呢？乳房下垂，皮肤松弛，小腹隆起，肌肉层叠，站在镜子后，于青吃了一惊。她不是个自恋的人，很少照镜子，只有买了新衣服，才会把大衣柜里藏着的镜子拽出来。那天之后，大衣柜里的镜子再也没有被推回去过，她每天都要照一照自己的身体，先是着三点式，后来便是裸体——看到自己的裸体，她差点吓晕过去。她一下子想起了洗澡堂子。她母亲每年冬天都喜欢去洗澡堂子泡澡，年岁大了，她每次都得陪着去，每次她都觉得是一种考验。她母亲弯下腰，让她帮着搓背，她能从背后看到她母亲垂下来的一对乳房，像要脱离整个身体而去。还有她母亲的双腿，像被坠下来的肚子淹没了一截，连大腿根都看不到了。她母亲年轻的时候可是个身材匀称，肌肉结实的美人啊。她许多地方和母亲长得很像，老了也这样吧，带着这种恐惧，她帮母亲搓完澡，一扭头，看到更多老妇人的身体，她们已然习惯了整天和这样的身体相处，没有任何羞涩地使劲搓洗着每一处。她不由得闭上眼睛。她觉得，衰老是一种羞耻。让人时不时看见自己的衰老，乃是一种不知羞耻。

　　而现在，她已经衰老了。

　　但她还没有老到不能看。于青就是在这个时候产生这个念头的，拍一套裸体写真！

这个念头又差一点把她自己吓晕。于青这辈子，无风无火，大学毕业后分到电视台工作，从新闻记者干到了后台制作，跟丈夫谈了一年恋爱，就结了婚，生完孩子，日子就这么过了下去，倏忽就过到了五十多岁。五十多年来，她一直按既定轨道生活，从来没做过一件出格的事情。现在，她要拍一套私房照了，仅仅想一下，就让她一阵阵呼吸紧促，然而，却也让她血脉偾张——趁着她还能看，她要拍一套。再有二十年，她想拍也拍不成了。

　　这念头堆积了两天。她的性子，向来是外力往前推着走一步说一步的，要是她自己有个什么想法，往往放两天就销声匿迹。这回，这念头却让她想一次烈一次。很多次，心里鼓荡着什么，在会上，鼓荡着要啪一下合上笔记本，怒而离会；在饭局上，鼓荡着指着每个人的鼻子哈哈大笑；在家里，鼓荡着摔一回盘子碗，摔个稀烂，还不收拾，扎到哪儿算哪儿，到最后，都转化成她眼中柔顺而微弱的光。她还活着。这真是一件不可思议的事情。而这回鼓荡着的拍私房照，再不能无疾而终了，因为这是她自己的事，她不会让任何人知道，而这件事也不会影响到任何人。

　　那就拍。可让谁来拍呢？女人不行，拍私房照的女摄影师都是年轻时尚水蜜桃一样的小姑娘，她现在垂垂老矣，不能忍受来自同性之间的嘲笑。那只有男人了。可男人又怎么行？男人啊。她怎么能在陌生男人面前赤身裸体呢？就是在丈夫跟前，她也从来没有大大方方赤裸过，除非在床上，而躺着毕竟不同于做动作，躺着就像一片掉落在地的叶子。想了好几天，她觉得这个问题实在无解，直到山羊胡从她脑海里冒出来。山羊胡是懂她的身体的，他知道她穿什么衣服好看，自然就知道她的身体怎么摆布好看。想到这儿，她甚至有柳暗花明的感觉，这个私房照她拍定了。

　　找到山羊胡并不算多困难，信息时代，找个把人不算个事。于青先找到当年饭局上那个中文系女孩——中文系女孩听说于青写剧本，加了她的微信，又通过中文系女孩联系上张总——饭局上，于青好像听中文系女孩叫过张总"师傅"。最后，又通过张总联系上山羊胡，山羊胡微信名叫"笑看落花"。这名字倒和他的职业很配，他不就是给女孩子们拍写真的吗。说到底，哪个女孩子都是花，也都是要落的。说出自己的要求，于青颇费了一番心思，她先去山羊胡的摄影场地看了看。没想到，山羊胡的摄影场地已经不在张总的文化公司院内了，张总的文化公司已经破产，于青穿苎麻衣服的"土布美院"也并不存在了。而且，山羊胡也并不怎么拍写真，他在时光街开了家婴童照相馆，于青迟迟疑疑地走进去，看到山羊胡正举着相机给一大一小两个宝宝拍照。照完，山羊胡请她坐下，给她倒了杯茶。她提到那次饭局，他还稍有印象，但对文化公司只字未提。于青发现山羊胡的山羊胡不见了，一个瘦削而光洁的下巴好像预示着他更切实际的生活。

　　于青到底说出来了。是在当晚的微信上。寒暄了几句，她禁不住先问他，怎么把胡子剪掉了？他说，这有什么要紧吗？这么抵触的回答让于青沉默了一会儿，她索性直接开始咨询他私房照的事情。山羊胡说，谁要拍？于青颤抖着手，输，我。山羊胡顿了半天，说，我给你推荐个女摄影师吧，拍得不错。于青半天又输了三个字，为什么？山羊胡说，女孩们只有完全放松自己的身体，才是美的。于青明白了。反过来问，你是男摄影师，你拍过女人的身体吗？山羊胡发了个尴尬的表情过来，说，自从我花了几万块钱去北京专门学了拍人体后，还没人请我拍过。于青说，那我就是你的第一单生意。

　　于青从知乎上搜，女人找男摄影师拍私房照的，不外乎两种可能，一种是不知羞耻，一种是这个男摄影师太有名了，让女人不把他当男人，只当艺术家，从而克服了羞耻。于青想来想去，觉得自己哪一种都不算。和山羊胡敲定了时间和地点——时间就是两天后的周五，于青忽而觉得有些早，怕自己准备不够，在她的想象中，她还想去美容院做做脸，紧一紧皮肤，再去健身房健几天身，把"蝴蝶袖"去一去，忽而又觉得还是尽快拍完算了，免得夜长梦多，自己再变了卦；地点是山羊胡选的，市内一家设计很典雅的四星级宾馆，大飘窗，深黄色布艺沙发，灰色地毯，水晶灯。山羊胡很惭愧地告诉于青，他只有那家婴童照相馆，没有自己的工作室，也没有找到合适的别墅什么的，所以只能去宾馆。宾馆也不错，更容易拍出效果。于青虽然从网上了解了一下私房照的拍摄情况，知道刚出道的摄影师确实会选择在宾馆拍，但看到"宾馆"两个字，她心里还是咯噔了一下。她工作的这几十年，出差的时候也常住宾馆，她甚至很喜欢住宾馆，有时候和丈夫吵了架，她不会回自己妈那里住，怎么能给自己含辛茹苦的妈添堵呢？她就会去宾馆住几天。几天后，消了气，她就会蔫悄悄地回去，她哪有那么多钱去挥霍？

而她现在就要花一笔巨款，在一家陌生宾馆的床上打开身体了。她已经和山羊胡商定好拍摄尺度了，她要拍就拍全裸。晚上睡醒，脑子里突然冒出这个场景，她觉得自己简直是疯了。山羊胡看到自己的身体会怎么想？她已经跟他签了协议，照片不许传到网盘，她怕网盘万一泄露，只能存在 U 盘，而且修完图后，要当着她的面删除，她还要检查他的电脑。如果真有照片流出，她会追究他的责任。当然，她知道这些都算掩耳盗铃，山羊胡要是想保存她的私房照，她是防不胜防的，但她选择相信他，第一次认识他的饭局上，他不分场合地对自己雇主的忠心耿耿让她认定他是个憨厚老实的人。包括这几回沟通，都让她觉得自己找他是对的。但他是会看到她的身体的，可他不是个对摄影很痴迷的人吗，他拍摄她的身体时，也是把她当作一件物品来拍吧，比如一个陶罐？

陶罐也要清洗清洗，上上釉的。于青网购的一套内衣和一瓶香体乳适时邮到了家里，她又从梳妆台的抽屉里找到了一瓶法国香水，是一位同事去年去巴黎时给她捎回来的，她只用了一两次，就很后悔买了它，把它藏了起来。她总觉得一个人的吃穿用要和这个人的收入、家居环境相一致，她无法想象一个住在老旧小区、坐公交车上班的女人用法国香水。而现在,打开这瓶香水,她只闻了一下,就觉得这气味很清新,和她乱糟糟的生活并没有冲突,这让她惴惴不安的心情放松了许多。

晚上洗浴的时间长了些。于青家没有浴缸,只有莲蓬头。年轻的时候,一直想有个大浴缸,和电视上演的一样,放一池子水,撒上花瓣,身体半沉半浮。住宾馆的时候,她试过,水面晃荡起来,她居然一会儿就晕了,他们说这叫晕水。她只好抱怨自己没有享受的命。可她喜欢那样的场景,在莲蓬头下洗浴的时候,脑海里常常盘旋着这样的场景。那样是可以平视自己的身体的呀!像另一个人在看自己。人,能有多少时候好好看看自己?用毛巾擦干,仔仔细细给全身涂上香体乳,于青发现丈夫站在卫生间门口。你在干什么?丈夫问,这么久?于青披上浴巾,推开门,丈夫侧身而入。

于青坐在梳妆台前给脸拍水,又修了修眉,拿起法国香水想喷两下,还是放下了。躺下来的时候,透过门底,丈夫书房里的灯光还能看到。她扭灭台灯,平躺了会儿,又背转身,忽然感到一条手臂搭了上来。接着,她被扳了过来,丈夫在黑暗中摸了一把她的胸,说,用了那么多香水,想勾引我吧?她有些意外,想告诉他自己并没有用香水,又觉得好笑,身体骤然缩紧。丈夫并不等她回答,很快完成了他要干的事情。然后倒头睡去。她毫无快感,全程好像都在发愣。回过神来,她抚摩着自己涂了香体乳的腹部和大腿,恨不得推醒他,告诉他,她用的是香体乳,香体乳!她还想告诉他,她明天要去拍私房照！这个念头在她心里生根之后，她从未想过要告诉他，然而现在，她只想原原本本把这件事告诉他，不是征得他的同意，就是打死他，他也不会同意的，她只是想让他知道，不管他同不同意，她都要去拍。可是，她什么都没说，在黑暗中听着他打呼噜的声音，她实在睡不着，只好拿着夏凉被，去了书房。

上午八点，于青准时出了门，跟其他工作日一样。不同的是，出门前，她又简单洗了一次澡，仔仔细细涂了一遍香体乳，临走，还喷了香水。好在，现在是夏天，早上冲澡也平常，丈夫并没有多问一句，就连她往领口、手腕和腋窝喷香水，他也没有多说一句话。一个五十二岁的老妻了，他还有什么不放心的吗？

不到九点，于青就到了宾馆。宾馆在城中心，高大华贵，有一种独立于喧嚣之外的气度。推开宾馆的旋转门时，于青脑子里短暂地出现了一阵空白，这是很诡异的事情，自己修饰一新地来到了一家陌生的宾馆。而且，提前了整整十五分钟。她从大堂一侧接了杯绿茶，坐在角落里的沙发上等，看着自己的脚尖。再抬起头，她觉得头发蒙，知道是昨晚没有休息好的缘故。她仰靠在沙发上，让自己慢慢平静下来。时间不长，她看到了山羊胡——不，她不能叫他山羊胡了，他早就把山羊胡剪掉了。她看到的是一个戴着长檐帽，挎着相机的小个子男人，男人跟前台交谈了几句，拿了房卡，去乘电梯了。然后，她的手机嘀的一声响，她差点惊立起来，是山羊胡的微信——她还是叫他山羊胡吧，除了他"笑看落花"的微信名儿，她只知道他姓李，其余的，一概不知。山羊胡礼貌地告诉她，他已经到了，并把房间号发到了她手机上。

九点钟，按照约定，于青准时摁响了门铃。

山羊胡的脸藏在相机后头，像是在专心致志地试光，对她的到来，只是客气地说，先坐，稍等。片刻，山羊胡把相机对准了她，很快，又从她身上挪开，走到窗前，把厚厚的淡青色窗帘拉开一半，接着二次对准了她，想是仍不满意，再次走到窗前，把窗帘拉开了一多半，如此试验了几次，山羊胡才满意了，说，光不错。人很柔和。说着，山羊胡放下相机，拿出一个架子来，支起了反光板。于青人是恍惚的，脑子在那一刻清醒了，说，这个板子是你打吗？山羊胡说，怎么，你以为我腾不出手吗？放心吧，拍私房照怎么能带助理呢？说着，他抬起左脚，钩了下反光板，说，这不是还有脚吗？想让它往哪儿打就能往哪儿打。他兀自呵呵笑了。看于青不说话，他像是恍悟了，说，你需要做准备吗？于青还在愣着，舌头有些发颤，说，哦，不，不需要。

山羊胡却一屁股坐在了沙发上，拿出手机，说，我处理下微信，你克服一下心理障碍。于青坐在床上，不知所措。山羊胡在手机上用两只手飞快地打字，打着打着，接了个电话，语速很快地说了一大堆亲子照、海滩照的事情，于青统统没有听明白。挂断电话，山羊胡望了一眼于青，说，真想不到你会来拍私房照。于青尴尬地笑了一下，说，一种记录吧。山羊胡说，早就该来拍。不过，一个年龄阶段有一个年龄阶段的美，这个世界上从没有任何东西美过人体。语音聊天的请求在这个时候响起来，山羊胡摁了接听，又开始了一通谈话，于青还是听不明白，大约过了五分钟，山羊胡不耐烦了，说，我这里拍着照呢，改天再说吧，好吧？掐断语音，山羊胡说，有时候恨不得把这手机扔了，整天没一点消停的时候。于青说，可是拍照不是你的乐趣吗？山羊胡说，什么事情做多了，也会烦。于青说，你倒是第一次拍私房照。山羊胡脸上爬过一丝慌张，放心，第一次拍也能拍好。于青说，有时候，我的身体让我害怕。山羊胡说，害怕？于青说，是啊，害怕。好像我体内藏着无穷无尽的秘密，而我还没来得及把它们找到，它们就消失了，只剩了一个空壳。山羊胡忽然笑了，说，你这是紧张吗？好了，好了，我把手机静了音，我们赶紧拍吧。

不仅手机静了音，整个屋子也静了音。

山羊胡终于耐不住了，轻轻地说，脱呀，你脱呀。不脱，我怎么拍？

明亮的阳光透过纱帘照过来，灯罩、床头、墙壁都被笼上了一层光晕，就连灰色的地毯也半明半暗，暗的那一半，很有质感，明的那一半，上空一粒粒飞着灰尘。于青脑子里来回响着，你脱呀，不脱，我怎么拍？她开始脱，一开始脱得很慢，窸窸窣窣把上衣脱掉后，她看了一眼山羊胡，山羊胡正看着她，脸上没什么表情，几秒后，他抬头看了看从窗户里照过来的光，大约在心里构了下图。于青很羞愤，开始脱胸衣，胸衣并不是她新买的那件，今天早上，她把那件新的穿上，在屋里走了一圈，觉得很别扭，又不知道哪里别扭，临出门，还是换上了那件旧的。她脱得很快，像和胸衣有仇。然后，她支起双胛，把自己的脑袋深深埋了下去。

沉默中，咔嚓一声。她像被子弹打中了。然而，她并没有死。她分开头发，抬起头，哭了。哭得像个孩子。

于青后来放弃了瑜伽，喜欢上了跑步。多半年后，她小腿的肌肉变得很有弹性，蝴蝶袖也不那么明显了。这样的手臂，夏天就能穿吊带了，虽然到她那个年龄，很少有人穿吊带。她大约也不会穿，但如果她穿，一定是好看的。还有一点是她喜欢的，就是跑完步后的冲澡，她觉得毛孔里的污垢都被冲净了，她是个不带任何污点的人，这个时候，再喷上香水，很是让人神清气爽。是的，现在，不管在家里还是出门，她都要喷香水，那瓶法国香水用完后，她又托朋友代购了一瓶。不过，正如丈夫所说，她是个没常性的人，她也不知道自己这项运动能坚持多久。也就是这个春天吧，到了夏天，她不敢保证自己能夏练三伏。也正是这个夏天，于青他们电视台组织了一个行业性的大活动，在凉爽的坝上。本来像她这样已经超过五十岁的女同志，是不大会被安排去搞接待的，而且，她的岗位也不是办公室。她去找领导协调，说自己整天写宣传稿写累了，这回让她换个工种，去搞接待吧。领导很诧异，却也同意了。在坝上的第一个晚上，她就喝了酒，喝的是白酒，她已经很多年没有喝过白酒了。坝上的人都喝白酒，没有人喝红酒。也挨个敬酒，既然破戒喝了，就得敬，酒场就这个规矩。同事们看着她一个挨一个敬酒，眼睛都瞪圆了，在单位，就连去食堂吃饭，她也会坐在一个不显眼的位置。都说，她像变了一个人。敬到一位穿浅灰 T 恤的男士面前，男士站了起来，说，小于，不简单呀，又漂亮又能干。于青连连表示惭愧，双手捧着酒杯，一饮而尽，是恭敬的意思。她知道这位是他们编剧行业的大咖，姓费，不但业务出色，在书画方面，也颇有造诣。又长了一副好身材，年过六旬了，却没有大肚腩，在凉气袭人的坝上，别人都在 T 恤外头加了外套，他偏不，在脖子上围了一条格子围巾，健壮的胳膊裸露着，很是招眼。他走到哪里都招眼，于青听同事们讲过，这么有才华又帅气的男人，怎么可能不招眼？接下来的酒场，于青一直感到有双眼睛在看她，她不敢相信是那位姓费的知名人士。第二天早晨，刚刚醒来，于青打开手机，看到费老给她发了条微信：早上好。后头加一朵玫瑰花。于青的心战栗了一下，真是久违的感觉。她回，费老这么早呀，早上好。这一天的行程是嘉宾们去采风，她负责的那一组没有费老。因为晚上没睡好，体力稍有不支，她在半山腰把嘉宾交给了导游，自己坐在一块石头上歇息，不一会儿，费老从他那一组退出来，坐在了她的一旁。于青感觉到费老是有意的了，心里像拱着个小兔子一样突突跳个不停。费老开始跟她聊天，她说自己在电视台做了这么多年，竟然没有写出一部像样的剧本。费老微微笑着，给她耐心讲解，讲的都是专业知识，这可都是难得一闻的真经呀，她却一句都没听进去。晚上，是篝火晚会，搞文艺的人多少都有些才艺，大家也不扭捏，唱京剧的，唱流行歌曲的，表演快板的，一个接一个。费老看她在一旁戴着手套吃一块烤全羊，就深深弯下腰，做了一个请的姿势，是邀舞的意思。她左右看看，很多人在看着他们呢，她横下一条心，被费老挽着，下了"舞池"，嘣恰恰，嘣恰恰，在篝火旁，男退女进，他们跳了起来。舞蹈是身体的盛宴呀，于青年轻的时候，是喜欢跳舞的，结婚后，跳得少了，现在乍一舞，还找不到感觉，可不过跳了两圈，她就伸展自如了。她胸部高耸，腰肢柔软，脚步轻盈，一圈一圈转着，整个人像被带入了一种神秘的境地。

舞着舞着，一转身，他们到了篝火旁，火焰跳跃着，像巨大的舌头，热烈而性感。费老把脑袋凑到她耳朵根儿，说，你瞧，干柴烈火呀！她笑了，心里说，可不是一堆儿干柴烧成了一场烈火吗？可他说的明明不是这个，这真是个很有趣的老先生。下一秒，她感到费老放在她腰上的手用了劲儿。她定定神，把自己放在他肩头的手松了松，顺势把他往外推了推，跟他讲了一个故事。是的，就是多半年前她去拍私房照的那个故事，那真是一个无法形容的故事。故事的结尾几乎是注定的，是的，在那个阳光明亮的上午，在那个地毯上飞着灰尘的上午，她没有拍成私房照，但率先落荒而逃的并不是她，是那个山羊胡。她愣了半天，都不知道发生了什么，她怀疑他并没有看清她赤裸着的上身，是她的哭把山羊胡给吓跑了。好像她流的并不是泪水，而是什么毒水。而她的哭，她怎么会哭呢？她怎么会哭得像受了一辈子的委屈？怎么会哭得像一辈子没有哭过似的？

她笑着说，她有理由相信，山羊胡从此以后再也不会给中老年妇女拍私房照了。

一曲终了，她撇开费老，返回她的座位，戴上手套，接着吃那块凉掉的羊肉，内心荒凉，却吃得浑身热烘烘的。

终　身

一

　　我给老爷子倒痰盂的工夫，病床上就多了一张花花绿绿的传单。我一把拉开门，这种人向来来去如风，我只看到个臃肿的背影。我冲那背影喊，再给我们屋塞，我就打 110！

　　我妈紧张地盯着我看，我没好气地说，咱家还不是被这些小广告坑了吗？我披上衣服，想起老爷子刚患病的时候，我们按照小广告上的方法，买石斛，买灵芝孢子粉，买各种昂贵的说不上是什么东西的东西，有一回，小广告上说麦苗榨的汁能治病，大冬天的，我们愣是在阳台上培育出了一片油绿的麦苗，又买了榨汁机，天天让老爷子喝绿沫子，老爷子也听话，跟被驯服的驴一样，缓慢转动着眼珠，一口不剩地喝下去。结果呢，老爷子越来越瘦，住院的次数越来越多，这回，连化疗都做不了了。肝功、肾功都出了问题。我压着火气，拉开门，跟妈说，我给你带一扇蒸饺去。

要了一碗面，我扒拉两口，给小苏打电话。小苏得知我又去陪床了，说，没办法，你家这个事真没办法。我说，我挣的还不如一个护工多呢，还是我陪合算，再说，难道真让老爷子最后一段时间在别人的看护下度过？小苏说，你整天就这几句话。没办法，要是一个人对一种选择并不十分确定，他就会反复跟别人念叨，既是求证，又是在说服自己。

人都有一死，现在轮到我家老爷子了。老爷子自己也是知道的，三年前他就有感觉了，输完液，他半低着头，眼睛看着怎么擦也擦不干净的地面，说，这个世界上再也没有我的地儿了。一个农民，用了"世界"两个字。我眼泪迸出，我妈把我赶了出去。后来，老爷子再也没说过这些话，只是拼命吃药，拼命练气功，还到处打听带瘤生存的人，让我开车带他去向人家讨教经验。可是，终于还是复发了。然后就是长达两年的化疗、放疗，到现在，人已经完全脱了相。小苏说，对了，前天同学聚会，你不是没去吗，我去了，见到了"老棉花"。我哼了一声，谁？小苏说，老棉花！他现在在咱们市安平医院，还说那个医院条件不错，有专门的CA病区，也是三甲。当时我们都骂他，有请人吃饭的，有请人听戏的，没请人看病的。我刚想起来，你可以带老爷子去他们那儿呀。我说，你不早说！小苏愣了下，讪讪地说，刚想给你打电话，你这不就打过来了嘛。我想怼小苏两句，看看糟成一团的面条，还是挑了一筷头面，放进了嘴里。自从老爷子患病，小苏一直充当着我的倾诉对象，都三年了，疲了也正常，谁还能老对别人的痛苦保持新鲜？

给老棉花打电话，当着我妈的面，是不想再跟我妈重复一遍。现在，每个选择都得慎重。可给老棉花拨通电话的瞬间，我还是犹疑了一下。老棉花听到我的声音很高兴，连连说，春晖，是你呀，你好。我简短讲了老爷子的情况，那头极短的沉默后，说，我说怎么你上回聚会没去呢。然后职业性的冷静就涌了出来，他开始给我介绍医院的情况，却并不像小苏描述的那样热情地"请人看病"，还是有一名医生的矜持的。你们把老爷子带来吧，怎么也是不能做手术了，在哪里治疗都是一样的，最起码这里陪床方便。他说。仅这一句，就够我们动心的，这两年，我们在省肿瘤医院，别说没有家属待着的地方，就连CA病人输液的病床都摆到了走廊里，白天治疗时，家属转个身都困难。而且，医院是终身治疗制——老棉花在电话中又说，八万块钱保终身，所有的治疗全包括在内，当然一些进口药、靶向药什么的不算在内。签约生效。

我瞧见我妈脸上现出一丝喜色，自老爷子得病，我们已把所有的积蓄花完，还借了一大笔债，我自己呢，还丢了工作，现在有个什么终身制，别说我妈，我也长出了一口气。

二

把老爷子搬进安平医院的当天，我就见到了老棉花。老棉花其实叫赵晓章。"老棉花"这个名儿还是打我这儿起的头，那时我和他的座位中间，隔着条过道。我记得我的同桌是个体型硕大的胖子，常常挤得我没地方，有一回自习课，我就把自己的凳子挪到了过道上。我正趴在桌子头写作业，感觉后背有动静，扭头发现赵晓章也把凳子挪到了过道上，和我背对着背，几乎贴在了一起。我噌一下站起来，喊，赵晓章，你这是干什么？你要干什么？赵晓章坐着，扭过头，故作无辜地望着我，你能占过道，我就不能占吗？我拿起桌子上的铁文具盒，在要砸向他的那一刻，生生地憋了回去，我们班有两个同学前两天刚打了一架，让学校给撵回家了。我呼哧带喘地坐下去，就那么和他屁股对着屁股坐了一节课，让想出教室的同学根本无路可走。下了课，我把凳子挪回去，他也把凳子挪了回去，像个照样学样的猴子。他出教室的时候，不想我一伸腿，绊了他个大马趴。我眼睁睁看着他倒了下去，他长胳膊长腿的，倒地后半天没动弹，好容易爬起来后，浑身软绵绵的，动辄又要倒的样子，我和几个要好的女同学笑得起不来，从此，我们背地里都叫他老棉花。他后来知道了，并不恼。老棉花别看没什么刚性，特能跑，有一年学校开运动会，他先去县城理了发，理了个半长头，在操场上，他飒飒带风地甩着有型有款的头发，跑了一圈又一圈，把所有的选手都甩出了半圈，引得半操场的人尖叫……那时候,我们读初中二年级,十四五岁。多年后读大学,我收到过老棉花一封信,还夹着一张他的照片,头发又推成了小平头。他上的是军校。我回了一封,也夹了我的照片。我们通了几年的信?一年,一年半?我忘记了,不会再久了。怎么结束的通信我却记得很清楚,有一回,老棉花到我们宿舍来看我,偏巧我没在,老棉花就坐在我们宿舍的凳子上,跟我的舍友讲"杀人"——他读的那所军校后院是座山,山上是枪毙罪犯的场所。他走后,我回来了,舍友们看我的眼神很复杂,不解、惊异、嘲笑,是的,是嘲笑,这种嘲笑让我提笔就给老棉花写了一封绝交信,老棉花蒙了,试图挽救我们这段青涩的初恋,请了假急匆匆又来找我,被我拒之门外。那时候才叫少不更事,能把一张面皮看得比天还重要。只是讲了个"杀人",把自己扮成见多识广、颇有阅历的样子,也许还是为了缓解第一次到女朋友宿舍的紧张情绪,在我这里,却成了不可原谅的唐突和粗鲁。

二十多年前的这段老皇历让我走思了,老棉花,不,安平医院的赵医生正用听诊器检查我家老爷子的胸腔积液,老爷子张着嘴,眼球浑浊,可从中挣扎出来的光却很疯狂,每换一个医生,老爷子都觉得自己还有救。上回他就是在喃喃低语了一个多钟头"西沙必利、西沙必利"后昏迷的,带着"西沙必利"这种药能救他命的希望。就是在那个时候,我突然生出一个念头,希望老爷子不再醒来。经过抢救,老爷子醒来了,醒来后第一件事就是盯着我看,仿佛看到了我心里曾有过的令人不齿的念头，我甩甩头出来，在医院走廊，跟一个病人家属借了支烟，吸了两口，觉得爽极了，那是我第一次吸烟，吸得很溜，无师自通。

赵医生一边检查，一边问，我在旁边小学生一般全神贯注，生怕漏听了一句，漏答了一条。后头几个实习医生端着小本，记录。多年之后，我和老棉花竟是在这样一种情境下相见的。真他妈的吊诡。听说军医大毕业后，老棉花就分回了老家，在老家最好的医院里当主任医生，什么时候回到省城这家私立三甲的呢？根本没有机会问。老棉花从老爷子病床前走开时，看了我一眼，我心里瑟缩了一下，默默跟在他身后出了病房，他却带着几个人转身进了另一间病房，没有和我交谈的意思。

上午倒找到机会和赵医生聊了一会儿，他告诉我，老爷子病得很重，让我们做好心理准备。和别的医生跟我说的无异。也没有说太多，办公室的人不断，离去的时候，我看到他的办公桌上插着一束快要凋谢的香水百合。

回到病房，我给赵医生发微信，约他晚上吃饭，那束香水百合提醒了我。在社会上混了这么多年，我知道医生最不能怠慢，不过，这几年查得紧，我也不会给他们直接送红包，当然也不能什么都不送，我送别的，一幅字画、一盒太平猴魁、一款包包等，选个合适的时机，神不知鬼不觉。小苏老说我不相信别人，我反驳她，把一条命交给一个不相干的人，能相信吗？小苏说，你这是不相信社会。我哈哈一笑，你可别给我扣这么大的帽子，我一个小老百姓。老棉花嘛，应该不用送什么，但饭还是要请一顿的。毕竟,我们现在要以这么一种奇怪的方式相处,还是应该有个缓冲的。赵医生回了,简短的两个字,好的。放下手机前,我又给小苏发了一条,告诉她已把老爷子转入老棉花的医院,并约了他吃饭,请她务必赏光作陪。

三

那顿饭一个星期后才吃上。原因是我家老爷子又闹了一回,他在深夜迷迷瞪瞪爬起来,把我和我妈的水杯子都尿满后,又尿了一地,然后就心满意足地昏迷了。凌晨两点,我叫起值班医生,又把老爷子转入了ICU。第二天赵医生查完房,把我叫过去,说以后遇到这种事情,一定要给他打电话,他住得不远,可参与处理。我表示感谢,想起我约他的那顿饭,可他看我的眼神让我不想请他吃饭了,我说不上那是一种什么眼神,体恤?怜悯?不管怎样,都让我不舒服。正要转身离开,赵医生说话了,这周六我请你吃饭吧,给你压压惊,正好老爷子在ICU,不用你照顾。顿了顿,他又说,要不要叫上小苏?

当然,饭仍然是我请的,地方却是赵医生订的。离医院不远,装修简单,但看起来很干净。小苏一见赵医生,就老棉花、老棉花地喊,老棉花笑得有些不自然,他让我们俩坐在最里面,他一遍遍叫服务员,上这个上那个。聊了很多——这种跨越了漫长时光的聚会,大约不适合讨论平淡无奇的人生,更适合爆一些猛料,我们一个当厅级领导的同学在会场上被检察院带走了,还有一个同学炒比特币,输掉了百万家产……小苏也说自己，花了十几万给孩子买了个重点学区的指标，去年到入学时间了，学校里根本不承认，钱算是打了水漂。你呢，老棉花？小苏问。

老棉花也就开始讲他自己。他是两年前从老家那所城市的肿瘤专科医院转到我们这座城市来的，之前一直没跟同学们联系，是因为他也处在人生的低谷期。怎么回事呢？小苏骨碌碌转着眼珠。我在肿瘤医院犯了错，到这儿，是发配。老棉花说。什么错？小苏问。说了你也不懂。老棉花开始打马虎眼，而且，我离婚啦。不想在老家待着啦。老棉花后头这句话说得很轻松，感觉后头这条才是他离开老家更重要的理由。

这两人都言简意赅地吐槽了自己的惨状，我的惨状是他们都能看到的，我就闷头喝扎啤。老棉花安慰我，春晖，你也要看开些呀，不能太愁了，以后日子还长着呢。工作嘛，也好找。你的能力、资历都在这儿摆着呢。一听就是泛泛而谈，缺乏真诚，隔行如隔山，他一个军医大毕业的人，哪里懂我一个文科生的能力和资历？

我抬头瞄他一眼，老爷子住院这几年，我也不是完全没工作，完全不工作岂不要饿死？我在淘宝上接文案，在病房里打开手提电脑，抽空就把文案做了，换点零花钱还是可以的。只是接到公司跟我解除劳动合同那一刻，我还是半天缓不过劲儿来，毕竟，我在那家公司已经工作十来年了。但我以后还是要回到职场上的，我会换上通勤装，画个淡妆，穿上高跟鞋，包包里装着卡布奇诺、午餐牛肉和养乐多，坐在格子间里敲键盘——现在想想，格子间里的工作竟然有些吸引人。但这些必得等到老爷子的事情结束了——一想到我的新生活（就算是新生活吧），要以老爷子生命的结束来开始，我就觉得自己冷血，就会强迫自己断掉这种疯狂的念头。

手机响起，是我妈。这两年，我妈不会让我离开老爷子超过一小时之上，她害怕。我安慰了我妈两句，去结账。老棉花开车先送小苏，送我时，冷不丁说，其实，我在老家的医院并没犯错误，是我心里老觉得自己在不停地犯错误，我当了十多年的肿瘤科医生，实在不想去切那些肿块了，还有那些器械，我也不想再看见了。

为什么？那些大医生不是都能从一次完美的手术中得到成就感吗？

起初我也能，现在不能了。我也不知道为什么。我还是换个方式当医生吧。安平医院好，安平医院的 CA 病区全是不能做手术的病人，能做手术谁不去北京上海，最次要去省肿吧，我到这里来，就是想温和一些……

这又不是临终关怀！

差不多吧。老棉花说，没几个能好的。

我从后视镜里看他，他眼神很锐利，瞥着我。我说，你一个医生，怎么能这么说话？

他生硬地说，我是个医生，我就这么说话。

我心里不知什么滋味，忽然想起八万块的终身治疗来——前两天，我刚签了那个协议。一共两页纸，一式三份，甲方是安平医院，乙方是病人，内容分好多条，我一条一条仔细阅读了的，大致意思是治疗费用超过八万后，一分都不再多收。

那就是八万块钱买个死呗？我冲老棉花吼。

车猛地停下，到医院门口了。老棉花说，就是八万块钱买个死。人这一生，讲修行，修什么？我现在才算是明白了，就是修个好死！

四

老爷子从 ICU 出来了，病情趋于稳定。他又开始睁着浑浊的双眼盯着每一个来查房的医生看了，就像盯着天神降临。另一个病友看我家老爷子脱离了危险，又开始一起床就打开电视，看《妈妈咪呀》。病区里的病人都输上液后，我妈又靠在门口跟人倒苦水。都有苦水，就看谁的更苦。傍晚，同屋陪床的来换班，临走之前照例要用医院的热水洗个澡，一时间人仰马翻，很是热闹。有时候，我会恍惚，觉得这里并不是医院，而是一个什么生活区。

和老棉花的关系，奇迹般地发生了质的变化。也许是那天我冲他吼过，他冲我吼过之后，我们之间就达成了一种奇怪的默契。晚上，他会和我微信聊几句，问我心情怎么样。歇班时，他一般开车回市郊，他在那里养了几条流浪狗，委托给邻居照顾。他会拍狗的视频给我看，二哈、花花、小黑、球球，竟还有一条狗，叫贱货……他让贱货给我表演个销魂趴，贱货就歪三扭四地趴下，他在一旁坏笑。他说他最喜欢二哈，二哈很聪明，听到他的汽车响，就拼命叫。老棉花告诉我，有个心理医生要买走二哈，对一位患抑郁症的亲戚进行治疗，他没卖给她。我还需要治疗呢。老棉花说，现在谁不需要治疗？

小苏知道我和老棉花之间联系频繁之后，专门跑到医院，跟我吃了个饭，给我打气。她觉得老棉花是我再婚的最佳人选。这是天意呢！从初中他就喜欢你。她笑得很鬼魅。作为闺密，她知道我和老棉花的所有过往。我下意识制止她这种跳跃式的想法，告诉她，我不会和一个医生生活在一起。经历了老爷子的事情，我无法想象一个浑身凛凛寒气的医生在柴米油盐酱醋茶的家里是什么样。不过，小苏走后，我还是开车回了趟家，翻箱倒柜找老棉花最初写给我的那封信，我记得那封信里夹着一张他的照片，可惜没找到，不过，总算在床底下的箱子里找到了一张我们班的全体照，老棉花站在最后一排，又细又高，伸着长长的脖子，目光中有一种稚嫩的坚毅，生瓜蛋子一样。那样子真好笑。我一边开车往医院走，一边笑。

那天晚上，我正倒栽着脑袋在老爷子床前打瞌睡，手机的振动音响了，陪护老爷子久了，我锻炼出了异乎常人的听觉，能在深夜听见手机的振动声。我走出病房接电话。是老棉花。老棉花说二哈生病了，浑身抽搐，而他在处理一个紧急病人，待会儿才能出去。你是要我带二哈去医院吗？我说。不，老棉花说，二哈就在医院里，它可能快不行了。你替我去看它一眼。我从病房门的玻璃窗往里看，老爷子睡得很踏实。我说，好。听医生的，老棉花说，我们永远也不知道该拿生命怎么办。我说，好。

痛苦不堪的二哈被注射了一管稀释后的针剂后不再动弹。不遗弃的话，只能这么做。宠物医院的医生说。静默了几分钟，我把二哈装进一个纸箱子里，在路口瑟瑟发抖地等老棉花。凌晨四点，我和老棉花一起，在市郊一座山上埋掉了二哈。又少了一只。老棉花抽了口烟，朝我苦笑了一下，我早知道二哈病了，所以不能卖给那个心理医生。夜漆黑，烟头微弱的光让他的脸色看起来很苍白。能抱抱你吗？老棉花说。我伸出胳膊，老棉花的脸贴过来，沁凉，我们俩就那么站着抱了会儿。我听见麻雀的叫唤，唧唧唧唧。和我在一起，好吗？老棉花说，我们结婚。

我没有说话，从他怀里轻轻挣脱。天要亮了。

转眼就除夕了。医院里的人少了很多，能回去的都回去了。这已经是我们一家在医院过的第三个年。前两年除夕，我的姑姑叔叔还给我们送点吃的，今年可能忙忘了。我想起来，这回老爷子进ICU，他们好像没来探望。也正常，他们已经探望了很多次了。好在医院每年都有免费饺子，好吃难吃吧，总归是饺子，我披上羽绒服去领，路过后院的假山，看见那棵老枯树上还有昨晚没有化净的雪，像顶着一个白帽子。

我脚下忽然就有点飘，心里也乱，这个时候又不能给小苏打电话，毕竟是过年。老爷子已经十几天水米未进了，只每天上午能清醒那么一会儿，然后就是漫长的昏睡。每天早晨，查房的医生都跟我说情况不好，说不定哪一会儿呢。可昏睡那么一天一夜之后，第二天早晨，他又能准时在医生查房之前清醒过来，他像是在长途跋涉之后终于到达了自己的目的地，他虚弱地睁着眼，小声哼哼着要求加一倍吗啡，再动一动自己树桩似的两根细腿，流下两滴浑浊的泪水。我妈已经接受不了他醒来后的样子了，她自己站在窗户前，嘟嘟囔囔咒他死，他昏迷后，她又坐在他床前，给他按摩双腿。

今年的免费饺子异乎寻常地难吃，我和我妈简直像在吃药，沉默着吃药。在医院待久了，你会知道，沉默最可怕，鬼哭狼嚎都比沉默好受。这个时候，就是个快递的电话都是好的——果然有个快递电话，问我们的病房号，我觉得上帝听到了自己内心的声音，有点期待什么出现。不过两分钟，我们病房出现了一个小伙子，手里抱着一捧花。我接过来，是我喜欢的黄玫瑰，一大捧。卡片上印着花店的名字：名花有主。名字真够一厢情愿的。卡片上却是空的，什么都没写。然而，我还是什么都明白了，我给老棉花的微信留言，我答应。老棉花秒回，好。然后是满屏张嘴大笑的表情。我又哭又笑。我妈过来看，闹明白后，埋头一个一个吃饺子，吃完后，糊了一脸泪。

五

婚礼的一应事务，我和老棉花都托付给了小苏。小苏乐意干这些事，反正她工作很轻松。不过，有些事她还是要问我，那几天，我们俩的电话就像热线，后来实在不方便——在医院里讨论婚礼细节，即使压低嗓门，也确实不合时宜，小苏就给我们仨建了个群，名字就叫"终身大事"，她天天在群里大呼小叫。她给我们定的蜜月城市是成都，说成都的小吃特别好吃；她让我们去青岛拍婚纱照，说那里的天特别蓝，白云一团一团的，软得人都想躺上去，大海波涛汹涌，当背景没挑。我对跑那么远就为拍蓝天白云持怀疑态度，小苏拿自己说事，说自己当年为了省钱，婚纱照在市内拍的，背景土气，人傻傻呆呆，特别遗憾。小苏又给我从网上选衣服，她说我衣品太板，不由分说给我选了一套紫色羊毛裙，她自己也选了一套，咖色的。她说不能抢我的风头，但我猜她是拿我和老棉花的事来冲淡她生活的无聊。

然而这些讨论也只热络了一段时间，我们终究无法确定婚礼的举办时间，哪怕大致时间都无法确定，甚至是春天、夏天还是秋天，我们也拿不准。渐渐地，小苏的兴趣下来了。我的微信中，各种群浮了上来，终于，有一天，"终身大事"群落到了最后一个。很奇怪，老爷子的病像一条线，直的时候，我们等着绷断，曲的时候，我们等着折掉，然而，它既没有绷断，也没有折掉，仍然是一条很有韧性的线。我感觉老爷子自己也厌烦他这条线了，他醒来的时间不再是医生来查房的时间，像是经过了漫长的长途跋涉后，他没有到达他的目的地，而他已经不在乎。他醒来的时间也越来越短，醒来就会要加倍的吗啡，他已经不会说话，但他要吗啡的意思我们都懂，他仰靠着，把眼神瞟向输液袋，再皱皱眉，我们便知道他是疼的。有一回，我听见我妈跟他说，春晖要结婚了。他转动了一下眼珠，用眼神去找我，我不忍跟他对视，他就又把眼神往上瞟，这回看的是天花板。

时令已是初春，初春又是医院入住率高的一个时期，被抬走的人也多，医院走廊上每天都人来人往的。刚来的病人，照例要签一个终身治疗的约，病人家属欢天喜地的，知道无论如何，这病是到头了，而这个名为"安平"的医院也因此出了名，有一天，还上了电视，电视上穿白大褂的医生站成一排，以显示其规模，老棉花站在一侧，脸上没什么表情。

那天，老棉花开车带我去看房子，一套小三居。主卧里有一张很大的欧式床，我在上面躺了一会儿，感觉一辈子都不想再起来。老棉花看我喜欢，就把房子钥匙留给我，自己回去上班了。我果真在那张床上睡了三年多以来最好的一个觉。很奇怪，我梦见了二哈，梦见老棉花给二哈拍快手，二哈会很多绝技，一项一项表演给观众们看，有一项就是听到汽车声音就能判断是不是它的主人。我是被电话铃声惊醒的，我妈在电话中问我在哪儿，她几乎是崩溃般地喊，你还要不要你妈活？你还要不要你妈活？你这么着，你爸死不了，你妈就先被拖死了！我哆里哆嗦地奔下楼，打车，往医院赶。

老爷子在输液袋的维持下，又坚持了三天，第四天后半夜，趁我妈睡着，我拔下了针头。我知道，那天的值班医生，是老棉花。

我开车去了二哈的墓地。我穿着小苏给我网购的紫色羊毛裙，在二哈的墓前，坐了一个早晨，直到电话响起，是老棉花温柔的声音。老棉花说，春晖，你快回来，有我在，你别怕……然而，我知道我再也回不去了。

丧事办完后，我在这座城市的另一个郊区租了套房子，和我妈住在一起。我们这套房子和老棉花的房子分属于城市的两端。这座城市很大，我们不用担心会遇见。我把老棉花的手机号和微信号都拉黑了。我妈不知道为什么我和老棉花的关系急转直下，我没办法解释。以后还能缓和吗？我妈寄希望于时间。可能不能了。我说。一个月后，我找到了一份工作，还是做文案，我把紫色羊毛裙锁在了柜子里，又穿上了我板正的通勤装，每天早晨画个淡妆，包里拎着养乐多和养胃的小零食，我已经很久不喝卡布奇诺了，我患了严重的神经衰弱。老爷子患病那几年，我铁人一样，如今，竟病病歪歪了。有一天，小苏给我打电话，说老棉花去她办公室找她，问我的情况，她告诉老棉花我也许只是需要点时间去面对。我听着，神色恍惚。这天晚上，不知怎么，老棉花的头像又出现在了我的微信上，是那个"终身大事"群浮了上来，我愣愣地看了半天，退出了那个群。

短　途

一

那天，我坐在李拜车上，看到一个诗友发了条朋友圈，是一张自己和朋友在海子墓前的照片，看那装束，像是许多年前的事情。

我说，说了好几次了吧，要去看海子墓的。

李拜说，还说过去五台山呢。

我撇撇嘴。还说过去上海迪士尼呢，还说过去北京听歌剧呢。都知道就是个说，说完了，顶多再在心里想一想。像小时候吃了一块水果糖，看到别人嘴里有块大白兔，咂巴咂巴自己的嘴巴，想一想，明明并不知道大白兔什么味儿，还是要想。

我自嘲地笑了笑，然后，就说起了小时候，我们经常会说起小时候。我一个离异的朋友，说我是文秘，文采斐然，非要我给他在交友平台写征婚广告，我想了想，写道：在这里，我希望遇到背景单纯的女孩，我们先谈人生，从小时候的事情说起，再说到读书时，说到工作以后，从成长轨迹中，了解彼此的性格和喜好……朋友问我，为什么要先从小时候说起？我小时候就会和尿泥，弹拐拐，外带逃学打架，有什么可说的？我白他一眼，说，是你让我写的，这是对我不信任？

朋友不知道，有兴趣听一个人说废话，尤其是气氛悠远的废话，是谈恋爱的一种节奏。

我和李拜却不是谈恋爱。我们就是去五金市场买一把尖嘴钳，一个梅花口扳手和几只转轴。李拜在说到自己小时候用一个铁皮文具盒砸破一个同学的头时戛然而止，五金市场到了。李拜下车，去挑选，我坐在车里，往外看，窗外有一排排的店铺，也许是阳光的缘故，那些守店人脸上的表情有些怪异，像糊着一层塑料薄膜。

坐在李拜身后，从内后视镜里看李拜的脸，也有些怪异。好像眼睛比之前凸出，而他的眼睛本来就大。为这个，我一度想换到副驾驶上，但也仅仅想想罢了。我们县城不大，人们思想观念落后，坐在后排，是搭车的感觉，坐在副驾驶上，就有些说不清了。

其实，许多事情原是说不清楚的，人们却总想说清楚。

有人就试图说清楚我和李拜的关系。李拜把一兜五金材料放在后备厢，开车门时，手里拎着两根"小神童"，一瓶矿泉水。他要开车，只能喝矿泉水。你坐前头，把雪糕递给我，让我也吃根雪糕不行？李拜说。不行，我可以一气吃两根。我说。这么紧张，怕别人说？李拜说，早就有人说啦。说我们俩，一个采砂石，一个当文秘，一武，一个文，不知怎么黏糊到一块儿的。李拜一边说，一边灌下半瓶水，然后从内后视镜瞥我，那凸出来的眼睛忽然变得很深。我气得鼻子冒火，"小神童"化在嗓子里格外凉，我吃完两根，嚷嚷着要和造谣者对质，再撕烂他们的破嘴。李拜说，还有别的呢，要不要听？我说，什么？李拜说，他们还说我们俩文武交锋，不知谁胜谁负。这回，李拜的眼睛弯了些，掩藏着一层促狭的笑意。

捉奸捉双呀。我说，可以让他们来捉一捉。

李拜说，你就那么肯定我们不可能有别的？

我说，肯定呀。

我低下头，不是认输，也不是故作小女人态，而是有些不好意思。

我觉得问男女之间有没有真正友谊的人，都是傻子。怎么说呢，这世界上的任何事情，都不是非黑即白的，都有暧昧难明的地带。即使是一个正常男人和一个正常女人，两个人之间的感情也一样。说实话，我想过和李拜在一起的各种细节，李拜，更应该想过。但我从内心知道，和小时候吃不到大白兔一样，我们也仅仅想想罢了，这很令人难过。

一起吃饭？李拜说。

好呀，吃。我说。不管我们之间到底关系如何，饭都还是要宰他一顿的，大热天的，我百忙之中，陪他去一趟五金市场，两根"小神童"就想打发掉我？

青银高速在我们县有个高速口，李拜从高速口把尖嘴钳、梅花口扳手和转轴扔到桥洞下，有工人在那里接着，然后，载着我去吃饭。

我和李拜吃饭，有时候就我们俩，有时候会叫几个朋友。叫哪个朋友，也由我来定，李拜知道我这人各，但也不全是各，说孤僻也不算错，有和自己不对路子的朋友，宁肯不朝桌子跟前坐。

叫谁呀？李拜又问。经常叫的是栗子，栗子是我闺密，和老公一起卖地板砖。有时候两个人一起吃饭单调，就叫上栗子。但今天我不想叫栗子。

不叫了，就我们俩。我说，心里是有些恨的，我们怎么就不能有别的？

车开在路上。窗外是一闪即逝的景色。我不知道自己是喜欢这种飞驰的感觉，还是喜欢这种流逝的感觉，也许两者差不多吧。而且，我永远都不知道目的地在哪里，我也不问，问了也闹不明白。我这人路痴，一切都由李拜决定。这种感觉特别好，类似于一种自我放逐，爱咋咋的意思。

李拜开始讲他母亲，他母亲偏爱他哥哥，把他辛苦十多年积累下来的家业撇了一半给他哥哥，他一气之下，另起炉灶，开了个砂石厂。现在他母亲住院了，他哥哥根本就不管，都是他媳妇在操持，他媳妇怨气冲天，但碍于他的威严，不得不尽心服侍。还讲他上回去山西，在山路上开车，只差一点就出了车祸，人吓了个半死。又讲到他最近摊上的一桩官司，还讲他南方的一个书友得了癌症，他捐了钱，又在天涯论坛上帮他募捐……

李拜总有无穷无尽的话和我说，也不需要我回答什么，带两只耳朵听就行了。我也有话和他说，我和他说的话，却是需要他参与意见的。我丈夫叫风末，前段时间，我听朋友说他一个离异的女同事和人合伙做生意找人做担保，是我丈夫用我家的商铺做的担保，我朋友还说，这个女同事离异就是因为我丈夫，她的QQ名叫"慕风"。慕的是风，可不一定是风末呀。我对朋友说。朋友说，你就傻吧，他们单位谁不知道那女的老去你老公办公室坐着……其实，我怎么可能心里没数，风末和我分居都快半年了。我们俩在家，就差一根火柴，就能把这个家烧得片甲不留。

我想，如果是坐在餐馆包间，我跟李拜讲这些，也许我会控制不住情绪，骂几句，说不定还会悲从中来，可在飞驰的高速路上，我感觉我说出来的话被风一吹就散了，包括，我要不要和风末离婚这样的话，也没在空气中待多久，李拜好像也感觉到了这一点，并没有给我实质性意见。

车停在一家驴肉馆门前。我们邻县有一座桥，张果老曾经倒骑驴从这座桥上通过，这座桥因为这个典故而世界闻名，有趣的是，这个县闻名遐迩的还有一种吃食——驴肉。是不是张果老倒骑着的那头仙驴的驴子驴孙的肉就不得而知了，但人们都想吃了驴肉，长那么一点仙气。好笑，驴肉除了吃饱肚子，怎么吃也长不出仙气，反而是吃驴肉时喝的酒，能让我们长出仙气来。我和李拜吃了一盘驴肉，喝了一瓶黄酒，李拜看起来神色无恙，我已经飘飘欲仙了。李拜上了车，托住头，说，我头晕，要么我们找个地方歇会儿？

置身仙人世界的我，想象着自己站在云端朝人间扔破布，扔得痛快淋漓，说，好啊，好啊。找个好点的地方。

李拜的头好像不晕了，打火，加油门，车一个趔趄，歪了。我脑袋撞到车玻璃上，眼前冒出金星来。李拜下来看，轮胎被扎瘪了。我们俩站在明月朗朗的夜幕下，看着半路上的这家驴肉馆，前进不得，后退不得，觉得命好苦。为了不露宿街头，李拜开始给4S店打电话，等到一切处理完毕，已经是夜里十点半。我身上的仙气已被风吹得无影无踪，李拜眼睛锃亮，头脑是处在异常情况时那种亢奋，说，我们回吧。

我们就这么回来了。

二

这样的事情还有两次。

我和李拜认识，要往前倒个几年，那时候，县里成立了个书画社，我们那时候都喜欢画画，我画牡丹，李拜画山水，还有画葡萄、画京剧脸谱、画花鸟的，大家切磋切磋技艺，聚聚餐，还开上几辆车，去山里写生，很是热火了一阵子。时间不长，我就看出来了，大家对书画社都有所求，女孩子求大师带，大师身边围绕几个小姑娘，浑身舒泰，而书画社的几个头目呢，只需要把看对眼的女孩子和大师连缀到一块，就能求一幅墨宝，家里的墨宝越来越多，留给子孙，好歹也是财产。我被分配给一个在陶瓷上画水墨的，吃饭时，让我挨着他。那人画钟馗出身，饭后要一展身手，在宣纸上画钟馗，我拿镇纸在旁边给展着纸。画完，题字：小蔚女史留存。旁边人都拍手。原来是送给我的。晾一晾。那人说，然后擦擦手，去揽我的肩，我往前迈一步，一脚踩到钟馗的头上，说，钟馗可不是这么画的，钟馗是要出来捉鬼的。我踩着一脚墨，转身出了门。

一个人在外头走了好远，李拜的车赶上来了。

从此，我再也不参加书画社的活动了，李拜偶尔还参加，参加完必要找个机会和我出去一趟，在路上骂一通。我们真正的交往就是从骂人开始的，我坐车，他开车，骂天骂地，骂那帮人，骂这群人，反正我们什么人都看不惯。骂完了，我奇怪，你这么讨厌这帮人，干吗还颠颠着去？李拜不说话，找话题岔开。后来，我才明白，李拜那几年刚开始开砂石厂，到处求爷爷告奶奶，他从那些书画家身上曲里拐弯求取到的书画，都送了礼了。这让我很不屑，李拜叫苦，你工资拿着，我要养活一家人还有十几个工人呢。

继骂人之后，我们都发现，我们还有许多可说得热火朝天的话题。我丈夫风末那几年刚当上工商局消费科科长，为消费者维了权就被请去喝酒。一个女消费者从商场买了条内裤，穿了，下体发痒，他领着女消费者去商场退货，货没退了，换了一条，过两天，女消费者打电话给他，说下体不痒了。我讲给李拜听，李拜避重就轻，说，我巴不得领着女消费者去退退内裤就能拿到工资呢，退卫生巾都行。李拜的砂石厂那几年正在上升期，又多雇了几个工人，可销路一直是他在跑，还要跟政府机关搞好关系。他妻子是个闷嘴葫芦，除了每天早晨给他端一杯温开水，让他稀释一下血液稠度之外，什么都不懂。也不知道从哪儿看到这么一条，就记住了，根本不知道我一宿一宿睡不着觉，只好起来喝茶，早晨起来，根本不需要稀释血液稠度，看见温开水都想吐！李拜苦笑。她就是和我说说话，也好啊。你要先跟她说呀。我说。没的说，真没的说。李拜苦哈哈的一张脸在镜子里摇。

我和李拜，都一脑门子官司，偶尔一起出出门，骂骂人，倒倒苦水，成了习惯。去五金市场买材料，去送一个客户，去取一件重要物资，甚至去保养车，隔段时间，他就会打个电话给我，问我有没有时间陪他去。我工作单位忙一阵，闲一阵，闲了就陪他去，在单位门口等他时，心情竟然像逃出牢笼一样。他是个大忙人，一边开车，一边跟我说话，手机总在说得最动情处响起，把他的话冲掉，挂掉电话，他沮丧地叹口气，接着说。我们什么都说，李拜连他陪朋友洗澡泡妞也跟我说，还说黄段子，我笑得心领神会，内心却和窗外的景色一般荒凉。我正和一个山东人网恋，那人要送我一个礼物，问我想要什么，我开玩笑般打了个"苹果"的符号。隔了几天，我竟然收到了一款"苹果"。那年我们刚买了新房子，我根本不可能花几千块钱买一款"苹果"，可那包装完好的手机在餐桌上放了两天，风末只是象征性地问了一句，根本就没有刨根问底的兴趣。而山东人这几天出差，要经过我们县城，来看我，我知道天下没有免费的午餐。

我有个梦想，我们什么时候抽出时间，去外头玩上个十天八天的，这辈子也就知足了。李拜说，内后视镜里的眼睛瞬间很亮。

好啊。我说，把山东人这件事咽了下去。

那天，李拜是从外头做售后服务回来，开车时间太长了，一脸疲惫，到一条小路，他把车停在树荫下，说，我太累了，也困，眯上十分钟。十分钟后你叫我啊。话音刚落，鼾声骤起。李拜的睡姿并不好看，嘴巴半张，脸上一层细汗，皱纹在静止的肌肤上更为明显，我的心却在那一刻像被针扎了，靠在他胸脯上，会让他觉得安慰吧，我也会觉得安慰吧。我眼泪汪汪地看着李拜睡，看着他嘴角一丝一丝地抽动，看着他眼睫毛抖动，看着他胸脯起伏，心中如同波浪滔天，这时，李拜醒了。还没到十分钟啊。我说。李拜伸个懒腰，说，解了乏就行了。送你回去，还得去接儿子。说完，他脸色微红。我的心咚咚跳，知道他觉察到我刚才看他睡觉了。

哪天，我带你出去玩个十天八天的。一定啊。他又说了一遍。

高速上的风从车窗缝儿挤进来，把我的头发吹成了直的，像个女鬼。李拜要关窗户，我不让关。在呼啸的风声中，李拜说话声音得大，我才能听见，现在我不想听见他说任何话，光这种飞速流逝的感觉就够了。

也正儿八经策划过，那是之后的几天。李拜给我发过来两个攻略，一个去张北的，一个去海南的，随我选。那几天晚上，我都是看着手机上的那两个攻略睡着的。醒来，我跟李拜说，你这是要么是冰雪要么是火焰啊。李拜说，怎么，选择冰雪还是火焰？不温不火也行，你说去哪儿我们就去哪儿。我说，我们去趟五金市场吧。昨天晚上，我和风末吵架了，他从我微信中查到了送我"苹果"的那个人，以他消费科科长的敏锐程度，他觉得那个"苹果"是个假货，拿到销售网点去测，果然是个假货，上下代际差了五代，不懂的人看不出。他没有用自己最拿手的手段去维权，而是和我大发了一顿脾气，他把我们结婚时买的花瓶砸了。我躲在床上瑟瑟发抖，他喘着粗气过来搂我，说，五千就五千，给他就给他了，我们以后不这么傻了，好不好？我给山东人转了五千块钱，从栗子那儿借的，没有去赴他的约。没想到五千块买了个假货，假货好好地待在手机盒子里，放在餐桌上，我连打开都没有打开过。我甩开他，朝他扔枕头，他从床头柜拿出我家商铺的产权证，跟我解释，已经取消了为女同事做的担保，女同事离了婚，没有人帮她，她是他的下属，他只能帮一帮她。我肿着眼睛坐在李拜的车里，李拜问我是不是跟风末吵架了，我说是，心里却从未有过的轻松。车一溜烟地开出了城区。

路上，我们经过一家"十元饭店"，我和李拜曾在这里吃过饭，饭店老板叫"十元"，而不是一顿饭十元。我们经过环城水系，栗子和她老公就在附近卖地板砖，我们来这里钓过鱼。我们经过一片油菜花地，我们曾专门下来拍过照，他的车还被贴了条。我们经过收费站，那里的一个小姑娘长得很像李拜的初恋，他给我讲过，他叫她琴姑娘，给她画过几张像，有时候想琴姑娘了，他就让我陪他出去，走高速，就为看看那位像琴姑娘的收费员，但很多时候，收费员并不是那个像琴姑娘的姑娘。

> 要选择一个好日子
>
> 海陆空畅通无阻
>
> 头脑保持最简单状态
>
> 行李就是我这个人
>
> 我要开小差
>
> 从灰暗的生活里悄悄溜走
>
> 我不会告诉任何人我去了哪里
>
> ……

听着李拜扯东扯西，我想起路也的这首诗。我尤其喜欢"小差"这个词，这个词有种温和的反抗，比较适合大多数人。

李拜并不喜欢现在的现代诗，常说那些写现代诗的人是无病呻吟，说去海子墓，也纯粹是为陪我去。我们可以在车里骂人骂鬼、谈电影、说八卦、论是非，就是不能说诗，他觉得诗歌都得押韵，不押韵的句子，不能称为诗歌。我懒得跟他争辩。我看着窗外，树梢几乎与地平线平行，车窗开得刚刚好，风不大，把我的脸吹得稍有干涩，我喜欢这种被风吹拂的感觉。

过了这半个月，我可就没时间了。李拜说，想好了吗，去哪儿？

我们就短途吧。我说。

短途？就不能长途？李拜说。

短途加起来，不就是长途了吗？我说。

三

几年后想，就我和李拜这样的几次事，如果要拍片，就是笑场。当时不觉得，等到我们都四十来岁，认识也有十多年的时候，再想起这些事，就真的想笑，和李拜讲起这些事，他也笑。

笑场之后呢，接着拍。

我和李拜就是，接着拍的结果是，他开车，我坐车，我们一起短暂地出去个半天、少半天的，甚至两个小时、一个小时，成了我们俩隐秘的一种需要。需要嘛，就是劲儿上来了，不能忍，忍不住。隔个一两个月，我们就心里闷闷的，要找个理由出去一趟。当然也有特殊情况，我们半年、多半年都见不到一面。那年，李拜的砂石厂遭遇泥石流，他不肯下山，十几天，都是他妻子一天上一趟山给他送饭，我知道后，和两个朋友一起爬上山把他拖下来，我的脚磨出了血泡。回来后的第二天，李拜就和妻子离了婚，出去躲债了。就凭她给我送了十几天的饭，我也不能让她和孩子跟着我受累。李拜说。第二年，国家整治非法开采，李拜的砂石厂保住了，一下子翻了身，房子车子都换了，妻子没换，原物奉还。只是，我总感觉不一样了。李拜在车里跟我说。怎么不一样？我问。天冷，车里暖气开得很足，我们是去给李拜的一个客户送礼，年根儿了。说不大清楚，就是觉得怪怪的。他说。有什么怪的？人和人之间的感情很复杂，本来就说不清楚嘛。我说。他妻子在李拜出去躲债的几个月里，有一段荒唐的生活经历，和一个外地人。我听别人讲过，不过，我没有告诉李拜。你就说吧，我们俩的关系，说得清楚吗？我嘻嘻笑。

　　不就是短途驴友吗？李拜也笑，连个夜都不敢过。

　　我们去的最远的地方是清凉寺。上午九点出发，中午前到，各个山门转转，各个菩萨拜拜，吃个中饭，然后就往回返，下午三点多就回来了。这是李拜给我描述的时间轴。也没有多稀奇，寺庙我也去过不少，都这个样子。但清凉寺还是让我震惊了，这是因为我去了这个寺庙的后院。李拜一个写书法的朋友出了家，和其他僧侣们一起，住在后院。一个四合院，月亮门，土砖连廊，廊下是古朴的房间，院里栽着很多竹子，鸟儿在其中啼叫。很静。不是山涧里泉水冷冷幽深的静，也不是戴上降噪耳机后，整个世界在你面前休眠似的静，而是一种自然而勤勉的静，连脚步都是悄悄的，人和人之间擦肩而过时，微微一笑，似乎整个四合院就是一块巨大的海绵，把外头的喧嚣都吸入了，然后释放出清明。

回来的路上，我意犹未尽，在李拜车上，我给栗子打电话，告诉她，如果去寺院，一定要去寺院的后院，没有去过寺院后院，就相当于买椟还珠，栗子说我用词不准确，我们嘻嘻哈哈了一阵。

四十八岁那年，风耒患了癌症，那年，我四十二岁。

他去世前一个月，我在我家洗澡间的窗户上见到了一只鸟儿，不是乌鸦，不是麻雀，不是布谷，我说不上来那是一只什么鸟儿，尾巴长，双腹有一撮黄，在窗台上站着不走。我给李拜打电话，让李拜去找人问，这只鸟儿落到我家窗台上预示着什么。风耒患了癌症之后，我的微信好友只剩下了两个闺密和一个李拜。李拜开了两个小时车去找邻县一个高人问，给我打电话，鸟儿落在窗台上是上午还是下午？我说上午。李拜说高人说了，上午吉，下午危。第二天一早，我在窗台上撒了几粒米，半上午，那只鸟儿又来了，鸟儿闪着小圆眼睛一蹦一跳地把那几粒米吃了。风耒又要去住院了，我要去陪床，就央求妹妹天天来我家喂那只鸟儿，妹妹说我神经了。我告诉她，一定要每天早晨就撒几粒米到窗台上，那只鸟儿每天上午都会来。

鸟儿在我家窗台上吃着米，一直到风耒的丧事办完，我回到家里来住。除了每天从床上爬起来，去窗台上撒米，我几乎整日躺着。现在要一天撒两次米了，窗台上的鸟儿也不是一只了，而是叽叽喳喳有好几只，它们很懂事，吃完我撒的米后，就呼啦一声飞了，飞得无影无踪。

李拜给我打电话，说我已经在家里躺了两个月了，要不要出去走走？

他这样的电话，隔几天就打一次，我都听烦了。

去清凉寺，你不是喜欢清凉寺吗？收拾收拾，我就在你楼下呢。李拜说。

我套上肥大的衣服，戴了顶风耒的鸭舌帽就出来了，现在我脑袋顶上全是白头发，我懒得染，就用帽子扣着。

这是我和李拜多半年以来第一次出去，我把脸朝着车窗外，打开一点车窗，让风吹着我的脸，鸭舌帽有点碍事，我把它摘掉，让风把我的头发吹乱。李拜开始说话，说栗子也想跟我们去，他怕我不愿意，没答应。栗子前几天刚闯入我家，给我做了些吃的。李拜说话，不像以前那么随心所欲，说得小心翼翼，因为有风声，我也心不在焉，有些话我根本听不真切，但这并不影响那种熟悉的感觉，一点点回来。

清凉寺还是那个样子，前院人影幢幢、热火朝天，大铜香炉里香烟袅袅，百年柏树上缠满红布条。后院还是那么静。中午吃了素斋，李拜跟那个出了家的朋友说话，我自己在院子里漫无目的地走，忽然看到从竹子丛中飞出一只鸟儿，长尾巴，双腹一撮黄，竟然和我家窗台上的鸟儿长得一模一样，也许就是同一只呢。我突然就泪水满面。

回去的路上，李拜说我变了一个人似的，脸上有了光泽。我说，出来一趟好多了。再说还有这些呢。我举起寺里和尚送我的《心经》和几种禅解说，说，也有它们的功劳。我回去好好读读，人，还是有信仰好。

我没有告诉李拜我在竹子丛中见到的那只鸟儿。

四

《寻梦环游记》上映时，我和一个同事去看，同事泪洒当场，哭得稀里哗啦。我坐在椅子上，只觉得喉咙发紧，却一滴泪都掉不下来。出了影院门，同事有些抱歉地跟我说，不该拉着我一起来看这样的影片。我笑笑，说，没有关系，我只是觉得这个电影根本没有打动我。被亲人遗忘才是真正的死亡，这话没错，但是不能忽略一个事实，那就是死亡，没有真正的和不真正的。那个时候，距我的丈夫风未去世已有五年，我已经可以表情自然地跟同事谈起他了，从清凉寺回来后，我返回工作岗位，不得不说，是工作这支坚韧的小鞭子，把我一点点抽回了人间。同事是写小说的，问起我的感情生活。

感情生活？我想了想，灵机一动，把我和李拜的事情给她讲了讲。算一算，和李拜认识二十来年了，我从来没有跟别人讲过我和他的故事。讲完后，我笑着问她，这算不算感情生活？

同事闪着眼，脸上浮起暧昧的笑，说，我怎么有点不相信呢？

她刚刚三十岁，并不懂得我们将近五十岁的人的想法，不相信也是正常的。可我又想让她相信，我和李拜的故事，要是连写小说的人都不相信，怎么都觉得有些可惜。想了想，看着同事光洁的脸，我给她讲了讲我和李拜去清凉寺，是的，刚才我有意省略了去清凉寺，不，也不是省略，我不知道自己是种什么心理，总觉得这是我和李拜的秘密，是不能轻易提起的。

很奇怪，同事听完，像是看到了我内心深处，一下子说出了我的心里话，那清凉寺是你们俩的一个秘密啊。

我改口，也不算秘密。

我和李拜去清凉寺的机会并不多，到底有些远。这两年，李拜的父亲得了脑梗，半身不遂，儿子去外国留学，女儿正读高三，整天忙得像个陀螺。人到中年万事休。但我和李拜的短途出行坚持了下来，隔个两三个月，我们会找个时间出去一趟。他开车，我坐车，我喜欢把车窗打开一点，有时候，风会把他说话的声音吹得很飘。李拜说这几年我都坐坏他三辆车了，他的车由别克到皇冠，到现在的奔驰，档次一辆比一辆高，相对应的是，他越来越忙，脑袋越来越秃，和妻子的感情越来越好，说起她，脸上是真切的满足。我也总结我自个儿，说我这几年从文秘到创作员，再到现在的编辑，工作也换了三次了，工资没见涨，活儿却是越来越多了。

最近一次去清凉寺是上个周六，还是李拜开车，坐车的人变了，除了我，多了一个人，栗子。栗子的妈妈上个月去世了，老太太七十一岁，又精干又利落，头一天还帮栗子两口子接孩子，做饭，睡了一晚上，第二天早上，没了。栗子地板砖也不卖了，每天坐在她妈妈住过的房间里发呆，还不许别人打开窗户，说一打开窗户，她妈妈的味道就跑掉了。我从栗子老公那里知道这些后，忽然想起了清凉寺，我在微信上约李拜，我说，我们陪栗子一起出去走走吧？

路上，我改变了稍微打开点窗户的习惯，怕栗子被风吹感冒，栗子都一个多月没出过门了。

清凉寺一如既往，静静地等着我们。穿过嘈杂的后院，我们去了寺院后院，李拜又去看他的出家人朋友，我陪栗子在寺院后院走了一圈，院里的竹子丛像是刚刚修剪过，整洁而葱郁。这回，我没在竹子丛中看见曾经落在我家窗台上的鸟儿，但我觉得，栗子说不定看见了。回程中的栗子，脸色好多了。

怎么不是秘密？也许写小说的同事觉得这是一个小说素材，对我刨根问底。

我告诉她，等你长到四五十岁，你就知道了。我没有给她讲栗子的事情，李拜的感觉是对的，风未去世后，我和他去清凉寺那时候，我还不想有人破坏我和他的这种短途旅行，但现在不一样了，也许以后还会有不止栗子一个朋友坐在我旁边，李拜开车，我们一起去清凉寺。这些，她慢慢会明白的。

班　车

一

我们管它叫金子河。

天儿好的时候，阳光透过窗户照到这条小水流上，那原本看不出什么颜色的水面上霎时就泛出一层薄薄的金色，一闪一闪地耀着人的眼，一度混沌的水流也清澈了许多，凝凝神，似乎还能听见悦耳的流动声，这情景，仿佛带动着整个岗位也明净起来，我们这些工人也不再邋遢，也懂得了欣赏似的，个个眯缝起眼，像模像样地注视着这条金光闪闪的小河，脑子里盘算着它能放几个大罐，能出产多少原料，能卖多少钱，发到我们工人手里的工资又能有多少——我们盘算得理直气壮，这条小水流是我们过滤工人过滤出来的，是我们的劳动成果，可不就是我们的金子吗？

欣赏完，我们必定要到板框间里大干一场，滤液滤出来了，剩下的渣滓，也就是菌丝，还在板框上哪，我们得把它们弄下来，然后用铁锹攒成堆儿，再运到外面去，干这些活儿时，我们往往一声高过一声地说笑着，金子河已然开始流淌，只剩收收场，再累再脏，又有多大关系呢？

"快来看咱们的金子河！""真是金子哎！"说多了，这条小水流就成了一只被我们养大的小狗，有一根长得不能再长的尾巴，滤液多的时候，整条管道一涌一涌的，就像小狗欢快地摇着尾巴，滤液少的时候，它也就只好乖乖地趴在那里自惭形秽了。这是我们的世界。外人很难进来。别说进到我们岗位，就是整个盛达制药公司，也有三四年没进过人了，这种大型国企本来就人满为患，企业效益又接连几年大滑坡，现有的人员不下岗就不错了，进人恐怕不好说。

可是，这一年的秋天，我们刚到岗位上不久，组长宋春风就领着一个小伙子进来了，"这是李冒，分到咱们岗位了。"宋春风介绍。小伙子长得浓眉大眼、白白净净的，只是身子骨略显单薄，看起来软软的，不够挺拔。小伙子跟我们打完招呼，抽了两下鼻子，脸上的兴奋表情迅速被一脸疑惑所代替，顿了一下，终于忍不住，小心翼翼地问宋春风："组长，怎么——怎么这么大的味儿？"

宋春风看了他一眼，说："什么'味儿'？哪有什么'味儿'？今天又没有滤液！"小伙子瞅瞅宋春风的神色，没说话。"走，跟我转转岗位去。"宋春风领着小伙子出去了。我们猜测，这个小伙子一定有不小的背景，要不分不到我们盛达制药公司来，然而背景肯定又不是特别大，不然，有那么多好岗位不去，偏偏要来我们岗位？

他们回到操作室时，我们正在擦洗工具柜，没有滤液的时候，我们通常都会对岗位进行一次彻底的清洁，李冒也笨手笨脚地帮我们干。一边干，他还一边问东问西，很虚心，很勤勉的样子。晌午头下班，我们干得差不多了，就一溜坐在椅子上休息，李冒坐了没两分钟，就从座位上一弹而起，然后站在地上抽鼻子，接着又去了板框间，在十几台岿然不动的板框跟前转来转去，不时伸出鼻子闻闻这儿，嗅嗅那儿，折腾了半天，他又跑到金子河畔，蹲下来，冲着那条空空的小水道抽了几下鼻子，最后，他显然失望了，走进操作室时一张白净的脸涨得红红的，问宋春风："都这么干净了，怎么还'味儿'？这'味儿'到底是从哪儿来的？"

宋春风明显有些不满："来咱们岗位，首先得过了'味儿'这个关！我们这些人，谁不是打那儿过来的？我当年，差点因为这个……"

"这个"是什么呢？是发酵出来是酸臭味，是菌丝带出来的酸臭味，是金子河泛出的酸臭味，合到一起，刺鼻，浓烈，丝丝缕缕，筋筋扯扯，丝毫没有间断，能呛人一溜跟头，而且，极难祛除，洗澡，换衣服，喷香水，都不管用。想想看，一个人天天在这种味道中浸淫，一年三百天，浸上个十年八年的，会是什么样儿？因为"这个"，差点什么的都有。宋春风差点换了岗位，车间主任给了他个组长当，他才没走。我呢，差点和老婆离了婚。说起来，我好歹大专毕业，而且自认为还算爱干净，到这个岗位后，变得更爱干净了，每天头下班都会洗了澡，换上干净衣服才回家。可老婆不算，明明洗了澡，她总疑心你没有洗，必要在家里再洗一次，无论什么天儿，哪怕就是下冰雹下刀子，也得再洗一次，才能上床。我们家又没有那么充足的暖气，每当我在电热水器下一身鸡皮疙瘩地冲二次澡时，我就想跟这个女人离婚。这还不算完，洗完澡，我还得把我穿过的衣服放到另一间屋里，卧室是坚决不能放的。第二天早上，不管多冷，我都得从被窝里钻出来，去另一间屋子里取我自己的衣服。就为这个，我这个赤身睡了二十多年的人，穿起了睡衣，可在那些三九寒冬的大早上，穿一件睡衣出门，只相当于身上糊了一张纸，这个时候，我他妈的更想离婚。

婚却是离不了的。离不了婚，我就只能跟老婆过这种怪异的生活。有时候，我恨不得剥下自己的一层皮来，来看看一个人的皮肤里到底能隐匿多么深的"味儿"。没错，"味儿"闻多了，我们就明白了，"味儿"是有深度的，它可以无限深入到一个人的皮肤里。宋春风开导我，啥职业没有职业病？当老师的得咽喉炎，煤矿工人得尘肺病，坐办公室的还得颈椎病呢，咱们的"味儿"，就相当于职业病啦！职业病的说法让我稍感安慰，毕竟我们每个工作日比没"味儿"的岗位多拿了 0.2 元，这算是对我们的一种补偿。

可是，仔细想想，也有例外的，我们岗位上唯一一位女工——刘艳霞，就从来没有表现出对这种"味儿"的深恶痛绝，她甚至连提也很少提，这让我感到很是不解。还有，宋春风后来也不说这种"味儿"有多么多么难闻了，有人说这种话时，他还很不高兴，所以，他很不喜欢李冒这种腻腻歪歪的样子，他把他自己刚到这个岗位上的样子全忘了。我忍不住想，也许这种"味儿"根本就没有那么难闻吧，甚至，有时候，根本就是没什么"味儿"的，尤其是在金子河流淌的时候，我们谁不是蹲在金子河畔欣赏它波光粼粼的样子，那阵儿，怎么没有人说什么"味儿"不"味儿"的？

李冒却欣赏不了金子河的美。原来看什么都觉得新鲜的李冒变得蔫蔫的，一个喷嚏接着一个喷嚏地打，后来又变成两根手指分别摁着两个太阳穴，把眉头蹙得高高的。这是真真切切在嫌恶了。我们了解到，李冒来自省城，是学机械制造的，对化工制药根本就不懂，懂了就好了，我们寄希望于此，况且，一个从省城来的小伙子吃过什么苦？能待下去就不错了。我们当然希望李冒能待下去，我们岗位确实缺人，八个定员，实际只有六个人。可我们又没有多大的把握，我们这样的岗位，凭什么能留住一个来自省城的大学生？

李冒干活儿倒不惜力，冲板框时，穿着大雨靴，小细胳膊擎着水龙头，一擎就是一个钟头，像憋着一股劲儿。一般情况下，冲到两个钟头，一侧的金子河就会蓄流，然后涌动出流畅的波纹。只可惜，那两天天儿不好，没有阳光透过窗户照射进来，金子河完全失去了筋骨，变得黯淡、浑浊、模糊、面目不清，完全不像那一条金子河了。这似乎让李冒找到了反驳我们的证据，李冒说，什么金子河？怎么能叫金子河？你们是……他顿了顿，没有说出来，但我们知道他要说什么，你们是想钱想疯了吧？是，我们是要想钱，这半年多以来，金子河有时候流淌，有时候不流淌，就是流淌，也不如以前汹涌，这可是滤液呀，是制成药品的第一个环节，没有这个一，哪有后头的二？可以说，不仅仅我们岗位，整个盛达公司三分之一的人都是靠这条金子河吃饭的，万一哪天，这条金子河干涸了，我们这个饭碗不是要"啪"地一下摔得粉碎吗？

二

李冒在我们岗位待了三个月。

他从我们岗位走的那一天，刚好是立冬，那天中午，我们没有在食堂吃饭，而是去饭馆里吃了饺子，还稍稍喝了点酒。回到岗位上，李冒迟迟疑疑地跟我们说，他要调走了。调到哪儿？我们都很吃惊，印象中，这个小伙子有话还是肯跟我们说的，不过，调岗位怎么说也是个大事，口风紧一点没错。李冒看看我们，终于还是说出来了，去当司机。当司机？我们又吃了一惊，宋春风几乎喊了出来，你本科毕业，怎么能去当司机？说实话，我们对这个小伙子的印象很不错，刚来的时候，他对一些事情很看不惯，表现得也很激愤，后来，慢慢地，就随和下来了，工作起来也很努力，唯一让我们不满意的是，他仍然习惯不了我们岗位的"味儿"，我们估计，这应该是他要调走的主要原因，可也不能去当司机呀，当司机能有什么前途？

开班车的付师傅下周就要退休了，我去替他。李冒说。

李冒的神色并不忧伤，甚至没什么惋惜。接着，他告诉我们，他的父母都在省制药集团公司工作，他母亲是普通工人，他父亲当了一辈子灯检员。灯检员需要好眼力、好耐心和敏锐的反应力，更适合女性干，他父亲一个五大三粗的男人，工作成绩却超过任何一个灯检女工，他创造过漏检率低于千分之五的纪录，那年，还被评为全国行业劳模。他能进盛达公司还是沾了他父亲当劳模的光呢。集团公司的老总说，不能让劳模的孩子大学毕业了没工作！可是，他万万没有想到，他工作的岗位是在这么一个地方。好在，他现在又有了一个新机会，他父亲虽然不主张他换岗位，可拗不过他，最后告诫他说，咱老李家的人，可都是老老实实干活儿的人，你今后无论在哪个岗位，都要给人家好好干！我当然要好好干，李冒说，我虽然没有大的志向，但总得比我的父母强吧？

下个周一一上班，我们看到了开班车的李冒。

是在板框间北侧的窗户旁，我们一边换工作服，一边朝外望，这是我们这么多年形成的习惯，我们看到的是盛达公司的北院。

盛达公司的北院和南院是完全不同的，北院是办公区，南院是生产区。虽然在南院上班的人几十倍地多于在北院上班的人，但每天上班时分，北院都显得比我们南院热闹，这是因为北院的整体设计就比我们南院华丽美观，办公楼前的大广场正中是一座圆形喷泉，喷泉两侧是银杏树，排成弧形，像合抱的手掌，再侧是草坪和花池，从整体上看，也是弧形的，是另一个更大的合抱的手掌，在大手掌和小手掌之间的甬路上，除了斑驳的落叶之外，还停着一辆班车。

班车是粉红色的，有些年头了，看起来有些破旧，却很是大肚能容，每天都会在广场上的喷泉开喷时，摇摇晃晃地开进来，然后敦敦实实地停下，接着车门一开，形形色色的男人女人就一个接一个出来了，全总、贾副总、吕副总、刘副总、工会柴主席、陈总工程师，还有各个部门的经理，包括各个车间的主任，足有二十来个，分成三个一群，两个一伙，有说有笑地迈步向办公大楼走去，这是我们盛达公司的一景。

这一景也有变化，除了广场上花草树木等衬景的变化外，最主要的变化来自领导们本身，比如说穿着打扮，这是刘艳霞关注的内容，什么质检部的王经理穿了件深咖色的羊绒大衣，圆滚滚的，像头熊啦，什么设备部的杜经理穿了双过膝长筒靴，更显得窈窕了，等等。我和宋春风关注最多的是全总，全总身材魁梧，只是后脑勺全秃了，这让我们一逮一个准儿，有一段时间，这个后脑勺遍寻不见，一打听，说是公司资金出了问题，全总跑钱去了，又过了几天，我们终于看到了那个光亮的后脑勺，我们便放下了心。

有时候，也会看到让人大跌眼镜的镜头。老包领着七八个人大闹班车那一次，就被我们在窗户后头看了个透亮。老包这个人，在我们盛达公司知名度很高，因为他包一样东西——"闹"。说起老包的包"闹"，那可早了去了。老包是当地人，因土地被征用而得以在盛达公司上班，但老包上的班又不那么舒心，刚开始是因为老包工伤之后赔偿跟不上，后来就不清楚为什么了，反正总见老包"闹"，"闹"了几次后，长了经验，老包居然也开始帮别人"闹"，方式不外乎闯总经理办公室、搅乱大会会场等。当然，大家也都明白，天下没有免费的午餐，老包肯定不会白帮人"闹"。

拦截班车这回，是老包包"闹"的又一次新尝试，七八个人，扯根白条幅，在门口一拦，要想过去，除非从条幅上轧过去，一个条幅不打紧，条幅后头可全是人呀。老包在旁边稳妥妥地站着，他们不能开除他，老包这个人，久战沙场，决不会让公司捉到他个人的把柄。听说那回是为单项奖分配不合理，还听说当时坐班车的刘总经理当场就安排给财务部霍经理去落实了，之后班车才低沉地吼了一声，开进了广场，这一天的工作才算开始。

看完北院的班车，我们一天的工作也就开始了，上料、冲板框、打扫卫生等等，那天，我们一边干着这些活儿，一边说起了从班车上跳下来的李冒，这个小伙子的背影看起来虽然很单薄，但动作异常轻盈、明快，应该是很满意自己目前的状态。那是，开班车多好唲，干干净净的，活儿又轻省，再说了，这可不是普通的班车，是领导们坐的班车呀，给领导开车，那还错得了！说不定什么时候，哪个领导一赏识，李冒就能混个好前程呢！刘艳霞说。

刘艳霞说出了我们盛达公司班车的与众不同之处。

这要从班车的来源说起。我们盛达公司投产于上世纪八十年代，隶属县经贸委。到了九十年代后期，因亏损严重，被省制药集团兼并。省制药集团下派了一些人担任盛达的重要职位，这些人提了个要求，这么远，就是起早贪黑也不好赶啊，能不能派个班车？盛达就卖了一个大罐，买了一辆中巴，专门用来接送他们上下班。十几年来，中巴换了两次，中巴里的人也换了不少，唯一没换的是当初配备班车的初衷——接送领导们上班。

谁能想到打破这个局面的是李冒呢。

初入社会的人都有一种表现的热情吧。李冒有一次就表现了一把，那时，他正拱着腰检查发动机，站起身来时，发现领导们刚刚入座，他就扎煞着两只脏手，朝领导们笑了一下，然后转过身，准备下去，洗个手，这时，他听到全总说话了，这不，小李师傅也锻炼出来了！他不喜欢别人叫他"师傅"，很有一种工人身份的感觉，而他即使是司机或者是工人，也是以工代干，是干部身份，可全总毕竟是盛达公司最大的领导，他能叫他"师傅"，说明他是认可他的开车技术的——这让他脑子一热。脑子一热，人就容易表现，而这时候，国主任、贾副总也开始附和全总的话，这更让他更加忘乎所以，他就指着后头的一溜空位，说，全总，嗯，全总，我一直想跟您提个不成熟的建议呢，您看这班车里空着这些座位，空着也是空着，不如——不如让工人们也坐几个上来吧。他说得很恳切。可还没待全总答话，一旁的国主任就接口道，这是接送领导的班车呀！顿了一下，也许是觉得自己太没有群众意识了，国主任转而又说，再说，那么多工人呢，谁坐谁不坐？这让李冒又捉到了话头，他看了国主任一眼，说，这个好说。按家距离咱们公司远近排呗！远的上。这说明李冒是做了准备的，这就比一般初入社会的人多了点头脑。李冒跟我们说这些是在我们岗位上，他是来给我们送结婚请帖的，这是自离开我们岗位后，他第一次回来。

当时，我就想起了宋组长，宋组长家那么远，要是坐上班车就好了！李冒说。

我们都笑，宋组长家是远，但宋组长家在盛达公司南边的一个城镇里，班车可是从盛达公司北边的省城开过来的呀，方向完全反了，但我们都没有说破。

真的，这事马上实施，不信你们看着！当时全总就跟国主任说了，下来就办！原话！李冒以为我们不信他说的话，又信誓旦旦地说。

李冒离开后，我们讨论了这个事，班车上有七个空位，我们早就知道，也知道是一直都空着的，不是李冒开起了班车才空的，这话李冒也说过——空了这么多年，愣是没人说这个事，邪门儿了！李冒不知道，不是没人说，是没法说。班车接送领导，那可是十几年秉承下来的传统呀！何况，现在国企的干群关系跟过去能一样吗？过去，厂长就从工人中产生，厂长就在生产现场办公，还跟工人一个锅里抢马勺，现在，老总们天天喊着下基层，落到实处的又有几次？就是下去了，也是走马观花转一圈，我们盛达公司还发生过老总坐着桑塔纳转岗位的事情呢，厂里有首歌谣就是这么唱的"刘书记，真叫好，领着党员满山跑；张老总，也不差，查岗坐着桑塔纳……"，到现在这个全总，情况才好一点。这个全总上任还不到一年，据说是个改革派，前段时间刚搞了个集体办公制，因为不成功，半年后又恢复到了原状，愣是让我们工人看了场笑话。现在，理顺一下班车问题也不是没可能，再说了，再约定俗成的事情，有人提意见和没人提意见毕竟是不一样的。既然李冒这个愣头青提了，那就试试吧，再怎么说，也是对工人的一种体恤，是好事啊！

时间不长，我们真在食堂的大门上看到了一张通知。宋春风这个没文化的家伙，总把贴在墙上的通知称为"告示"，我们一伙儿工人端着大号铝制饭盒，围在食堂门口看这个"告示"，"告示"是一张 4 开白纸，上面用黑体字写着乘坐班车的原则，自愿报名，按远近筛选，筛够七个为止。宋春风在寒风中吸溜了一口面条，口齿不清地对我说，我是不行了，老郝，你报个名呗！

<h1 style="text-align:center">三</h1>

我这一报名，居然还真的入选了。

我家是在省城到盛达公司那条线上住，距离盛达公司也比较远，但到底是第几远，我闹不清楚，毕竟盛达公司是个有着八百多人的大型国企，而相当一部分工人是住在这个县城里的，比如刘艳霞。刘艳霞得知我第二天就要坐班车上班，立刻叮嘱我问好到底在哪儿停车，时间大约是几点几分，还让我记好李冒的电话，然后，她忽然叫了一声，说，哎呀，忘了，咱们岗位上可是有"味儿"呀，那些人会不会……她停住不说了。记忆中，刘艳霞很少主动提到我们岗位上的"味儿"，今天这是怎么了？我看着她意味深长的眼神，明白了，她这是要隔岸观火呀，我心里立刻觉出了不舒服。

我自然也想到了这一点，不过，在我内心的忐忑不安中，还是夹杂着一种兴奋，能坐班车，毕竟可以风不吹雨不淋，还可以享受迟到不罚款的好处，在我们公司，还真发生过这种事，工人和班车里的领导们同时迟了到，工人罚款，领导们不罚款，国主任解释得好，一坐上班车，就相当于上班了，而工人们一骑上自行车，算不算上班，却没人回答。这相当于两个阵营，而我成了具有优越性阵营中的一分子，怎么说，也是好事吧。而说到"味儿"，这段时间，我们过滤岗位没有滤液，像我，进到岗位上，根本就闻不到什么"味儿"，这样，我身上又能有多大"味儿"？而且，我从始至终都是一个爱干净的人，这么多年，每个工作日，我都会洗两次澡，虽然后一次是迫于老婆的压力，但洗和不洗是不一样的，所以，我觉得以我现在的洁净程度，这个班车我还是能坐的。

为保万无一失，那天晚上，我还去了澡堂子，在一个单间的澡池里足足泡了一个钟头，我希望我皮肤深处的"味儿"能留在澡池里一部分，然后随着下水道永远消失，我知道肯定还会留下一部分，但我希望我能借助外力模糊这一部分，比如我换上了新衣新裤，还喷上了点花露水，当我焕然一新要出门时，别说老婆笑话我像个娶媳妇的新郎官，我自己都觉得自己是一个新郎官！

现在想来，我还是太幼稚了，一个四十多岁的人，还会患幼稚的毛病，实在是不可原谅。

班车并不像公交车，虽然都是载人，虽然都是交通工具，虽然都是来来往往，开开停停，但性质是不一样的，我也偶尔会坐公交车，别人也会略有嫌恶，但这已经构成不了对我的伤害，班车不同，班车里都是熟人，这些熟人还大多是领导，有我的直接领导，也有间接领导，这些领导自然都是具备领导的水平的，我和另一个工友一登上车，领导们就都扭过头向我们表示了祝贺——我们七个全坐在后头。全总说，都全了吧？好，这才对嘛，不要搞特殊化，有资源，大家共享嘛。旁边几个人立刻附和，陈总工程师还说了句笑话，这回，大家伙儿可是上了一条贼船啦！我们803车间主任方军坐在靠近门口的那个位置上，这时也偏了偏身子，扭过头，冲我们笑了笑。气氛看起来很融洽。李冒估计也很得意，"噌"一下发动了这辆粉红色的班车。

我略略放了心，开始研究起领导们的后脑勺来，现在从我这个位置，只能看见领导们的后脑勺，没研究几个，就听有个女声说，怎么一股臭味？接着，班车前头的一些人都扭过了头，说，是啊，是啊，怎么一股臭味？中间的一些人也扭过了头，这些头就都扭向了后头的我们，那当然是因为我们，我们是新来的，再细究，那当然是因为我，过滤工人老郝。我只觉得血一下子涌到了头顶，同时我的脸颊两侧好像在瞬间生成了无数触须，还好，我感觉到我的左右工友们并没有把头全扭向我，这让我感激涕零，这让我还能坐住，这个时候，我觉得只要能坐住，就不会出大问题，可是我忽然听到了自己的名字，老郝，老郝！是你们过滤岗位上的"味儿"吧？是国主任在喊。还好，他提到了岗位，没有直接说是我身上的"味儿"，这让我仍能坐得住。没办法了，我说，是啊，是我们岗位上的"味儿"。然后，我看到一些人扭回了头，还有一些人，倒直接把头都扭向了我，像在等着我解释，我就开始解释，我们过滤岗位上是有一股子发酵的"味儿"，类似于咱们常吃的"臭豆腐"，对，就是"臭豆腐"那种"味儿"，这些，领导们都知道吧？

我说的是实话，我这么说，也自然是想把我们岗位上或者说我身上的"味儿"日常化，让人们都能接受。然而，我白费了心机。不一会儿，我看到班车前面的窗户打开了几扇，这可是冬天呀，窗户一开，嗖嗖的冷风钻进来，女士们把脖子里的围巾围了一圈又一圈，男士们往上抻了抻衣领，缩了缩脖子，却没有一个人要求关住车窗。我装作看不见，我想，只要还能坐得住，只要过了最初这一关，接下来就会好得多。我们岗位上的人谁不是打这个阶段过来的？

到盛达公司时，那些领导们下了车，第一次没有三个一群、两个一伙有说有笑地往办公大楼走，而是一个个皱着眉、掩着口，几乎一溜小跑着上了楼，我在心里骂，这也太明显了吧？故意的吧？半个月没有冲板框，我身上能有多大"味儿"？瞎他妈的装什么装！这是真的。这段时间，因为资金紧张，缩减了生产量，我们岗位上已经半个月没见一点料了，没有了水流的冲击，我们那条干涸的金子河已经长出了一棱子一棱子的皱纹，看起来凸凹不平，粗陋不堪，再好的天儿，再灿烂的阳光，照出来的也只是苍老和贫瘠。这种不景气的状况下，谈论我在班车上的遭遇，就带上了那么一点悲壮色彩，我说，真不想坐这个班车了，受不了这个气！刘艳霞不以为然，说，干吗不坐？你是选上的，是光明正大坐的！我听出了刘艳霞口气里"唯恐天下不乱"的柴火味儿，但刘艳霞说的未尝不对，我坐班车是你们选的呀！宋春风的态度倒是处变不惊，先坐坐看，说不定过几天他们就习惯了，咱们不是都习惯了吗，能有多大"味儿"？宋春风的口气，就像一个护犊子的家长在说自己犯了错的孩子，能有多大"事儿"？

还不到下班时分，刘艳霞就提醒我早点收拾东西，我洗了澡，换了衣服，出了车间门，走到甬路上，遇到下班的工人，我一边跟他们打招呼，一边加快了脚步，我是可以比不坐班车的工人们早十分钟出公司门的——为了按时坐上班车，这让我一时忘了情，走起路来，像一阵风。

广场上，三三两两的职员正往门口走，看到唰唰喷着的喷泉，大都会注目一下，一侧的班车打开了车门，有人正往上上，我看到李冒在班车一侧站着，李冒见我过来，往前凑了凑，跟我寒暄了两句，又迟疑了一下，接着说，郝师傅，一会儿坐班车，你好不好跟方军主任换换位置？稍一愣神，我便明白了他的意思，这倒是个好主意，但由李冒嘴里说出来，让我有点不舒服，他毕竟是从过滤岗位走的呀。

我上班车时，方主任已经在靠近门口的那个位置上坐好了，我走过去，提出来跟他换一换位置，方主任愣了一下，随即就同意了，我就坐在了那个位置上，然后，我打开了右侧的窗户，并把头扭向窗户，留给车里人一个沉默的半拧着的后背。这是一个S形的姿势，不算很优美，但幅度拉到了最大。我刚洗过的头发被风刮起来，一股洗发水味儿。我希望车里的人闻到的也是这种味儿。车里没有一点动静，只有呼呼作响的风声，到底心有不甘，我稍稍扭过点头，发现车上的领导们全都用手捂着嘴，捎带着托着下巴颏，像在思考什么了不得的大事。没有一个人说话。只有班车自己发出的"嗡——嗡——"声，钝钝的，像怀着一肚子的心事。

我知道换位置，其他人也知道。第二天我一上车，就发现班车里的位置发生了变化。班车里的位置本来是固定的，比如全总坐在司机后头第二排，一个安全、温暖的位置，另外几位老总环绕在他旁边，采购部的安经理虽然是一介女流，也夹杂在他们中间。余下的，是车间主任和部门经理，虽然坐得没有什么规则，但也是固定的，这点，我已经看出来了。可现在，这个格局被打破了，质检部的王经理、设备部的杜经理包括806

车间的王艳主任等，一共五六个女的，一人戴着一个大口罩，全坐在了班车里侧，这就占去了两个老总的位置，挤得两个老总只能坐在外侧。肯定抢座了吧，我能想象出这几个女士紧皱着眉头抢座的场景，在这方面，男士们只得怜香惜玉，把座位让给女士们坐。可我对这一切无能为力，我只有拧着我那个 S 形的后背，在寂静中奔向我的岗位。

可是，寂静也不存在了。打破寂静的正是采购部的安经理。安经理干巴瘦，嗓门却高，也尖，说，老郝。我听到了，竖起了耳朵，但没有扭过头。只听安经理又说，老郝，这几天不是没滤液吗？安经理的意思浅而易见，没滤液，怎么还有这么大的"味儿"呢？我装作不懂她的意思，扭过头来说，是啊，已经老长时间没滤液了，总有——我沉吟了一下，接着说，总有半个月了吧。我这句话的重点在"半个月"上，我希望能借此转移人们的注意力，半个月没有滤液，对于一个制药公司来说，已经是一个不祥的讯号了，当然，班车里坐着的除了我们七个工人，都是领导，领导们自然是知道这个情况的，但知道是知道，提出来是提出来，二者是有区别的。果然，方主任说话了，就是，都半个月了，再不进料，后续生产可就一点都跟不上了，得赶快想想办法了！这是我坐上班车后，方主任第一次说话，我把这理解成对我的声援，果然，声援起了效果，设备部的杜经理也说话了，806 车间马上要认证了，可还有一部分资金没有到位，再到不了位，装修队可就停工了！销售部的崔经理着急了，说，可不能停工呀，美国辉瑞正等着要货呢，再不供货，就属于违约了！一时间，车厢里咿咿嘈嘈，莫衷一是。见此情景，国主任坐不住了，瞅个空隙，说，公司现在是遇到点问题，不过，大家也得沉得住气嘛，有全总在，有领导们在，就没有过不去的火焰山！

像要证实国主任的话，全总开口了，什么时候办公会挪到班车上开了？口气中带了几分愠怒。

正嚷嚷得起劲的人们互相看看，停了嘴，班车里又恢复成一片寂静。我又把头扭向了车窗外。盛达公司连年亏损，今年尤甚，眼看着工资都两个月没发了，但这些事却不能在班车上议论，不仅仅因为班车上现在有我们这些工人，还因为班车毕竟只是个通勤工具，现代企业讲究的是什么场合做什么事情，不能越位。

是不是寂静会放大一些东西？比如，委屈？愤怒？甚至，"味儿"？我不知道，当我拧着我那个 S 形的后背体味着这种寂静时，我忽然听到两声尖细的喷嚏声，然后是一股风声，像是一个纸团飞了起来，我本能的觉得那个纸团是冲我来的，我迅速扭过头，那纸团已经落在了我前头的垃圾桶里，"噗"的一声。我刚刚放下心，就听那尖厉的嗓音说，小李师傅，开慢点，我快要晕了，以前从不晕车呀，今天不知怎么回事，恶心得厉害，想吐！李冒没吭声，车速慢慢降了下来，可安经理那边还不消停，喷嚏倒是不打了，变成了啊啊的干呕，伸出脖子，埋下头，用纸巾捂着嘴，一声接一声，然后是更细更尖厉的声音，小李师傅，车开平稳点好不好？我真受不了了，这样下去，班恐怕也上不了了！傻子都能听出来，这些话针对的不是李冒，而是我，我忽然觉得嗓子里堵得厉害，正坐立不安，不想李冒说话了，安经理和各位领导都坐好，前面路不平，别真晕了车了！李冒这话说得很艺术，既巧妙地回应了安经理的指桑骂槐，又解了我的围，让我的心"扑通"一下落到了肚里。

　　可能真的因为路途坎坷，安经理啊啊的声音更大了些，也顾不上跟李冒计较了，一时间，大家都若有所思地望着窗外，窗外是千篇一律的村庄和树木，过眼烟云似的，飞快地朝后头逝去，我扭着头，拧着我那个执拗的 S 形的后背，脑子一刻都不曾闲着，我不敢确定这种平静能坚持多一会儿，也许下一秒就会被打破，好在，一刻钟后，我看到了盛达公司广场上的喷泉和两侧的银杏树。我站起身来，车门旁已经积聚了几个人，我只好又坐下，看着人们争着抢着往下走，不一会儿，车上就只剩了我一个，不，还有一个，李冒。意识到李冒还在车上，我叫了一声，李冒。李冒扭过头来，看了我一眼，什么都没说，眼里空洞无物，我很想感谢一下李冒，但我们岗位上没有这种文绉绉的习惯，想了想，我说，后悔提那个让咱们工人坐班车的建议了吧？

　　这句话我是笑着说的，我只是想调侃一下我们现在的状态，没想到李冒一下子沉了脸，说出来的话也冷冰冰的，实在不行，郝师傅，你就别坐这个破班车了。

　　为什么？我明知故问。

　　这还能坐吗？李冒急了。

怎么不能坐？是他们千挑万选，让我坐的！我也急了。

好，你坐，你坐。李冒一下子很烦躁。昨天他们就开始指责我，说是我惹的麻烦，让我处理！你让我怎么处理？李冒"砰"一下关住车门，下去了，待我关好中间这个车门，下去后，李冒已经迈着大步朝办公大楼走去了。

岗位上，大伙儿都在操作室里闲坐着，没有滤液，卫生也搞了好几天了，除了看看操作规程，看看仪器，大伙儿不知道还能干些啥，宋春风一看我进来，就说，老郝，在班车上听到什么新闻没？新闻？我说，公司快倒闭了算不算新闻？宋春风瞪了我一眼，说，早就说快倒闭了，都说了两三年了，这连旧闻都算不上！刘艳霞插话道，老郝，今天坐班车，感觉怎么样？我明知这个女人是要看我的笑话，可我还是抑制不住地讲了，果然，刘艳霞听完，乜斜起一双眼，说，老郝你个大笨蛋！你就这么跟那个女人说，你是修了条好命，要是轮到你去过滤岗位上班，就你这娇气劲儿，怕是连命都要保不住！气死她！

刘艳霞开了头，大家都开始嚷嚷，有说公司太欺负人的，有让我自认倒霉的，说胳膊什么时候拧得过大腿？不就是一张脸吗，有什么大不了！听着这些乱糟糟的话，我忽然心绪全无，就起身出来了。

金子河干涸久了，越发粗陋不堪，沟底干净得没一点杂物，看起来却异常地脏，沟壁呈现出颜色不明的渗出物，几乎有些风化的感觉，我点了一根烟，一看，宋春风也过来了。宋春风也在金子河畔蹲下来，跟我一左一右，然后也点了一根烟，又对着那条小水道狠狠地抽了一口，才说，别生气，没什么大不了的。就是你自己得长点心眼。不过，时间长了，他们总会习惯的吧？说着，他探过脑袋，朝我身上闻了闻，说，哪有什么"味儿"？我怎么一点都闻不到？真是！

事情到了这个地步，我已经骑虎难下了。

我只好硬着头皮去坐班车，这种情况下，就看出我老婆的好来了。我坐班车这几天，我老婆变了一个人儿似的，她原来把我身上的"味儿"视同洪水猛兽，这两天，却频频把脑袋伸到我胸前闻，说，哪有什么"味儿"？那些王八蛋欺人太甚！还百般盘问我坐班车的细节，并给我出主意，我一迟疑，她就瞪起眼，像要替我去拼命。作为她这种态度的佐证，她也不坚持让我洗二次澡了，这让我哭笑不得，我万万没有想到，我坐班车坐出来的好处居然是这点。

带着老婆给我的鼓舞，我到了岗位上，我没想到，岗位上的情况才是真的让人受鼓舞呢，宋春风正带着刘艳霞他们在板框间忙活哪，有料了，真的有料了，那是我们岗位这半个多月以来来的第一批料，我立刻换上大雨靴，跟他们一起一遍一遍地冲着板框。那天天儿也好，半晌午，阳光透过窗户照射进来，我们脚下的金子河也一点点涨了起来，到水波涌动的时候，我们看到了那久违的金色，只一层，薄薄的，但那么均匀，那么严实，笼罩在那条小水流之上，并随着小水流一起微微荡漾，真是好看。我们一边干着活儿，一边大声说笑，这种场景仿佛好久不曾出现过了。到休息的时候，我和宋春风一左一右蹲在金子河畔，我们没有抽烟，金子河流淌的时候，我们是不能抽烟的，但我们仿佛都闻到了香烟的味道，这种味道远远盖过了其他任何味道，我忽然明白了一个道理，我看着宋春风，说，要不，我明天不坐班车了？宋春风愣了一下，说，就是，不坐了！有咱们的金子河，坐那个破班车干啥？！决心一下，我浑身都轻松起来，我想，下班后再坐最后一回班车，明天一早，我就给国主任打电话，就说我们岗位有滤液了，我得提前到岗位，不坐班车了。

谁知计划赶不上变化，我们盛达公司的班车，就在我第三次坐的这天，坏了，坏到了半路上。

四

自那天之后，那辆粉红色班车再也没有在我们盛达公司出现过。

这几乎是结束了一个时代。

我自然是没有班车坐了，没有班车坐就会比坐班车到岗早，所以，我又恢复了跟工友们在板框间北侧的窗户旁，一边换工作服，一边朝窗外望的习惯。实际上，这个习惯动作只有三天没执行。回想起来，这三天坐班车的日子，简直就是一个噩梦，而噩梦醒来的部分，就在最后这一天的返程路上，车本来开得好好的，忽然往后一撤，停住了，再启动，怎么也启动不了了，只"哼哼"地响，车上几个懂车的，包括李冒，都下去查看了，说发动机出了问题。接下来，就只有各想各的辙了，我是让老婆骑电动车接走的，老婆先是埋怨，后来便说班车坏得好，坏了正好谁都别坐了，很解气的样子。我心里也一阵轻松，明天不用坐班车上班了，假如这车很快得以修好，我还得坐班车上班，我也有话说，这班车这么容易坏，我可不敢坐了，要是又把我扔到半路上，我就回不了家了，我老婆说了，下回不管接！说说笑笑中，就把态度亮明了。这才是不显山不露水的全身而退呢。

这辆班车却没能修好，据说，那天拖到修理厂，修理厂认为根本就没有维修价值了，就又拖走了，至于拖到了哪里，我们就不得而知了，我们知道的仅是，领导们开始坐出租车上班了，每天上班时分，北院的广场上，一辆又一辆出租车开进来，一位又一位衣冠楚楚的领导从车上下来，你进我出，车头对车尾的，好不热闹。有时候赶巧了，几辆出租车还开出了鱼贯而出的味道。

当然是权宜之计。这一权宜就是五天，五天之后，长远之计出台了。我是通过国主任的电话得知这个长远之计的，曾经也坐过三天班车的其余六个工人肯定也接到了国主任的电话，国主任在电话中很是抱歉，也很无奈，捎带着还有些遗憾，说，老郝，有个事跟你说。嗯——迟疑了一下，仿佛不好开口，终于下了决心似的，说，哎呀呀，真是对不住呀。你也知道咱们公司今年的情况，很不好，很不好啊，咱们公司这么多车间，可哪个车间都半死不活的，光亏不赚呀！嗯——你知道咱们公司的班车坏了，拖到修理厂，人家不给修。买辆新的吧，咱们公司又没钱。可领导们总得上班啊！就租了辆班车。嗯——租这辆班车呢，哎呀呀，真是对不住，就二十个座，座多的，它费用高哇！真的，费用很高……我实在听不下去了，接过话头，说，没啥，我骑电动车上班，挺好！说完，我迅速挂了电话。

第二天，我和宋春风在板框间北侧的窗户旁，看到了盛达公司租的那辆班车，是一辆蓝色车身的中巴，看起来是比那辆粉红色的班车小一些，也轻便一些。从蓝色班车里下来的领导们一个没变，依然是三个一群，两个一伙，有说有笑地朝办公大楼走去，这就相当于新瓶装的依然是旧酒，而且是，最原始的旧酒，至于我们这七个工人呢，最多算是一次不成功的试验，是他们要抹去的一部分。

如果不是那条汹涌了将近一个月的金子河又一次面临干涸，我们可能就真的成了那被抹去的一部分。

那是这一年的最后一个25号。没在盛达公司待过的人，可能永远也体会不出25号对我们的重要——我们盛达公司是有自己的"纪月"传统的，虽然我们的一个月在天数上跟自然月相同，但周期不同，我们的一个月，是从上个月的26号为始，这个月的25号为终。这自然是为了留出几天时间盘点、结算、清账等等。我们普通工人不管这些，我们只知道25号是这个月终结的日子，那么，也便是发工资的日子。25号对于我们来说，就像一个节日。我们在这一天领工资，领了二十年。忽然有一天，这个节日不再盛大，但好歹还是一种喜悦，到后来，连喜悦也不存在了，变成了失望，之后仍然是失望，深深的失望，到最后，剩下的，便只有骂娘了。

先是宋春风骂，宋春风在板框间骂得很有气势，可他的骂，纯粹是瞎骂，屁用不顶，要是今天发不了工资，就已经三个月发不了工资了，怎么，让我们工人喝西北风？宋春风只会骂这个。

但三个月不发工资，对于我们来说，毕竟是顶了天的大事，我们也纷纷开始骂，最会骂的数刘艳霞，她历数了我们这一年辛辛苦苦冲的板框数，虽然有时候冲得多，有时候冲得少，其中还有两次间断，包括这一年的最后一个月，冲了半个月，又间断了半个月，但这并不是我们工人不想冲，怎么到了最后，会连工资也发不了？最后，我们建议宋春风去车间问问到底是个什么情况，宋春风去了，回来时耷拉着一张脸，恨声说道，没钱！方主任在财务部待了一上午，一分钱都没有要到，别说发工资了，连进料的钱都没了！这样下去，咱们公司早晚得关门大吉！

在本该发工资的这天，听到这样的说法，让我连饭都不想吃，不定什么时候就真的吃不上饭了呢，可饭毕竟还得吃，接到李冒电话时，我刚从食堂打回饭，李冒在电话里跟我说，别吃了，到"木舟港"来吃，我有事找你。想了想，我把饭盒里的饭倒到了垃圾桶里，这是李冒第一次约我吃饭，而且这个点才约，一定有急事，我不能不去。

"木舟港"离盛达公司不远，是个小饭馆。现在虽然正是饭点，可里面人不多，只有三三两两几个散客，不像以前25号这一天，闹哄哄一片人，我看到李冒在一个挂着半截粉色门帘的小单间里向我招手，我一掀门帘，进去了。这是自不坐班车后，我第一次正面见到李冒，李冒仍然干干净净的，只是脸色不太好，很疲惫的样子，一双大眼睛泛着血丝。看我坐下，李冒先递给我一根烟，又把桌子上的打火机推给我，说，先抽根烟，菜马上就上来。

我朝里侧挪了挪，我本能地要远离人，这是这么多年当一个过滤工人形成的习惯，尤其现在，我对面坐着的是一个来自省城的大学生，再说，自上次我们在班车里不欢而散，我就感觉到了，这个大学生对我有些敌意，我知道这是源自我身上的"味儿"。可我发现，今天的李冒好像跟以前有点不一样，他对我的动作丝毫没有反应，或者说一点都不在意，看我没有点烟，他打着打火机，还想往我跟前凑，我赶紧止住了他，自己点着了烟。

等我抽完几口，李冒说话了，郝师傅，你知道今天是几号吗？我诧异地望着他。25号！我上午去财务部了，见到方主任了。

你知道方主任去财务部是干什么的吗？李冒又说。

太简单了，要钱。我觉得李冒幼稚得可笑。也不能怪他，一个初入社会的人哪里懂得这么多弯弯绕。别怪我们这些老工人喜欢在年轻人面前摆老资格，老资格也是一种资格，是最公平的一种资格，靠时间和经验就能获得，这也是我们这些老工人唯一能摆的一种资格。于是，摆出了老资格的我，用一种宽容而又含有一定优越性的目光看着李冒。李冒并没有在我这种目光下萎靡，而是表现出了一种不服气的劲头，像是发现了公司什么了不得的秘密一样，开始跟我竹筒倒豆子。

郝师傅，你知道吗？公司把给你们车间进料的钱挪用了——实际上，这不叫挪用，什么时候钱到不了车间账上，什么时候钱变不成原材料，这钱就不能算是有了准头。可是，郝师傅，公司资金这么紧张，一些人该怎么还怎么——公司资金紧张了可不是一年两年，总有十年八年了，那些人可不是该怎么还怎么，你想要怎样，你想让老总们节自己的衣缩自己的食搞生产？可是，不会破产吗——破产？我们都等着破产呢，破产就好喽。破产总会有个说法吧，破产了总会有个安置吧？这么半死不活晃荡着，前，前进不得，后，后退不了。人都给吊死啦！那么，郝师傅，什么事总得有个章法吧——章法？啥叫章法？赚钱就叫章法！可现在赚不了钱呀！我刚来盛达公司的时候，觉得一个这么大的国企，一定会有发展前途，哪知道是这种情况啊！——这种情况影响不了你，你肯定会有发展前途，好好干吧，你还这么年轻，有的是机会。可这个地方太让我失望了，真的太失望了。我今天上午去财务部，你知道咱们公司租这辆班车，一个月花费多少？

这回我没有接他的话头，这是他的领域，我不懂。

一个月小三万呢！

这个数目确实不小，我吃了一惊。李冒一定也估计到了这个数目能打击到我，又重复了一遍，真的，三万块呢！三万块正是进一罐料的价钱，我脑子里马上打起了算盘，可在一个初入社会的年轻人面前，我还是保持住了一个见过世面有些阅历的老资格形象，我笑了笑，埋头吃起了菜。

三万块就够进一罐料了呀！一个月三万，一年就是三十六万呀。李冒把目光从我身上挪到我正在吃的一盘菜上，说，我们还有菜吃，可公司正在等米下锅啊！

这下，我好像不能再吃菜了，我抬头一看，面前这个小伙子已经急得面红耳赤了，他还隔着那盘菜，把脑袋往我跟前凑了凑，像不认识似的瞪着我，而这时候，他已经完全忘记了我身上还有一种难闻的"味儿"，他说，还有，你知道吗，郝师傅，这个字还是我签的！我签的呀！

什么字是你签的？我糊里糊涂的。

我不签还不行！我是班车司机，我得在账目单上签字，然后是国主任签，再后是财务部那个霍经理签，最后是全总签——我不签还不行，国主任找了我好几次！

我明白了。这个三万块的签字，在小伙子心目中不亚于签了个出卖灵魂的契约，这让我觉得好笑，但细想想，又一阵心酸，好吧，这个情我领了。我说，你不是没办法嘛。签就签了吧，你不签也自有别人签。再说了，不是原来那辆班车坏了吗？修也不能修了吗？不租这个班车，领导们怎么上班？很奇怪，我说的都是国主任的词，但那些词从我嘴里说出来，居然顺溜得很。

李冒仿佛对我说的话感觉更奇怪，瞪大了眼，说，你知道什么呀！谁说原来那辆班车不能开了？还能开！我是司机，我知道，是我把那辆班车送到修理厂的。不让开那辆班车，还得租一辆新班车，纯粹是因为——李冒停住了，愣了一会儿神，接着说，纯粹是因为你！你还蒙在鼓里，傻不楞登的，替人家说话！

因为我？我更加糊涂了。

可不是因为你！你这家伙，真值钱啊！

我明白了一切。

这很好玩。比我在盛达公司经历的任何事情都好玩。明白了一切的我和李冒，有一阵，没有多少话好说了，只一个劲儿的喝酒，后来酒劲上来，我们又开始说话，我说，他听，他说，我听，但到底能听进去几句，就没人知道了，我只记得李冒说，他当灯检员的父亲训了他一通，说他当工人当不好，当司机也当不好，这辈子怕是没有什么希望了，我记得听到这儿，我抬头看了李冒一眼，李冒没有感觉到，仍然大着舌头说，他让他父亲失望了，彻底失望了。这样嚷嚷了一阵后，李冒就醉了。他醉了，我就自己喝。喝到最后，我们都趴在了桌子上。

五

我已经牙疼了两天了。

自和李冒喝完酒第二天开始，也就是从旧一年的12月26号，我们公司人眼里的新一年第一天开始，我的牙就疼了起来，往外吹气和往里吸气都疼，疼得嘶嘶的，疼得腮帮子都肿了。刘艳霞说我是下馆子下的，宋春风说我瞎操心操的，我没有告诉他们李冒在"木舟港"说的话，说也奇怪，我坐班车那几天，一到岗位上，就会迫不及待地把发生在班车上的事情告诉他们，而现在受到如此奇耻大辱，我却不愿意说了，总也得给自己留点面子吧。

我一牙疼起来就得好几天，在这几天里，我只能吃面条和稀饭，好在食堂每天都有面条，这天，在食堂打好面条，我和宋春风往外走，看到食堂门口又围了一圈人，是又有新"告示"了，等那些人撤了，我和宋春风过去看，"告示"居然是李冒的停职令，上面明明白白写着，因李冒在司机岗位上酗酒，违反了公司的有关规章制度，而且态度恶劣，经公司领导研究决定，给予李冒调离原岗位等待分配的处理。怪不得这两天早上，从班车上下来的司机不是李冒呢！宋春风说。我在寒风中吸溜了一口面条，牙就像被软绵绵的面条给割破了一般，疼得我差点跳起来。

　　回到岗位上，我就那么嘶嘶着嘴，给宋春风他们讲了我和李冒在"木舟港"喝酒的来龙去脉，这顿酒我们是一起喝的，喝完后，我没事了，最多只是牙疼上三天五天的，李冒却仍然不能释怀，他一定去找他们理论了，不然不会"态度恶劣"，不然也不会被贴在食堂的"告示"上，在我们盛达公司，能贴在食堂"告示"上的人都是受表彰的大人物，像李冒这样的，还是第一个。

　　大伙儿都很吃惊。刘艳霞差点蹦起来，说，太欺负人了人！他奶奶的！没有咱们过滤岗位的"味儿"，哪有盛达公司！转而又说，这就叫阴险，这就叫算计，专门针对咱们！宋春风像是不敢相信，又伸出脑袋，在我身上闻了闻，然后痛心疾首地说，没有多大的"味儿"啊，我真闹不明白，这些人干吗放着好好的料不买，放着好好的工不开，去搞这些乱七八糟的事？刘艳霞今天的脑袋瓜子分外好使，说起话来一针见血，不仅仅是"味儿"的事，我看哪，他们是不想让工人们跟他们坐一辆班车，真要坐在一起，还怎么分得清谁是领导谁是工人？

我很清楚这种声援的意义，虽然大家发起牢骚来，很是愤愤不平，但也就是个发牢骚，发完也就算了，这事到底因我而起，与他们没有多少密切的关系，我还能指望他们为我做什么？我一个人从操作室出来，走到板框间，点了一根烟，面前的金子河只是一条丑陋的水泥管道，烟灰落到上面，马上就消失不见了，我抬头看看，今天天儿很好，可就算天儿再好，金子河也兴不起半点涟漪了。算起来，它又干涸了两个来星期了，而且，据小道消息说，公司这回很有可能会放弃它。原因类似于丢车保帅。公司前段时间为806车间申请了欧洲认证，这种认证不好通过，需要大量的投资，公司把能划拉到的钱全用到那上头了，令人匪夷所思的是，806车间通过了认证，可就在认证后第三天，停产了。现在，对于盛达公司来说，最重要的就是要重新启动806车间，我们车间就只能往后靠一靠了。问题是，如果806车间能够恢复生产，我们车间就还有一线生机，如果这个车间恢复不了，我们的下场也就一种——停产下岗。所谓唇亡齿寒。

那天下班，看别人都走了，我才进更衣间拿外套，往身上披的时候，我站到了板框间北侧的窗户旁，我很少在这个点往北院看，一般下了班，我们工人都急着往家走，根本没有别的闲心，那天，我实在不愿跟别人并肩往外走，才留在了最后，我透过窗户看到了班车，蓝色车身的、从省城的公交公司租的、一个月需要三万块钱租金的那辆，现在，那辆班车上满了人，车门一关，很是骄傲地出了北院门，上了路。

估计李冒那孩子以后也开不了班车了。我听到身后有人说话，一扭头，是宋春风。宋春风竟然也没走。我知道宋春风的意思，都调离原岗位了，很难再回去了，好马不吃回头草啊。看那辆班车开得没影了，宋春风又说，走，咱们去外面吃点饭，吃完饭，跟我去找一个人。找谁？我问。找谁？老包！他答。

我估计宋春风去找老包的初衷不过是诉诉苦，得一点安慰，我当然也是这个想法，我们谁都没想到，一到老包家里，我们就完全改变了思路。

老包在一个高档小区里住，我们遵照他电话里的指示，左拐右绕才找到了他家，一摁门铃，老包就从门里迎出来了，几个月没见，这家伙更胖了，也更会说话了，一边叫着"稀客"，一边把我们往屋里让，然后又是点烟又是倒茶，弄得我们倒有点不好意思了。说起来，老包曾在我们车间待过几年，我们跟他都是十几年的工友，据宋春风讲，当年他还跟老包在一个宿舍里待过几年。刚开始，老包因为工伤的问题，跟公司"闹"的时候，还找宋春风商量过，宋春风还替他写过材料，但还没待老包的问题得到解决，他们就闹起了别扭，原因是宋春风那一年当上了职工代表，老包以为是公司给了宋春风点甜头，从而分化了他们，实际上，宋春风的这个代表是我们车间一个老职工代表退休后，方主任给安排的，安排宋春风当这个代表，一是因为宋春风资格老，他是建厂的第一批工人，是车间最早任命而又没有得到升迁的班组长，另一个是因为宋春风这个人只会发牢骚，只会逞嘴皮上的能，从来就不会行动。当然，这些都是后来车间其他人总结出来的。

现在，这个只会发牢骚的人到老包家里发牢骚来了。

老包的家很适合发牢骚，一人一杯茶，一人一盒烟，茶水喝了两杯就撂下了，烟却是越抽越凶，一边用中指嗒嗒磕烟灰，一边不停地抽，不停地发牢骚，抽到第五根，我们的牢骚发完了，老包开始发言，这个精明的家伙，刚开始还跟我们遮遮掩掩的打官腔，看我们一脸冷峻，才转了方式，跟我们好好说起了话，说是好好说话，也做了半天铺垫，无非是电视上我们常听的那套，到说到问题的核心，老包的神色一下子变得凝重了，我们也停止了抽烟，把烟头摁在烟灰缸里，挺直身体坐着，瞪大眼睛看着他。

你们这事好解决！依我看，没有别的办法，取消班车！现在咱们公司不是没自己的班车了吗，那就取消租用班车！老包说。

这话落地有声。我们像是被这声音给震慑到了，半天没有说话。说实在的，我敢保证，我和宋春风，包括车间的大部分工人，都在脑子里设想过这种情况，他妈的，哪天他们自己也骑电动车上班就好了！但我们只是想想而已，这又怎么可能？班车在我们盛达公司的存在，是一种秉承了十几年的传统呀，几乎象征着一种权威，象征着一种不可动摇的格局，这种东西一旦要触动，就会牵一发而动全身，可不是要造成一种大范围的混乱？

怎么不可能？老包欠了欠屁股，给我们一人点上一根烟，自己也点上一根，抽了两口后，他在烟雾缭绕中笑了，笑得很是神秘莫测，接着，他开始给我们讲如何把这件看似不可能的事情变得可能。

老包果然是老包，除了包"闹"，还是个包打听。他说他早就知道面对现在这种岌岌可危的状况，公司下一步准备怎么办。怎么办？集资！老包说。集资可不是个小事，不能一开始就闹得沸沸扬扬的，就一直没向外面公布，但集资又涉及全公司职工的切身利益，必须得通过职工代表同意，才合法有效。也就是说，不出半个月，公司就得临时召集一次职工代表大会，好通过职工集资的决议！老包接着说。

我们又吃了一惊。集资，对于我们这个摇摇晃晃的盛达公司来说，不是个新鲜名词。三年前，我们就集过一次资，那次没有通过职代会，而是层层动员，层层施压，以"不集资就别上班"为条件，要挟职工，最终得以集资成功，但不到一年，那些有些门路的职工就开始支取集资款，后来，到两年期限后，我们按当初公司的承诺支取了集资款和利息，虽然从款额上计算，我们个人并没有吃亏，但集资这种事，跟在银行存款毕竟是不同的，风险很大，我们这些小工人，自然不想把辛辛苦苦积攒下来的钱拿去集资。

这是最后一个办法了，不集资，咱们公司根本过不去这个坎！老包像是看透了我们的心思，说。你愿意公司现在就破产，然后咱们这些四五十岁的人都出去找工作，还不一定找得着，还是愿意拿出一部分钱来，支援一下公司？现在的老包，忽然变成了国主任的角色，开始对我和宋春风循循善诱。

破产？我记得我跟李冒说过破产的事，我说，破产就好喽。我说，我们都愿意来场轰轰烈烈的，生也好，死也好，都痛快点，别用钝刀子割肉，但实际上，我们内心又都很恐惧，就像老包所说的，我们已经四五十岁了，我们这些年积累下来的工作技能和工作经验，只在制药公司里有用，一旦制药公司不存在了，我们还能干啥？可能只能去做些体力活儿了，而以我们现在的岁数，我们又能有多大的体力？

大部分工人都会选择集资的，你们也一样！老包一语中的。

可集资跟班车有啥关系？不是在说班车吗，怎么扯到集资上来了？我们忽然找出了问题所在，瞪大眼睛，问老包。

当然有关系！你们想，要是在职工代表大会上，那些领导们收到一份取消租用班车的建议，上面还有大多数职工代表的签名，他们会怎么办？老包很是得意，一双深陷在眼窝里的眼睛凸了出来，嘴角上还挂着一丝轻蔑的微笑，这是技痒了，这是按捺不住了，我忽然觉得老包有些可怕。但这种感觉却丝毫没有抵消老包带给我们的震撼。我和宋春风，我们谁都没有想到，去了一趟老包家，只一趟，我们三个就一拍即合地结成了一个行动小组，我们制定了计划，分了工，老包负责收集情报和联合其他职工代表，我负责起草文件，宋春风负责在职工代表大会上扔手榴弹——老天，宋春风正好是职工代表，这一切就像冥冥中自有安排一样。

我们的条件是，如果不同意我们这个建议，我们就不同意集资。

从老包家出来，我们谁都没有说话。我脑子里乱哄哄的，那些不久后就会出现的轰轰烈烈的场景一直在眼前蹦，领导们多么震惊，工人们多么高兴，我和宋春风又是多么得意——我不断修订着自己的想象。想想我自己从小到大这几十年，小学、初中、高中、大专一路上下来，毕业后进了盛达公司，开始当工人，这一当就是十几年，而且，后半辈子也基本定了型，不是继续当工人，就是下岗，跟别的工人唯一不同的是，我坐了三天班车，原以为坐班车能让自己跟其他工人不一样，最起码得到一点虚荣吧，没想到这三天班车却成了我心头的一根刺，而现在，我要把它拔出来了。

我就这么任脑子汹涌澎湃着回了家，进了小洗澡间，开始洗澡。不坐班车后，我又开始在我家的电热水器下洗二次澡，倒不是老婆要求的，老婆后来根本没有要求过我这一点，是我自己要去洗的，我也不知道自己为什么进了家就直奔小洗澡间而去。而这天，是我在家洗二次澡洗得最痛快的一次，我第一次觉得我的身体很庄严，第一次觉得我的身体无比重要，好像我必须找一个安静的地方来盛放它，而这个小洗澡间是最适合的。从洗澡间出来，我仍在胡思乱想，我就这么折腾了一夜，而第二天一早，当我看到第一缕晨曦出现在窗户外头时，我一下子就后悔了。

可我不会表现出什么，我不愿意做一个尿包。岗位上，我和宋春风待在金子河畔抽烟，我在左边，宋春风在右边，中间隔着二尺见宽的金子河，烟灰噗噗落在金子河上，金子河固执地一如既往地干涸着，引导着我们的愤怒，不过，我们这时的愤怒已经有了节制，我们不会任它蔓延，我们学会了隐藏，我们知道，事情必须周密，不能出一点差错。宋春风朝操作室里看一眼，说，连刘艳霞他们也不能有半点觉察！而我从他的眼里，看出了他对他那些下属的羡慕，是的，宋春风也后悔了，后悔我们采取了这样一种激进的方式来试图打破这个坚固的堡垒，我们不知道结果将是什么，也许这个结果将会累及我们本已经庸碌透顶的人生，但我们已经别无退路。

六

一个周三的上午，职代会终于召开了。

是在北院的办公大楼召开的，我们工人很少有机会去北院，尤其是去办公大楼，这所据说花了几百万建造的五层建筑，对于我们来说，多少有点神秘。今天不同，今天办公大楼上一下子涌现出了好多穿蓝色工作服的工人，让这座平日里一副严肃面孔的办公大楼显得很热闹，我也夹在他们之中。老包却没来，老包在电话里说，他临时有点事，出门了，来不了。我们觉得很奇怪，还有比这件事更重要的事情吗？你就不怕出点意外情况？老包答，什么意外情况？绝对不会出！做什么事情全在谋划，谋划好了，就不会出意外！我转念一想，马上明白了他是故意不来的。他不是职工代表，他也不曾坐过三天班车，他为什么要出现在闹事的现场？但他肯定没在远处，他一定时刻关注着事件的发展。我跟他不一样，我不能不来，我要给宋春风壮胆。好在，职工代表人多，没人注意我，可时间一到，这些职工代表全去了最里头的大会议室，办公室里就剩下了我一个工人。

我的牙疼仍然没有好，其实，不能叫没有好，是两天前又犯的。两天前，公司传出了要集资的传言，这说明职代会马上就要召开了，而我们早在一个星期前就从老包那里得知了这个消息，并在老包的带领下开始了我们的谋划，这说明一切全在老包的掌控之中，但我的牙还是不可抑制地疼了起来，疼得嘶嘶的，疼得腮帮子都肿了。办公室文员小刘以为我在等医务室的老孙，就说，老孙今天请假了，不来！我点点头，却并没有离开，小刘诧异地望着我，望了一会儿，说，等职代会消息？集资集定了！就是数目上还没定！我说，工人们最关心这个了。小刘说，可不。不过，听说跟上次差不多，上次是工人每人五千，班组长八千，车间主任一级的一万吧？

我就这么有一搭没一搭地跟小刘拉呱着，耳朵却始终留意着大会议室的门，门倒是开了两次，全是工作人员出来拿东西，这个工作人员从办公室门前经过时，对我视若无物。第三次开门，仍然是那个工作人员，不过，这回从办公室门口过时，这位工作人员愣了下神，然后快步走到我跟前，说，你们组长宋春风行呀！又恍然大悟似的，盯着我看了一会儿说，你这家伙，也行呀！

小刘不知道什么意思，我一清二楚。现在，大会议室里想必已是翻江倒海，好，很好。我这一放松，牙疼好像也轻了些，但随即又剧烈地疼了起来，娄子肯定是捅下了，结果是个什么样？慢慢地，办公室积聚了十来个人，不过都是后勤职员，都是来探听职代会消息的，眼看着这个会越开越长，他们你一言我一语地议论着到底让他们出多少钱集资，他们却不知道这个职代会还有一个别的议题。临近下班时分，他们终于看到大会议室的两扇玻璃门打开了，职工代表们也一个个从会议室里出来了，他们先听到一个消息，工人每人八千元，班组长一万元，车间主任一万三千元，这个数字不在他们预料之中，他们哇哇叫了一阵，接着又听到一个消息，还通过了一个决议呢，取消租用班车！

这句话，让他们全都愣了。班车？取消租用班车？这都哪儿跟哪儿呀！他们不相信。是真事，以后领导们也不坐班车上班了！有人解释。他们这才回过神来，说，原来这个会开得这么长，是为这个呀？也值了，班车早就该取消了，真该取消！这下，谁也没有特权了！也许是这件让人高兴的事情冲淡了集资款带给他们的郁结，毕竟资肯定是要集的，而取消租用班车一项，是从天上掉下来的惊喜，他们好像都高兴得什么似的，把这个消息你传我，我传你，传了个遍，然后一伙儿人议论纷纷地往楼下走，一时间，办公大楼整个空间里好像都充斥着嗡嗡的回声。

这种场景却让我心头一惊，这么一来，取消租用班车倒有益于集资了？我只觉得胸口一阵阵发闷，这种感觉却不能跟宋春风说，虽然宋春风并不像那些工人们一样，主次不分，但他现在的担心跟我完全不一样。

据宋春风讲，当时，他提交那个提案的时机没有把握到最好，早了点。按我们的计划，肯定得在正式开始讨论集资事宜之前提交，宋春风也是这么做的。大会一开始，工会柴主席讲了讲话，全总讲了讲话，就要进行下一项议程，这个时候，一片寂静中，宋春风举起了手，他说，我这一举手，全会议室的人都扭过头来看着我，我横下心来，从一个个人背后穿过，把提案交到了主席台上，然后我就在底下瞪大眼睛看着主席台，那个时候，我知道自己已经不是孤军奋战了，因为提案上有半数以上职工代表的签名。这时，再看主席台上，工会柴主席、全总、贾副总等领导们全变了脸色，然后，柴主席宣布，他们要临时开个小会，会后给大家答复。接着，他们打开这个大会议室的另一个门，一个跟着一个地进了里间。不到十分钟，他们就出来了，各就各位后，柴主席把他跟前的话筒往全总这边推了推，全总稍稍往前探了探身子，开始说了，全总说话的声音很洪亮，我们在下面听得清清楚楚，他说，各位代表，刚才宋春风代表大伙儿交上来一份提案，我们几个人研究了一下，原则上同意大家的提案，下来后，我们再具体研究实施细则，请各位代表监督！下面呢，我们开始进行下一个议题，研究集资问题！

事情就这么简单。

然后就是按议程往下进行，在正式的议案提出来之前，先设立议案委员会，设立监票人，计票人，这些都通过以后，工会柴主席开始宣读集资方案，方案分两部分，一部分是内容，包括集资目的，集资方式与集资金额等，另一部分是集资款的管理，包括使用权限，使用范围以及集资人的权益等等。会议开到这个时候，宋春风说，我忽然感到心里没了底，你想啊，他看着我，狠狠地抽了一口烟，说，咱们提这个提案根本没有这些程序做保障，虽然领导们都同意了，但万一他们反悔呢，只是个口头同意呀！我要是晚点再交咱们这个提案就好了，也让大家投投票，也设有监票人、计票人！我安慰他，咱们这样应该也有效吧，有这么多职工代表的签名呢！

宋春风却仍然不放心，坚持要给老包打电话，老包在电话中说，你们俩瞎操心，一点问题都没有，放心吧！电话很快就断了。这个老包，自从职代会召开后，就再没跟我们主动联系过，我们联系他，他的口气也显得很不耐烦。他这是要跟我们撇清关系呢，可这狐狸尾巴也露得太早了吧？宋春风看看我，眼神一下子变得很凶，仿佛现在站在他面前的是老包，而不是我，或者，我也会弃他而去似的。

我没办法弃宋春风而去，虽然我很容易弃他而去，我并不是职工代表，我并没有签字，我跟老包还不一样，老包盛名在外，我不过是一个坐了三天班车的过滤工人，一无所长，我想要抽身很容易，但我不能，我跟宋春风在一个岗位上，天天见面，看见他，就相当于又一次体会到了我在班车上遭受到的奚落，这让我觉得日子愈发难熬。

一周过去了，我们已经按照规定集了资，我们工人每人八千元，班组长一万元，车间主任一级的一万三千元，这个资集得顺顺利利的，没有听到一点不合拍的声音，我大略算了算，差不多得有八百万元。

　　之后便只剩下等待了。我们在岗位上打扫卫生、学习章程、发牢骚、抽烟，同时竖起耳朵听着来自北院办公大楼的风吹草动，一天过去了，两天过去了，三天、五天、一个星期、十天……办公大楼很安静，而那辆蓝色车身的班车却很热闹，一如往常地进进出出，仿佛职代会从来就不曾开过，仿佛宋春风从来不曾在会上提出过什么，就像刘艳霞说的，宋组长，你折腾了半天，管个屁用啊？

　　而这个时候，我们岗位已经快两个月没有料了，也就是说，那条金子河已经干涸了快两个月了，它就像一个遭到抛弃的怨妇，不修边幅，自暴自弃，浑身上下没有一点神采，只剩下越来越多的皱纹，好像一下子老去了几十年，马上要完蛋似的，这天，我实在看不下去，擎着水管子，开始用清水冲洗这条小水道。要有料了？刘艳霞从操作室里奔出来，问。一般情况下，接到料下来的通知后，我们才会冲洗小水道。

　　没有。我头也没回。

　　冲洗过后的小水道清清亮亮的，像雨后的天空，我满意地舒了口气，这时候，我闻到了一股子"味儿"，像臭豆腐，不过，没有那么冲，那么浓烈，而是轻轻的，淡淡的，像浮起了一层雾气，但是，确实有，这个时候，我才意识到，我好像已经很长时间没有闻到我们岗位上的"味儿"了，要不是今天冲洗了小水道，我差不多都要忘记这种折磨了我们工人这么多年的"味儿"了。

也就是从那天开始，不知怎么回事，我开始想念我们岗位上的"味儿"，我下班后不再先洗澡，回家后的二次澡更是不洗了，衣服换得也没那么勤了，我知道这是因为我自己的心灰意冷，另外，还有一层原因，我希望自己能积攒出来一点"味儿"，好让我不至于再把它忘掉，最好搞得浑身臭烘烘的，哪怕让老婆骂一顿呢。

实际上，这个"味儿"来临的时候，完全不像我想象中的那样，而是带着一股冲天而起的势头，一下子就弥漫了我们整个岗位，是的，我们有料了，我们有板框可冲了，我们的金子河又要流淌了，那个时候，我才明白，不止是我一个人在这段灰色的日子里想念过这股子"味儿"，我听到岗位上别人也在说，哎呀，可算闻到咱们岗位的"味儿"了！

我们就在这股子"味儿"中，大干了一场，休息时，我们又听到了一个消息，从明日起，那辆租来的蓝色车身的班车将不再运行。这是职代会开后的第三个星期，事情总算尘埃落定。我和宋春风互相看看，心一下子落到了肚里，我们无法忍受的，始终是耍弄。就在我们一身轻松地要抽根烟时，岗位上的电话响了，宋春风接了后，脸上的表情全变了，像是对什么事情难以置信，然后又一脸僵直，接着倒松松垮垮地一笑。

老郝，老刘，你们有班车坐了！宋春风指着我和刘艳霞说。

谁也没想到，事情会发展到这个地步，我和刘艳霞一下子也难以置信——几乎在给我们车间进了料的同时，公司又买了两辆新班车，是的，是两辆，一辆玫红色车身的，一辆青灰色的，玫红色车的二十个座，刚够那些领导们坐下，青灰色车的四十五个座，是给工人们坐的，这辆青灰色班车从省城方向开过来，接上住在沿线的工人，然后横穿县城，接上住在那条线上的工人们，最后再朝盛达公司开去。

我和刘艳霞就在青灰色车身这辆班车规定的线上住。

说起来，刘艳霞第一次坐班车，心情比我还紧张，这跟她在岗位上的表现很不一样。头天晚上很晚了，她给我打了个电话，让我先给她在旁边占个座，我们好坐在一起，这是怕自己身上的"味儿"让工友们嫌恶啊，我答应了，我当然也不愿意让工友们嫌恶我。第二天，等我们都坐上去，我们才发现，我们完全是杞人忧天，倒不是说，大家对我们的"味儿"一点感觉都没有，而是车厢里什么"味儿"都有，有我们过滤岗位上的酸臭味儿，还有环保岗位上的腥臭味儿，还有机油味儿……这些味儿混合在一起，就相当于什么味儿都没有，这是我们工人们的哲学。或者，实际上，根本就没什么"味儿"？

不过，司机肯定不那么想，因为我们班车上的司机不是完全意义上的工人，或者说，这个司机，还没有在工人岗位上待到足够的时间，所以，他并不懂得我们的哲学，他闷头闷脑地坐在驾驶座上，慢吞吞发动了班车，我和刘艳霞对望了一眼，我们本来想跟他打声招呼的，后来也懒得打了。刚开始，我听说李冒要来开这辆班车时，还给他打过个电话，李冒在电话中支支吾吾，什么都没说，实际上，我也不知道说什么，我不知道他当灯检员的父亲会怎么看待他这次的选择。现在，我倒理解了他，总有一天，他会成为一个像我一样的工人，总有一天，他也会理解我们的哲学，我们得给他时间。

班车曲里拐弯拐进一个高档小区，老包上来了。老包夹着个包，坐在前头，可一个劲儿扭过头来，跟这个跟那个打招呼，当然也跟我打了个招呼，我知道他表面上跟我很热络，内心里却恨不得不认识我，而我也一样，恨不得从来就没有认识过他，更没有找过他，回想整件事，我总觉得自己始终还是被要弄了，到最后，倒成了两辆班车！而我又无法拒绝坐上班车的诱惑，我不坐，难道这辆班车就不开了？可是老包怎么会坐上班车的？他并没有在这条线上啊。下了车，我问刘艳霞。刘艳霞告诉我，老包能坐上班车，是费了点周折的，当然，他们不敢不让他坐。到底怎么回事？我又问。刘艳霞说，你不知道，当初，工人班车的行车路线是经过领导们研究决定的，横穿县城时，只经过两个小区，这两个小区全在旧城区，是咱们工人们的集中居住点，那几年，你还记得吗，咱们公司效益好那几年，好多工人们在那两个小区买房子。我点点头。可是老包不干呀，老包也得坐班车，国主任说，你居住的那个小区只有你一个人，又在新城区，去拉一趟你，太不划算了，再说，班车路线都已经定了。老包哪里肯听，又去找了全总，结果，这辆班车就改道啦。我愣了愣，叹了口气，说，这个老包，还真行！

刘艳霞看了我一眼，说，你不知道的事情还多着呢。这次职代会前，领导们私下里决定的是，工人每人集资五千，班组长八千，车间主任一级的一万，到了职代会上，才现改了额度，这事你肯定不知道。刘艳霞眉飞色舞，你别不相信，是老包喝醉了亲口说的，不过，你可别向外说呀！

我相信。

可是不管怎么说，又一个春天降临到了我们这个地方，我们公司北院广场上的银杏树开始冒出绿芽，一侧草坪上的草也更绿了一点，衬得广场上的喷泉更加如珠玉一般清凉干净，我们在这样暖融融的早晨从班车上跳下，奔到岗位上，现在，我们过滤岗位也充满了生机，我们换上高筒雨靴，冲上两个小时的板框，那条小水道就会一点点蓄满水流，如果天儿好，阳光透过窗户照射过来，那条小水流上就会泛出一层薄薄的金色，然后荡出一圈一圈的波纹，这是我们的金子河。休息时，我们会蹲在金子河畔，欣赏金子河波光粼粼的风采，但我们不再大声说笑，每一天的工作日都是如此。

这样的日子不过过了两个月，因为天气持续雾霾，有一天，宋春风从车间开会回来，耷拉着一张脸，这是要限产了。一段时间以来，我们一直担心的事情终于还是发生了。接下来，谁都知道，金子河又将面临干涸，这是金子河没法摆脱的命运，也是我们没法摆脱的命运，对这点，我们已经习惯了。

下班时分，北院广场上的两辆班车早就虚位以待了，一辆玫红车身的，一辆青灰色车身的，一个停在广场东，一个停在广场西。宋春风因为住在城南，没有班车坐，心里自然不平衡，这个原来只会发牢骚的人，经历了职代会，仿佛变了一个人似的，也去找了公司，先是去找国主任，后来又和一帮人一起去找了全总，回来后，他向我们转述结果，说好多人去找全总，光针对班车这一项，就有两拨，他们这拨是没有班车坐的，要求也派一个班车，凭什么他们能坐，我们不能坐？另一拨是离公司比较近的，不要求坐班车，要求派发补助，我们给公司省了钱，这钱就是我们的！全总怎么说？我们问。能怎么说？来回绕着说呗。不过，我们不会放弃的。宋春风说。

　　我安慰不了宋春风，我说什么也脱不了站着说话不腰疼的嫌疑，这让我坐班车时，总有些负疚感，但时间长了，便也无所谓了。现在，每天下班，我都和刘艳霞一道，去北院乘坐班车，我们坐在那辆青灰色的班车中，透过车窗，看到全总、贾副总、吕副总、刘副总、工会柴主席、陈总工程师等领导们从办公大楼上下来，一个接一个地上了前头的玫红色班车，接着，车门一碰，那辆班车就发动起来了，然后我们这辆青灰色班车也紧跟其后，开了出来，在经过门岗上的电动门时，这两辆班车都会减一下速，穿过门口，便加快了速度，一个向东，一个向西，分别疾驰而去。

并 蒂

一

千珍离婚后，我和杨冬阳陪她吃了几次饭，我们三个都在石家庄，住得也不算太远，可之前聚得不多，都有自己的事情要忙。那次饭后，千珍给我们三个建了个群，取名"大脸三妞"。我想起上大学的时候，我们三个一个宿舍，好得穿一条裤子，钱也混着花，有一段时间，我们三个都没有钱了，我和杨冬阳回宿舍，看到门上贴了张纸条：贫民窟的大脸女人。没把我和杨冬阳笑死。

千珍这是在回忆过去了。

哪知，第二天上班，我找那个"大脸三妞"群，找了半天，才找到。原来换了名字，是杨冬阳换的，换成了"三人行"。我在群里打字，老杨，你这个老学究，还能不能有点情趣？

杨冬阳用语音秒回，上大学的时候，一掐一股水，说自己脸大，纯粹是卖萌，说自己是女人，也算未卜先知，现在呢，人到中年，一个个都这么大的脸，不知道藏着点？还"妞"，都补着大豆异黄酮呢，好意思吗？

千珍也回了一段语音，估计是在和杨冬阳耍嘴皮子，办公室有人进来，我就没有听。过了一个多小时，再看那个群，仍然停留在千珍的语音上，杨冬阳也没有回，杨冬阳是心理咨询师，忙得很。我听了下千珍的语音，大致意思是说，她现在恢复成了自由身，又成了妞了，你们爱女人女人吧，她就是个妞。

然而，千珍并没有把群名改回"大脸三妞"。

这个群建起来后，三个人一起聊的时候并不多，多数还是恢复成"妞"身的千珍闲得咯吱咯吱叫，发一些图片、视频。我看到了，会回一两句，杨冬阳很少回。看杨冬阳的朋友圈，冥想瑜伽打卡，背单词打卡，跑步打卡，这个女人，越活越来劲了。

千珍和我语音，说，杨冬阳哪是越活越来劲，人家的劲就一直没下去，不像你和我，一个个疲沓沓的。我说，我哪是疲沓沓，我是软绵绵，提都提不起来。

放下语音，我裹紧被子。我的夜晚很奇怪，十一点之前，我一个人躺在这张大床上，和千珍语音，和编剧圈里的两个朋友聊天，有时候也鼓捣一段朗诵，发在喜马拉雅上，我像漫坡的水，想流淌到哪里就流淌到哪里。玩够了，就睡，若能在十二点之前安然入睡，那将是这一天的杂乱无章给我的最高奖赏，但有一多半的时候，我在这张大床上翻来覆去，到最后不得不吃一粒药。杨冬阳说我是焦虑症，我告诉她我并不焦虑，我也没什么可焦虑的。杨冬阳说你焦不焦虑，不是你说了算的，还说我应该想办法去解决这个问题，比如，我应该去次卧看一看老全。我说，我从来不去次卧看老全，但老全每晚都会来主卧看我，我们礼貌地聊上几句，就各回各屋了。杨冬阳说我这么多年都没有学会经营婚姻，就这么放任自流，必然要承担后果。我嚷了起来，老学究又开始教训人了。

这天晚上，我听杨冬阳的话，真的去次卧看老全，屋里黑着灯，我先贴着门听了下，并不是没有一点声音，有窸窸窣窣的声音传出来，等我轻轻推开门，我发现老全面朝墙躺着，呼吸声很均匀。我想，我应该找个机会提醒下老全，让他睡觉时把屋门锁上，我的屋门也该锁上了。

二

恢复成"妞"身的千珍和二十多年前一样开始找对象了，却也和二十多年前不完全一样，如今，她找对象的渠道竟是以网络为主了。我们都很奇怪，千珍条件不差，资深记者，一女，已读大学，市内二环内有九十多平米一套房子，有车。在现实中，却没有什么人给她介绍对象，除了我们几个闺密，但我们身边也没有几个合适她的人，她只能靠交友软件。

在各种各样的交友软件和直播间中混了一段时间，千珍跟我说，现在的人，完全分不清线上线下了，以前还觉得现实和网络之间有一种距离，如今没有了，早晨起来直播吃饭，上班直播带货，下班直播遛狗，晚上直播征婚，自己在自己直播间征，也窜到别的直播间征……你有没有觉得，我们就生活在一条网线中，不，连这条网线都没有了，我们是生活在一个密码中？我说，我们是生活在一个密码中，这个密码还不用输入，输一次，就被记住了。

千珍跟从交友软件上认识的那些男人见面，有时候会叫上我一起。那天，我陪千珍见了一个比她小五岁的男人，男人是个网络文学作家，南方人，插根细管喝着个椰子汁跟我们讲了一个如梦如幻的穿越故事，我看出来千珍已经听不下去了，就点了两份冰激凌，我们俩边吃冰激凌边听，以保持镇定。好不容易，网络文学作家讲完，我们逃一般地出了餐厅。车里，千珍快快不乐，说，我们去找杨冬阳吃饭吧。

杨冬阳并不好找，这回，竟然是有空的，只是现在还在忙，在"花果树"参加一个临终关怀活动。千珍在下一个路口调头，往"花果树"走。"花果树"是石家庄一家儿童临终关怀机构，当年，杨冬阳出名全靠它，主意还是千珍出的。千珍做了十多年媒体，有些包装人的经验。大约是五六年前吧，自学成才的杨冬阳拿到了二级心理咨询师证，却没有地方施展抱负。有一回吃饭，她喋喋不休地抱怨，那个时候，千珍刚给"花果树"做了一期节目，忽然就灵光乍现，说，老杨，你可以给"花果树"当心理辅导师啊，我敢保证，这"花果树"的宣传还得跟进，这么一来，你也就跟着出名了。

因为是第一家，又是专门做儿童临终关怀的，那两年，"花果树"果然被媒体追着，捧着，杨冬阳像是一个刚入城的农村姑娘，傍上了个大款。杨冬阳也聪明，把"花果树"的一面白墙利用起来了，每去世一个孩子，就由一个活着的孩子画一朵花或者剪一朵花，花心里写上去世孩子的名字，贴在墙上。现在，那面白墙上已经有二三十朵歪歪扭扭的花了，都朝天长着，红的，黄的，蓝的，什么颜色的都有，不明真相的人会觉得这面墙充满童趣。

我见过那面墙。

我跟千珍讲，那面墙上的花朵都是谎花，还没有长大结果，就过早凋零了。千珍心肠软，没去看那面墙，说，早夭的孩子都是天使。杨冬阳见多识广，在我们谈起这些话题时，总是沉默。

等了多半个小时，才看见杨冬阳出来。上了车，杨冬阳喝了几口水，忍不住跟我们说，就是再忙，这里的公益也得做。没错，杨冬阳在"花果树"完全是做公益，她正式的工作单位是启睿教育，她是石家庄这家最大的私人教育机构的首席心理咨询师。来她这里咨询的多是初三学生、高三学生。我们曾经问杨冬阳，没有来咨询两性关系的吗？杨冬阳说，有啊，也很多。我们几个人的孩子都上大学了，对大考前的心理状态不太关心了，一听两性关系，都忍不住往细处问。每到这个时候，杨冬阳却不说了，她说他们做心理咨询的，不能暴露别人的隐私。这倒也对，我们都能理解。

我们三个人吃晚饭，一般吃粗粮粥，三四个青菜。那天，千珍情绪不太好，点了玉米排骨、牛肉羹，自己搛了一块排骨，又冲杨冬阳说，老杨，看你那蔫巴巴的样子，吃点肉，高兴高兴。杨冬阳往前探了探身体，说，我觉得自己都要虚脱了，是要补一补。她也搛了一块排骨，吃了两口，就撂下了，说，你们不知道，那个孩子太可怜了，才十岁，患了母细胞瘤。

那个孩子的名字又被写到墙上的一朵花里了吧。我心里想，嘴里如同嚼蜡。那顿饭吃得索然无味。

三

又要到十一点了，让我害怕的时刻又要来临了。我不知道我为什么害怕进入睡眠的那一段时间，也许那是我这一天中最为清醒的时候。我闭上眼，老仝的面庞出现在脸前，电视台进行改革，他面临被解聘的命运。他当然不甘心，正上蹿下跳地活动。我是这么跟千珍说的。实际上，老仝并没有上蹿下跳，而是又提高了和一个摄影团去山上拍照的频率，这个月已经开车载副台长随摄影团去了两次沟仙寨。我甩甩头，语音聊天的请求在这个时候响起来。是千珍，也只有千珍十一点了还敢跟我语音。千珍说她有两张北京国家大剧院音乐会的门票，明天下午的，问我要不要去。可能怕我拒绝，千珍又说就当散心了，明天正好是周六。我答应了，她要了我的身份证号码，一会儿就把高铁票的时间和车次发到了我手机上，我一看是早晨七点多的，有些疑惑，又语音问千珍，千珍支支吾吾地说，上午还有点别的事，我得陪她去。

凌晨五点半，我在楼下等千珍的车来接我。临出门前，我打算给老仝的微信留个言，想了想，也没有留。早晨起来，老仝看不到我，一定以为我出去遛弯了，也不会问什么。

在高铁上，千珍说了实话。她昨天晚上跟一个男人开房，意乱情迷中，没能坚持让那个男人戴安全套，事后，她很后怕，查了很多资料，还是去打一个72小时内的阻断针稳妥。这针石家庄没有，只能去北京。我瞪大眼睛，看着一脸懊悔的千珍。而千珍懊悔的并不是跟一个刚认识半个月的男人开房，竟然是没有坚持让那个男人采取安全措施。

千珍很不好意思，说，你别这么看着我，这在年轻人那里都不算事……我想了想，我好像并没有什么资格指责千珍，千珍知道我有一个维系了五年的情人，这也许就是千珍非让我陪着去打那个阻断针的原因吧。中年以后，让昔日的朋友形成紧密小团体的原因只有一个，境遇。我们那些留在石家庄的大学同学们，混成中产阶级的，商量的都是周六日去谁家在山里的别墅度假。而千珍和我，属于混得一塌糊涂的，商量的都是怎么求取心理平衡，好在人堆儿中不显山不露水地活下去。

哪天，我们去听听杨冬阳的课吧，她现在也算爱情婚姻专家，在传媒大学开着课呢。千珍忽然说。

又发神经，听什么课呀，你什么不懂？我把头靠向车窗，今天起得太早了，困乏劲儿上来了，但我的脑子很清醒，千珍是觉得我们俩都该理顺一下自己的感情生活了。千珍属于饥一顿饱一顿，我属于吊在一棵歪脖树上。不，是两棵，无论哪棵，都够我吊死自己。我那个维系了五年的情人，到现在也还在维系着，他很小很小的一小部分的白天属于我，他的晚上一丁点都不会属于我，他对于我每晚十一点的分水岭有害无益，也许，他正是形成那个让我害怕的十一点的罪魁祸首。

而我们这个"三人行"里的杨冬阳呢，作为心理咨询师的杨冬阳，作为人生赢家的杨冬阳，这个时候，应该正坐在明亮的餐厅里，和陶春光共进早餐吧。

陶春光也是我们的大学同学。陶春光长得帅，又会唱歌跳舞，口才也好。最早，我们系举办舞会，陶春光都是和我们导员一起跳舞的，我们导员也是我们学姐，刚毕业一年。两个人舞姿翩翩，我们在一旁拍巴掌，都觉得是一对璧人。后来传出一个惊天新闻，杨冬阳开始追求陶春光了。我和千珍是最后知道的，我们去问杨冬阳，杨冬阳很坦然，她说她爱陶春光。一个人睁着一双清澈的眼睛，告诉人们他（她）爱一个人，也许只有十八九岁的时候，才会这么流畅自然。许多年后，我们已经不知道我们是爱一个人，还是不爱一个人了，我们时时刻刻都在辨别这里头的区别。

类似"贫民窟里的大脸女人"这样的纸条再也没有出现，杨冬阳和陶春光一起吃饭了，钱也混着花了。我和千珍回宿舍时，不止一次看到两个人坐在杨冬阳的床上卿卿我我，他们也不避讳我们。我们从来不怀疑他们有一天会分手，然而，分手的时候还是来了。毕业那天，陶春光去车站送我们，杨冬阳哭得上不来气，我们这才知道，陶春光的父母已经把他安排到老家的乡政府上班了，而杨冬阳签了石家庄的一家出版社。没办法，也许正因为少年时期的爱情清澈，没有那么多盘根错节，才更不堪一击。

　　大约半年多以后的一天，我们几个留在石家庄的朋友吃饭，杨冬阳来得晚，跟在杨冬阳身后进来的，竟然是一脸笑容的陶春光。杨冬阳羞涩地告诉我们，陶春光辞掉了老家乡政府的工作，到石家庄和她一起发展来了。我们都很惊讶，起先，杨冬阳没给我们漏过一点口风，我们只是后来听说了一点，是陶春光找的杨冬阳。我感叹，到底是在象牙塔里谈的恋爱，和在社会上谈的不一样，纯度高一些。千珍说我墙头草，一会儿说学生时代谈的恋爱靠不住，一会儿又说纯度高，她说，真正的原因不在这里，你没去过陶春光的老家吧，显坪，我去过，我老舅家就是显坪的，显坪穷啊。我看陶春光是不愿意待在那么穷的地方，才来找杨冬阳的。我没有反驳千珍，不管怎么说吧，他们俩能在一起，我们都是满心祝福的。

　　之后，陶春光跑过保险，做过销售，稍有积蓄之后，开了家广告公司。他们两个人结婚的时候，我们班好多同学都去了。我那时候在广播电台写文案，还没结婚，单位宿舍离他们租住的房子不算太远，经常去他们家蹭饭。陶春光有一道拿手菜，叫怪味豆，是把各种泡发的豆子放在一起翻炒，加上事先调好的汤料，味道是真怪，我到现在都能记起来，但那种味道很难形容。

我和老仝的婚姻规规矩矩。相了很多次亲之后，和老仝步调比较一致，就结婚了。那时候老仝还是小仝，白白净净的一张脸，穿白色T恤，牛仔裤，很阳光，在电视台工作，是一名摄像师。等晚上脱掉T恤、牛仔裤，老仝原形毕露，跟我讲，电视台房顶上，有个拳头大的洞，他们这几个摄像师经常趴在房顶上，透过那个洞，看明星换装。那真叫一个刺激，明星哎。老仝两眼放光，看我不说话，他赶紧闭紧嘴巴，以后不看了，真不看了。原形毕露的还有别的，比如，老仝在单位没有编制，是合同工。我知道这一点后差点打翻一个盘子，老仝无所谓，在餐桌前吱溜吱溜喝汤，说，还有临时工呢。老仝就是这样一个人，满足于所有现状。我后来问过千珍，老仝这算不算骗婚？千珍说，你也没问呀，介绍人说是正式的，你就自然而然地以为是有编制的了。我想了想，倒也是。千珍又说，要怪就怪你自己，是你自己对自己不负责任。我说，我没有对自己不负责任，到该结婚的年龄结了婚，就是对自己负责任。

最开始那几年，杨冬阳和陶春光的日子过得并不平静。也许还是因为住得不算太远，我成了他们的义务"救火员"。他们俩一吵架，就叫我。有时候是杨冬阳叫，有时候是陶春光叫。杨冬阳叫我的时候，常常是我一进门，杨冬阳就冲着我声泪俱下，我叽里呱啦教训一顿陶春光，就完事了。陶春光叫我的时候，常常是陶春光虎着脸不说话，杨冬阳冷着脸不说话，有两个不说话的了，我再不能不说了，就看看这个，看看那个，说，你们看看你们俩的名字，一个春光，一个冬阳，一个放飞春天，一个温暖冬天，绝配呀，怎么就老吵架？两个人还是不吭气，我就让陶春光教我做怪味豆，他们家永远储存有各种豆子，是陶春光的父亲自己种的，等一盘怪味豆做好了，我们仨坐在餐桌上开吃，他们俩也就开始互相攻击了。只要开口就好办，多数还是因为孩子，他们生了个女儿，由陶春光的父母在显坪老家带着，他们每两周回去看一次。我两边劝劝，他们也就顺坡下驴了。临走，陶春光让我把剩下的怪味豆打包拿回去，我没拿，其实，我真的不喜欢什么怪味豆。

是不是因为在杨冬阳家经历了很多次吵架，我和老全在婚后的前几年显得很是风平浪静？这也算一种免疫吧，每每从杨冬阳家回来，我看着老全，就想，幸亏这种鸡飞狗跳没有发生在我们家，不然，我一定会疯掉的。我和老全生了一个儿子，我妈妈住在我们家帮我们带。后来，我才知道，我和老全婚后前期的安宁，是我们的儿子和我妈妈给我们带来的，这个世界上，最难的不是如何在一群人中独善其身，而是两个人的相处。

算一算，杨冬阳第一次去上"家庭系统排列"课，应该是在十五年前。那时候，她和陶春光已经把女儿接到身边上学了。我第一次听杨冬阳滔滔不绝地讲这个课时，还觉得挺新鲜的，杨冬阳说这个课是德国心理治疗大师海灵格研究了三十年的成果，非常先进。等杨冬阳说出价格来，我吃了一惊，那个年代的几千块钱，不是个小数。杨冬阳二话不说，掏了钱去上了。那时候，我并不知道杨冬阳为什么去上那个课。大约过了半年，杨冬阳到我们广播电台找我，我办公室三个人，我把她拉到后院。

杨冬阳说那个课真好。佐证这个"好"的是，她和陶春光的关系改善得太多了。想一想，这段时间我确实没有去他们家义务灭过火。这个时候，我才知道杨冬阳去上那个课，是为了改善和陶春光的关系。杨冬阳说，我本以为女儿回来，我们一家人守在一起，陶春光的公司也正常起来了，我们家就会和和美美，充满温馨，但实际上并不是，我能怎么办？我不能当着我女儿的面跟他吵，我只能从内部入手，正好这个课，解决了我的需求。

我记得那是个秋天，广播电台后院里那棵古老的松树下滴落了松油，我和杨冬阳从树下走过，杨冬阳的鞋子被粘住了，杨冬阳不明所以地抬起脚看，我告诉她这是松油，她像一个孩子一样露出恍然大悟的神情，杨冬阳永远生活在自己的世界里，她根本就不知道松树会长出松油来。不过，她的心思很快就从松油上出来了，她兴致勃勃地问我，你去上那个课吗？

原来是来游说我去上那个课的。我双耳薄而柔软，卦书上说长这样耳朵的人对诱惑缺乏抵抗力，但那一刻我没有答应她，因为钱。我和老全刚付了一套房子的首付。我把话题扯向房子，告诉杨冬阳，我、栗子、千珍还有几个同学，都在石家庄买了房子。杨冬阳丝毫不为所动，说，面包和房子都会有的。可是，感情要是损毁严重，就修复不回来了呀。我觉得她危言耸听，往松树下走了走，让松油粘住我的鞋子。

后来，我听说杨冬阳游说了我们好几个同学，有那么一点发展下线的传销劲头，但都没有成功。如我所言，我那些已经步入婚姻的同学们，都不觉得两个人花前月下、卿卿我我比赚取一块地板砖更重要。有一段时间，千珍还和杨冬阳疏远了，跟我抱怨过几回，说杨冬阳是不是跟陶春光学的，怎么也一副搞销售的嘴脸？我说，杨冬阳被迷了心，过一段时间就好了。

出乎所有人意料的是，最后跟着杨冬阳去上那个课的是我，我到底还是长了一双薄而柔软的耳朵。杨冬阳打动我的一句话是，这个课会让你了解你真正想要的是什么。那段时间，我和老全正分居，又续签了一次合同的老全自以为饭碗万无一失了，在工作中能拖沓就拖沓，每个周末跟着一个摄影团去山里采风却一回都不落下，我问过他，他说他是这个团的核心人物，不去不行。我后来才知道，这个团里就有他们电视台的副台长。我跟他们去过一次，副台长新烫了羊毛卷，红光满面，笑声嘎嘎的，我在她的笑声中，不小心把脚崴了，老全一声不吭地把我背到车上，转身就去追赶大部队了。那一整天，我就对着一块面包，一个卤蛋，一瓶矿泉水，看着自己又红又肿的脚脖子，直到老全他们回来。老全上了车，像是恍然才发现我也在车上，他的眼睛里瞬间有一丝羞愧，正是这丝羞愧，让我自己羞愧交加。我想要的到底是什么？

事实上，一个天真的杨冬阳领着一个同样天真的我坐着公交车从石家庄西花了将近两个小时赶到石家庄东时，就注定这将是一趟徒劳无功的旅程了。除了和杨冬阳一样天真，我还悲观。不过，我已经没办法反悔了。杨冬阳领着我交了五千块钱，领了一件黄色T恤，我们俩到宿舍换上这件宽大的黄色T恤，上了三天课。课云山雾罩，课后的集体活动无非是为了增进学员之间的感情，那时候，还没有"团建"这个词，现在想想，那些被哄着赶着进行的游戏啊唱歌啊也算一种低级的"团建"了。

印象最深刻的是哭。那是第三天晚上，我们三十多个学员分了组，每个组一个房间，把房间的门关好，窗帘拉紧，灯关掉，每个人都坐在自己的位置上，吐露心声。是的，心声。什么样的心声呢？就是不敢或者不能跟自己的亲人朋友吐露的声音。我和杨冬阳没在一组，主办方特意这么安排的，熟人不能在一组。开始了。我坐在角落里，很紧张，赶紧把水杯攥在手里。我没想到还有这么一个环节，也没想到我竟然像一个神父一样，要听别人的"心声"，不，所有的人都是"神父"，所有的人又都是"忏悔"的人。真的开始了。辨析一下方向，是从我对面的一个角落里发出来的声音，说自己小时候曾被父母抛弃，现在虽然在父母面前强颜欢笑，但内心原谅不了他们……那人说完，哭了。接着，一个来自我斜后方的声音说，小时候曾被同村一个男人性侵，那时候不懂，现在心理障碍越来越大，以至于对男人提不起任何兴趣……说完，也号啕大哭。

我觉得我握水杯的手越来越抖，就大着胆子，摸着黑，从后门悄悄出来了。猛一站在星光璀璨的天空下，我有些发晕，双腿也有些发软，只想快些回家去。我定定神，给杨冬阳发了条短信，说家里有急事，先走了，杨冬阳没有回。我去宿舍收拾完东西，一个人打车回去了。我是那期培训班唯一一个没有拿到结业证的学员。而据杨冬阳说，他们这些拿到结业证的同学后来都成了助教，开始走南闯北辅助讲师上课了。杨冬阳连连替我抱屈，我看着她的表情，很想问问，她在那个小组会上，吐露出的是什么"心声"，可我没有问。

自然，我没有通过这三天课了解我真正想要的是什么，更没能解决我和老全的问题，对这些，我宁愿装作无视，也不想吐露什么"心声"。那次下山后，我拐着一条腿，借口要熬夜写文案，搬到了书房住。过了两天，老全看我在书房住得不舒服，自己和我换了，我们是租的房子，书房也就八平米大。我很感激老全。半年后，我们的新房子下来，经历了艰辛的装修阶段，等真正住进去的时候，我和老全像做梦一样，我们互相望望，不由自主地在主卧那张席梦思上躺下来，做了爱。

隔几天，我请石家庄的同学们来暖房，杨冬阳和陶春光都来了。陶春光对我们家的新房子啧啧赞叹，杨冬阳也在一旁帮腔，不过，有些心不在焉。吃饭时，我那几个马上要拿到新房钥匙的同学问起我们这套房子的装修费用，我放下筷子，去拿账本，我们就在餐桌上一项一项合计，我懊悔地告诉他们哪一项其实是能省钱的，又欣慰地告诉他们哪一项是我独具慧眼省了的。我们说得正热闹，只听杨冬阳冷不丁来了一句，你们怎么都变得这样了呢？！我们停下，愣愣地看着她面前空了的那盘西芹百合炒肉。陶春光见状，赶紧把自己跟前那盘辣子鸡丁推到杨冬阳跟前，说，你吃你的。杨冬阳瞥了陶春光一眼，说，你们觉得生活只有房子？

又招惹上这个祖宗了。上大学时，我就经常自不量力招惹这个祖宗，招惹她没什么好处。我赶紧放下账本，其余同学也都坐在原来的位子上，全神贯注对付面前的菜。

可是，已经晚了。杨冬阳不吃了，拿着一双筷子，跟我们讲了一个简单的故事，那个故事是我和杨冬阳上"家庭系统排列"课时老师讲过的，当时我并不知道它源自美国一个著名作家——特雷弗，也不知道那个故事有个名字，叫《孩子的游戏》。说有一对重组家庭，各带了上次婚姻诞生的一个孩子，这两个孩子住在阁楼上，每天做游戏，模仿自己的妈妈和现在的继父偷情的情景，或者模仿自己的爸爸和现在的继母约会的情景。杨冬阳看着我们说，孩子的游戏以后也会变成大人的游戏。我不知道她为什么要在我们大家吃得热火朝天的时候说这些，也许我们刚才不该当着她和陶春光的面讨论新房子装修吧。我们有些不知所措，栗子按捺不住，阴阳怪气地说，杨冬阳，房子和爱情是可以兼得的，你和春光已经夫唱妇随了，就让我们这些情场失意的人憧憧憬憬我们的房子吧。

杨冬阳愣了下，说，我不是这个意思……我的意思是，我看过一个数据，现在的离婚率越来越高，就是还在婚内的夫妻，也有20%过得非常不幸福，不能大家都住着高楼大厦，都开着奔驰宝马，自己的内心却像筛子眼儿……

栗子说，谁像筛子眼儿了？我们都好模好样的，好不好？

栗子满脸无辜的表情定是刺痛了杨冬阳，杨冬阳才在大庭广众下说出那句话来，你和你们家老徐分居大半年了，就别掩饰了。我觉得你们还得好好想想办法，这可不是小事……

栗子啪一下撂了筷子，站起来时太快，带了一下桌子，一盘鱼肉的汁顺着餐桌淌下来，淌到我新买的白底蓝花的桌布上。

这时候，陶春光已越过两个人，站在杨冬阳跟前，杨冬阳一脸后悔，然而，已然晚了。栗子甩给杨冬阳一句话，我就是和我们家老徐离婚，也轮不到你来插嘴！你还是先把你自己管好吧，整天人五人六的，也不拿镜子照照，这个屋里，谁不比你混得好？

栗子摔门而去。

好好一顿饭，就这么搅和散了。大家离去时，脸上都讪讪的。

晚上，收拾好厨房，我忧心忡忡地对老全说，栗子的话不仅仅是冲杨冬阳说的，也是冲陶春光说的。陶春光那个广告公司死不死活不活的，挣不了几个钱。他们两口子回去后，肯定会大吵一架的。老全说，吵也对，吵能吵出来个明白人也行。我说，什么明白人？老全说，你能说栗子是错的吗？我说，栗子没错。感情是最难抓住的，这时候抓点别的，当然没错。我眼神空茫，心里冷笑了下。老全说，就怕陶春光明白了，杨冬阳也不会明白。我想说，怕是杨冬阳明白了，你也不会明白。说出来的却是，是啊，杨冬阳这辈子就活在自己的世界里，她是不会明白的。

果然，让我和老全猜对了。从我们家回去后，杨冬阳和陶春光大吵了一架，结果是陶春光关闭了小打小闹的广告公司，到我们另一位财大气粗开水泥厂的同学那里跑销售，卖水泥去了。那些年，干过销售的人总觉得他们一夜暴富的机会在买进卖出上，殊不知，生手亏三年，而三年后，谁又能保证市场一如既往呢？

不知道是不是陶春光这种忽上忽下的动荡生活导致了他们这个家庭的风雨飘摇，很久之后，我才知道，他们家又开始三天一小吵，五天一大吵了。而这个时候，他们已经不让我这个老同学去给他们当调解员了，也许是因为我住进了新家，离他们远了；也许是因为我住进了新家，已经不太适合去给他们调解了。

我只知道，一年多以后，杨冬阳突然放弃了出版社的工作。这是一个令我们都很震惊的消息，那几年，出版社虽然也开始走下坡路，但架子还在，"瘦死的骆驼比马大"，怎么说放弃就放弃呢？杨冬阳跟我们解释，他们那个出版社转为企业，每个员工都要缴纳一笔资金，才能继续上班，她不是拿不出那点钱，她只是觉得这种方式她接受不了，她只有辞职。什么叫"方式接受不了"？那时候，我们好几个同学在药厂上班，都集了资——集资上班，虽然听起来不合常规，但每个想要有份稳定工作的人都无奈地从自己钱包里拿出了钱。杨冬阳怎么就认不清形势，"方式接受不了"呢，她想要的是什么？她是给自己找好退路了吗？

后来，我们从陶春光那里听到了消息，杨冬阳是选择了一条路，可那是退路，还是险峻的前行之路，我们说不清，因为杨冬阳的决定超出了我们的想象，她要考心理咨询师。

陶春光说，刚听到杨冬阳说要考心理咨询师的时候，他还觉得是件好事，心理咨询师正规，国家给发证，总比社会上那些七七八八的课程好得多吧，说实在的，他并不喜欢杨冬阳走南闯北地去学什么"家庭系统排列"课、"传统文化"课，他也不喜欢她去当助教，更不喜欢她去做什么公益。他曾经跟我们说过一句话，有那心思，多去看几次自己的娘多好。杨冬阳不服气，跟他吵，说，自己的娘有人照顾，我就不能去看看别人的娘？陶春光撇撇嘴，不再搭理她。而现在，杨冬阳要去正儿八经地学习心理咨询师的课程了，在陶春光的想象中，杨冬阳无非是利用业余时间去学，艺多不压身，学好了更好，学不好，过两年，她也就收了心，也耽误不了什么。哪知道，等下回他出差回来，才发现杨冬阳已经辞了职，开始在家像学生一样，一门心思考心理咨询师了。

我记得那是陶春光组织的一个饭局，在座的有我、千珍，没叫栗子，我和千珍嘀咕，若是杨冬阳组织的饭局，一定会叫栗子的，在我家那一架，虽然是杨冬阳和栗子吵的，但杨冬阳并没放在心上，放在心上的是陶春光。在同学聚会等一些场合，陶春光看栗子的眼神让我们对这点确信无疑。那个饭局，陶春光的目的大约是想让我们看看杨冬阳是多么地不靠谱、多么地任性和天真。杨冬阳却不承认自己不靠谱、任性和天真，她指着陶春光说，他天天回家给我摆一张臭脸，如果我不想办法改善我们的关系，难道要我们离婚？那是杨冬阳第一回对着我们几个同学正面说起他们的夫妻关系，我记起五六年前杨冬阳去上"家庭系统排列"课时，也说是为了改善和陶春光的关系，但那个时候，她还只是遮遮掩掩点了那么一下。陶春光噌一下从桌前站了起来，说，你要好好上班，我怎么会给你一张臭脸？

我们赶紧把陶春光摁下去。那顿饭吃得艰难无比。后来，陶春光提前走了。陶春光一走，杨冬阳叹了口气，我们都沉默下来了。有一阵，我们都不知道该说什么，后来，还是杨冬阳先开了口，她跟我们讲起了她正在学习的心理咨询，弗洛伊德、荣格等，她说这个世界上还有一个我们并不知道的世界。那个我们并不知道的世界有自己的一套法则，她喜欢在这些法则下生活。陶春光不懂，她也不指望他懂，但她能用这些法则让陶春光和她一起过幸福的生活。我们觉得听懂了杨冬阳的话，又觉得没有听懂。杨冬阳见我们对她的话没有反应，退了一步，说，最基本的，不说什么世界、什么法则了，一个家庭中，要有爱吧。

我们哑然失笑，我们都已经进入婚姻多年，可我们都不再提起什么爱不爱的，我们知道爱情和岁月是天敌，我们才不要拿爱情这只卵去击岁月这块石头，生活中比这重要的事情多了。我和老全，住到新家之后，更有条件分居了，我们这个居分得顺理成章，谁也没有异议，谁也没有不舒服。文案越写越没劲，我转了行，开始写剧本，他最热衷的还是周末和摄影团去山上拍照，载不载副台长，我没有兴趣知道。我的网恋发生在一个漂流瓶上。多年以后，我读到一个作家写的小说，说每个人都要在漂流瓶里装点什么，才能让漂流瓶漂走，他不知道装什么，就装上了自己的灵魂，然后他还要装作灵魂还在的样子回家，他不知道自己能假装多久。看完那个小说，我很想钻进书里告诉主人公，其实，想装多久就能装多久，没有人能看出你有没有灵魂，如果你自己不在意的话。我那个漂流瓶里装的是什么，我早忘了，可能并不是那个主人公所说的灵魂，因为我不确定自己的灵魂在哪里，是什么模样，如果我能找到它，我自己会万分珍惜，也不会把它放入漂流瓶中，但仍然有个人捡起了我的漂流瓶，一来二去，我们竟然网恋了。我们也奔了现，像所有网恋的人一样，我虽然对现实中的那个男人有些隔膜，但还是坚持做完了奔现应该做的事情。不过，在做那个事情的时候，我脑子里闪现的是网恋时他跟我在网上说的话，唱给我的歌。我们网恋了三年。人家说，这种事有瘾。果然，奔现一次后，那个男人过段时间就约我，我却再也不想应约了，就百般搪塞，但我竟然不想拉黑他。千珍说我叶公好龙，我辩解说不喜欢在宾馆的那种感觉。然后，我脑子里突然灵光乍现，说，我要是有自己的一套小公寓就好了，可以让那个男人隔段时间来一次。千珍支持我的想法，说女人就是应该有一套自己的独立住房。我们越说越高兴，第二天就兴冲冲去看公寓，那时候，千珍还没有离婚，我并不知道她这种劲头其实也与她要脱离她的婚姻有关，她和她丈夫的婚姻没什么大起大落，在我们看来还是很不错的，可千珍经常说鞋子舒服不舒服，只有脚知道，对我从漂流瓶上找了个情人这件事，她不反感，竟然还有些羡慕，说自己就没这个好运气。

只有杨冬阳敢以卵击石。

事实是，杨冬阳完全陷入了一个悖论中。她和陶春光，谁都说服不了谁。有多半年，陶春光任杨冬阳自生自灭，他疯狂地出差，疯狂地赚钱，而每次回到家里，杨冬阳都用一副沉静温柔的笑脸相迎，不管陶春光怎么咆哮，杨冬阳都不为所动，她把家里打理得井井有条，她把孩子教育得知书达理，她用这些来和陶春光的急火攻心做无声的对抗。直到很久之后，我才听说，那个阶段的陶春光不止一次想过和杨冬阳离婚，还提过，他甚至都写好了离婚协议，但杨冬阳用自己的"好"阻止了这一切。

陶春光让步了。这一让，便是海阔天空。

不过，杨冬阳和陶春光都没有想到，这个心理咨询，一学就是六年。六年里，非但杨冬阳一分钱都没挣，还需要家里源源不断地往外拿钱。是的，源源不断，他们从没见过学点东西需要拿这么多钱的，培训费、实习费、教材费、考试费……没完没了，好像这个心理咨询师是被钱堆出来的。这六年中，我们已经有同学买上了第二套房子，杨冬阳和陶春光还住在租来的房子里。也是运气不好，到陶春光做销售的第三年，从那年开始水泥行业每况愈下，石家庄周边的水泥厂都关闭了，陶春光不得不进军电缆行业，又一次当了三年的"新手"。我们后来分析，我们这两个没在石家庄买上房子的同学夫妻，陶春光和杨冬阳，一个太过于毛躁了，频繁跳槽，一个太过于执着了，死守不放。千珍有不同看法，说他们俩一个太过于精神了，一个太过于物质了。

杨冬阳守的是什么呢？直到后来杨冬阳出了名，有一回，我们应邀去听杨冬阳的课，才听到杨冬阳讲述她自己一个人在家自学的艰辛经历，她说，她以三十七岁的高龄去学一门全新的科学，是因为她自己一直是个守望者，她守望的是什么呢，是爱，她坚信只有爱才能让生活变得更美好。像在现场被灌了一口油腻腻的鸡汤，我们都被躹得龇牙咧嘴，旁边的听众却很激动，把巴掌拍得山响。

也算守得云开见月明，杨冬阳出名后，来找她咨询的访客越来越多，启睿教育专门分出个人在她办公室外，坐着把椅子，发排号码，她还去外头走穴，钞票就像是箭镞，往她怀里蹦。这个时候的陶春光呢？当是该后悔自己这些年对杨冬阳的轻视的吧，不过，也许杨冬阳从来不把这些当轻视。石家庄著名心理咨询师杨冬阳女士一个有关"鲜花和白菜"的段子就是这时候开始流传的，其实，这个段子并不新鲜，但从杨冬阳嘴里说出来就那么别有况味。她说，那一年的情人节，她看着没有任何动静的丈夫，不得不暗示他今天是情人节，丈夫恍悟，说，我出去给你买鲜花去，女人嘛，不就是喜欢这些虚头巴脑的东西嘛。他兴冲冲地去了，她在家里充满了期待，还清洗了一个细口大肚子瓶，她估计到他不会买一大捧鲜花，但几枝还是会买回来的，插在细口瓶里正合适。哪知，门铃响，她打开门，丈夫肩上扛着一棵巨大的白菜，笑容可掬地看着她。她问，你买什么去了？丈夫这才缓过味来，说，看见白菜，就忘了出去买什么了。他喜欢吃大锅菜，那天中午，他们熬了一大锅白菜豆腐。下面的听众哄堂大笑。杨冬阳脸上是一种不计前嫌的温和，说，这是真事，真不是什么段子。我都怀疑网上那些段子是根据我家的这件真事改编的。听众还在笑。杨冬阳说，你说面对这样的丈夫，我能怎么办？我只能在他身上做实验啊，他就是我的小白鼠。而且，我告诉你们，实验成功了。首先，他会买鲜花给我了，是个节日都买；第二，他……我和千珍没有听完杨冬阳的长篇大论，就从后门悄悄出来了。

杨冬阳说的是陶春光吗？

成为著名心理咨询师的杨冬阳，自己的前尘过往也跟着变得这么充满喜感了吗？不过，有一样是真的，从开始到现在，杨冬阳从来没有停止过爱陶春光，那么，有了这种爱，再回头望，多少前尘过往也都是充满喜感的吧？

理所当然的，杨冬阳和陶春光要改善他们家的生活条件了。看了一段时间房子后，他们买了一套一百五十多平米的，四室两厅，厅很大，却不是一般意义上的客厅，而是被改造成了一个工作室，叫"阳光小筑"。杨冬阳的官方公众号也随之改成了"阳光情事"，这个名字让我恍惚了半天，把"情事"拿到"阳光"下说，也只有杨冬阳能做得到。暖房那天，我们几个同学吃了饭，在杨冬阳名为"阳光小筑"的工作室内坐了会儿，一个原木的工作台，台上有电脑、书籍，一侧还放着个花瓶，里头插着一束黑美人，一个原木的书柜，十几张凳子，阳台上还摆着一个大沙盘。杨冬阳指着沙盘，让我们摆一摆，她说能根据我们摆出的形状看出我们的人格缺失。人格缺失？杨冬阳这话让我一下子想起很多年前，我和她一起去上"家庭系统排列"课的最后那个环节，那是一个让人崩溃的环节，我后来常常想起那两位学员在暗夜中号啕大哭的情景。我悄悄从沙盘跟前退出，找陶春光聊天去了。

回来的路上，我加入了同学们的聊天，那些摆了沙盘的同学，都对杨冬阳顶礼膜拜，说，看不出来啊，人的无意识其实时时刻刻在凸显着自己的有意识，杨冬阳厉害。千珍有不同见解，说，我最佩服杨冬阳的还是"相信"，她就胜在一个"相信"，她相信还有一个用不同法则运行的世界，相信爱情，看看，正是这个"相信"，让她拥有了我们现在人人都羡慕的生活。

我说，相信？我之前也是相信的，相信眼睛看到的，相信心里感受到的。后来，我就不相信了。

千珍说，我也不相信了，没办法相信。可是，杨冬阳就相信。所以，杨冬阳才是一个稀缺物种。

大家开始附和，然后啧啧称奇，这么多年，杨冬阳一直把精力放在学习上，放在在我们看来完全无用的事情上，放在修复夫妻裂痕上，她真是把爱当信仰的。是的，爱，这个词一旦说出来，就显得假惺惺，可跟杨冬阳联系起来，无端就有了神圣的光泽。

回到家，看到老仝专心致志帮女群友修图，我的心不期然地抽搐了一下。他把她们往外溢的腮帮子一点点收回，给她们点上朱砂橘或梅子红的唇色。他比我还懂口红的色号区别。我看到他跟女群友聊天，说像副台长那样的脸色，更适合开运红。开运？真是一个好名词，听说副台长马上要升为正台长了。放到以前，我会立刻转身回我的卧室去，可那天，我很想跟老仝讲一讲杨冬阳的信仰——"爱"，我坐在沙发上，内心鼓荡着，眼睛莫名地酸涩。可老仝修图的时间太长了，半个钟头后，我已经没了兴趣，我回到自己卧室，和编剧圈里的人聊天去了，一聊天，我就什么都不想了。后来想，也许还是我太悲观了吧，而杨冬阳，在维护爱情这条路上，像个斗士。

千珍大约也和我一样。结束掉这一段糊里糊涂的婚姻是她自己的主意，没跟我们任何人商量。离完后，她跟我们说，如果提前跟我们说，她也许就离不了了。她说就让她任性一回吧。离婚后的她，自认为恢复成了"妞"身，三天两头换男朋友，把男人当消费品，不然，我又怎么和她面对面坐在高铁上，赶去北京，打一个什么鬼玩意儿的阻断针？

还是认认真真谈个恋爱，再结回婚吧。我说。

不结了。千珍说。

今天周六，我们看看杨冬阳忙不忙，不忙的话，下午从北京回来，我们一起吃饭，你说呢？我岔开话题。

千珍点头。

我在"三人行"群里联系杨冬阳，问她晚上有没有空一起吃饭，杨冬阳很快回复了，说有空，隔一会儿，又把饭店房间号发到了"三人行"群里。杨冬阳出名后，很忙，不怎么好约饭，就算约上了，餐馆也由我们来订，这回这么顺利就约上了，她还自己订了餐馆，我和千珍都有些不习惯，内心隐隐觉得有些不对劲儿，又说不上来哪里不对劲儿。

四

　　陪千珍打完那个阻断针，我们去听音乐会。弹奏门德尔松钢琴曲的，很不错。进场的时候，我们看到一个总有八十岁的老妇人从一辆车上下来，戴着宽檐帽，化着精致的妆容，穿着淡雅的真丝裙子，脚上是一双高跟软牛皮镶钻皮鞋，就坐在我们一侧。听演奏的时候，我时不时扭过头，看那个老妇人，老妇人听得很专注，嘴角抿着，脖子上的肌肉被抻起，像一幅油画。出场的时候，我和千珍站在门口，专门等着看她，她姿态优雅地从人群中走出来，走到台阶下，挺拔地站着，等车，一辆车开过来，把她接走了。千珍待了半天，才挽起我胳膊。我们也曾想过活成一个优雅的老妇人。

　　从回程高铁上下来，我和千珍直接去了杨冬阳订的小放牛餐馆。时间还早，我们喝了一杯柠檬水，等着杨冬阳，我不时瞥瞥门外的电梯，盼望杨冬阳的身影早点出现。

　　杨冬阳很晚才来，脸色不是很好，很疲惫的样子。

　　我们都以为杨冬阳上课太累了，或者是来咨询的客户太多了，聊了几句，才知道，杨冬阳并不是从启睿教育过来的，而且，她已经有半个月没怎么去启睿上班了。

怎么了，出什么事了？我和千珍都很焦急。

陶春光病了。杨冬阳凄然一笑。

什么病？

肝。

一个单个的"肝"字让我和千珍胆战心惊。我们已经有个同学患肺癌去世了，如果是肝炎，哪怕是肝硬化，都能说两个字或者三个字，不会只说一个字。

肝怎么了？我小心翼翼地问。

癌。

没法形容这另一个单字被吐出后，我们周围空气的变化，两个单个的字像是播撒下无穷无尽的皮屑，在我们头顶纷飞，我们都惊呆了，谁也说不出话。

晚期，已经扩散了。医生说也就大半年的时间了。杨冬阳眼泪涌了出来。

我在心里算了下，这是杨冬阳被启睿聘为首席心理咨询师的第五年，是杨冬阳和陶春光住上新房子的第三年，去他们家暖房的情景还历历在目，那时候，陶春光还一脸明亮的笑。真是命运弄人，不过眨眼的工夫，已是变了时空。

娅娅知道吗？千珍问。娅娅是他们的女儿，半年前由他们送到了英国留学。

还不知道，不过，早晚也得知道。杨冬阳说。

哪里都去了，301，协和，都说发现得太晚了。真希望这一切只是个噩梦。杨冬阳的声音又陡又飘，我觉得自己快撑不住了。真的，不跟你们说说，我就撑不住了。可春光不让我告诉咱们同学，谁都不许告诉。

我坐到杨冬阳那边去，揽住她的肩头，她小小的肩头抽搐得很厉害。

春光现在也不知道我来和你们吃饭了。我告诉他出来买点东西，他姐姐现在在我们家照顾他。杨冬阳擦了擦眼泪，从我怀里挣脱，说，我没事，这几天我的眼泪已经流干了。现在，我是一大家子的主心骨，我不能倒下。春光不愿意面对，可早晚也得面对，我们每个人早晚都得面对，你们说，是不是？

我们还在愣着，并不知道杨冬阳口里说的"面对"指的是什么，但我们都忙不迭地点头。

我以后不能经常和你们吃饭了。杨冬阳说，除了之前早就预约好的大课没办法推之外，我把启睿的课都推掉了。我要把时间都用来陪伴他。我要他最后的时光过得好一些。顿了一下，她又说，幸亏我是一个心理咨询师，我有这个能力让我最亲最爱的人最后的这段时光过得好一些。

"花果树"那边呢？头脑昏乱之中，我傻乎乎地脱口而出。

那边是公益，该做还得做。杨冬阳说，只是没想到，我做了这么多的临终关怀，现在轮到给我最亲最爱的丈夫做了。杨冬阳抬起泪水斑驳的脸。

我忽然想起"花果树"那面贴满花朵的白墙来，陶春光不是儿童了,他的名字不会被写到墙上去,但"陶春光"这个名字也将是经过杨冬阳抚慰的一个名字。不知为什么,在后来的一段时间里,每每想到这一点,我都会异常难过,就会想起"家庭系统排列"课那个让人崩溃的吐露"心声"的环节,如果当时我没有逃走,如果我当时未卜先知了这件事,我一定会跟他们讲这件事。

我觉得这件事比他们所有人讲的事都让人悲伤。

五

恩爱夫妻不到头。千珍晚上跟我语音聊天,吁叹连连。我们商量着去探望一下陶春光。陶春光不想同学们去看他,杨冬阳是想的,也许这就是杨冬阳和我们一起吃饭时,提到的"面对",她希望借助一些外界力量,让陶春光能够"面对"自己,"面对"自己将要逝去的生命。而且,陶春光毕竟是我们的同班同学,我们是真想看看他现在的状态的。

我们买了一大束水仙和康乃馨,一个水果篮,两件营养粉。一路上,我们都在惴惴,怕我们两个人站在陶春光的病床前不知道说什么。两方都会窘,陶春光不想见同学和朋友也是对的,这种窘也许比病痛还会让他不舒服,可我们还是去了。还好,陶春光的病房里还有一个病人,其他人也多,我和千珍站在那些人中,好像还有那么一点点立锥之地。陶春光很瘦,据杨冬阳说就是从"瘦"上发现陶春光不对劲的,陶春光细腰乍背,却有一个和他的身材不太相符的窄小的屁股,这是杨冬阳一直不太满意的地方，忽而有一天她发现他的屁股更窄更小了，肩背也薄了，就督促他去做了一个加强 CT，结果出来了，恶性肿瘤。现在，陶春光的脸也又窄又尖，眼窝也陷下去了，不过，他的精神还算好，精神好的一个证明是他的眼神很犀利，甚至可以说是冷硬，他抬起眼睛看了我们一眼，很快地笑了一下，说，杨冬阳从来不听我的，你们还是知道了。

我们很尴尬，千珍嗫嚅道，不怪冬阳，春光，你还是得放平心态，好好治疗。

陶春光重又抬起眼睛，不过不是看我们，而是四处看了看，说，杨冬阳呢？

我说，去护士站找瓶子了。我举举手里的鲜花。

陶春光说，谢谢。不过，病房里不让放花，怕有细菌。你还是放护士站吧。

我是第一次听说这种说法，我不知所措地看看用红色塑料纸包着的水仙和康乃馨，它们开得很灿烂，但那是一种安静的灿烂，跟在枝头上不一样。只听陶春光又说，让杨冬阳陪你们吧，我躺一会儿。说完，扭过身躺下来了，一个尖起骨头的背对着我们。

我们默默地站了一会儿，出来了。我想起杨冬阳讲过的发生在她和陶春光之间的那件著名的"鲜花和白菜"的故事，陶春光是不喜欢我们带去的这束鲜花吗？可是探望病人不都是要带一大束鲜花的吗？千珍回答不出我的问题，也是一脸疑惑，我们一前一后往护士站走。

结果，那束水仙和康乃馨被插在了一只瓶子里，放在了护士站那张超长的工作台上，护士们都很喜欢，来来去去的，都要凑过去闻一闻。

　　我们并没有再回病房，直觉陶春光并不想再看见我们。和杨冬阳站在病区外的走廊里，杨冬阳开口就说，看看，就这个样子。你们走了，还得跟我撒顿火。

　　我说，他不想见同学们，就别见了呗，听他的吧。

　　杨冬阳说，那等他想见的时候就见不到了。我得替他不留遗憾地走完最后这段时间。再说了，人一旦自闭，身体也会受影响，对病情不利。

　　千珍看看我，想说什么，没有说。

　　杨冬阳拿出手机，给我们看备忘录，说，你们看，我帮他列了遗愿清单。他说的，我记的。其中就有和同学朋友告别。千珍低下头看，我也看，一条是想去云南，找那个治好了好多癌症的老中医；一条是到江西一个叫明月山的小镇上住上半年，听说那里的富硒水对人身体特别好；一条是加入当地的癌症患者互助组织……我看得心里酸涩难忍，这哪里是遗愿清单，这是保命清单啊。直到后头，我才看到一条是陪女儿去趟法国；一条是给父母上坟；一条是喝一瓶八五年的茅台；一条是和同学朋友道别……

　　我嗫嚅道，尊重陶春光的意见吧，慢慢来。

　　杨冬阳帮我们摁了电梯，说，知道的。这些清单，也许我们一项一项完成后，春光的病就好了呢。话到最后，已带了哽咽。

电梯来了，我和千珍步履蹒跚地步入电梯，电梯空间狭小，杨冬阳的话持续在我耳边响。不得不说，作为心理咨询师的杨冬阳，内心还是很强大的，她是在已经接受自己的爱人会死的基础上再做的挣扎，这让她看起来有一种职业性的冷酷，可这有什么错吗？当然没有什么错，但我还是感到一阵刺骨的荒凉。电梯倏一下停住了。

出了电梯，看到漫天漫地的阳光，我在心里笑了笑自己，有什么要紧的？

六

饭桌上，微信语音响起来，是我买那套公寓的中介。两个月前，我终于还是买了一套公寓，用我这些年攒下的私房钱，当然，只付了首付。公寓简单布置好后，我请千珍去吃过饭。千珍戏谑我，有个和情人约会的地方了。我苦笑一下，我并没有告诉我那个情人我买了一套公寓，而且我也不会让他来这里。这套公寓到手后，我一个人站在窗前往外看，内心平静如水。从此，每过两个星期，我都跟老仝说要出差，然后一个人跑到公寓里住两天。那真是美好的时光，我弹琴，做饭，看剧，久久地透过窗户看外面的那片花海。然后，在一个自由自在的晚上，我把我从漂流瓶上拣来的那个情人的电话和微信都拉黑了。

不过，那套公寓我还没有办理过户。中介很奇怪，说从来没见过我这样的，买家拖着不办理过户。他哪里知道，这套公寓我是瞒着老仝的。我看了一眼老仝，去卧室接语音，中介告诉我，最好这个星期把过户办理好，卖家下星期就出国了。再回到饭桌上吃饭，老仝疑惑地看了我一眼，一句都没有多问我什么，沉默着吃完自己的饭，就上班去了。

我在微信上跟千珍商量，千珍问我老仝要是知道我瞒着他买了一套公寓，会怎么想，我说我哪里知道他会怎么想。千珍说，他会不会查到你和那个人的事情？我说，我倒是希望他查到呢，可惜，我已经跟他分手了。千珍诧异，而后又说，分就分吧，你又从他身上得不到什么。我说，得到过呀。我想起千珍说的，杨冬阳幸福的生活是源自"相信"来，便有些感触，说，也许我还是想"相信"些什么的，可两性之间就是场迷雾，一旦雾散云开，就没什么意思了。

我问千珍还和导致她去北京打阻断针的那个人联系没有，千珍说没有，那个人长得不差，也很会调情，但情这个东西，一旦浓了，就容易控制不住，太危险。我说你少抬高自己，你那哪是情，你是欲。千珍说，好吧，我是欲。不过，你觉得人可怜不可怜？有情无欲，可怜；有欲无情，可怜。还是你刚才说得对，两性之间根本就没什么可执着的，这是一种天性，只有杨冬阳……

千珍沉吟了下，没有说下去。

少顷，千珍又说，对了，今天下班，杨冬阳说要把她家的家具拉到我家车库来，你要是有空，就一起过来，我们一起吃个饭。我问，杨冬阳这是做什么？干吗要把家具拉到你家车库里来？我也不知道，晚上见面再说吧。千珍说。

那天，我下班晚了点，等赶到千珍家，天已经黑了，千珍让我直接去车库。到了车库，我看到杨冬阳穿着件 T 恤，指挥着工人往下卸家具，一个原木的工作台，一个老板椅，一个原木的大书柜，几组学生桌椅。是杨冬阳工作室内的全部家当，把千珍家的地下车库几乎占满了。

我们三个人去吃饭，就在千珍家对面的一家小餐馆。

杨冬阳坐在我们对面，脸黑了，眼神倦怠了，她要了排骨玉米和牛肉羹。

不吃点有营养的不行啊。杨冬阳说。杨冬阳心里一有事，就大吃特吃，这是她从上学开始就有的习惯。可这回她吃了几口，就拿出了手机，说，陶春光修改了遗愿清单，我在备忘录上都记着呢。她把手机举向我们这边，我和千珍谁都没看，只听她接着说，其中一条就是把我的工作室从家里挪出去。

我们这才知道，那个名为"阳光小筑"的工作室，那个综合了杨冬阳的"阳"和陶春光的"光"的工作室，是被陶春光生生给取缔了。我们都瞪大了眼睛。陶春光这是怎么了？

我也不知道。杨冬阳怅怅地跟我们说。她说这回出了院，陶春光精神状态还算不错，天天在家里迈着小步转悠，可以看出来，他很喜欢这个家，他不想离开这个家，他把自己的躺椅挪到这里，挪到那里，从各个角度看外头。看外头？我问。看外头。杨冬阳说，你不知道一个病人眼睁睁地看着外头的时候，多么让人心碎。我每天都在这种情绪中煎熬。你们不会明白我的心情。顿了一会儿，杨冬阳才接着说下去，有一天，陶春光

204 | 空房子 |

看着看着外头，突然跟我说，他想把这个家的客厅重新布置布置。我很吃惊，说，这个厅是我的工作室啊。他说，你现在也不在这里工作了，等我走了，你愿意布置回来再布置回来。我没什么好说的，只能听他的。

听他的吧。千珍哽咽了。

其实，自从他患了病，我一次也没在工作室开过课，不知道他这是怎么了。杨冬阳说。

听他的吧。我说。

这几天，陶春光兴致勃勃从网上订了沙发、茶几、电视柜，都是他喜欢的中式老榆木家具，价格都不便宜，他能用多长时间？不过，这些，我都满足他。

去云南，去明月山，你都满足他了吗？我想起上回杨冬阳给我们看的陶春光的遗愿清单来。

云南去了，老中医的药方也拿回来了，他现在吃的中药，就是按老中医的药方开的。明月山也去了，却不能在那里长住，半个月后，还得化疗呢。

是呢，必须得正规治疗。千珍说。

心愿也得满足，只要是他的心愿我都满足。杨冬阳说，他是我这辈子最亲最爱的人，如果现在让我和他换换，我连眼都不会眨一下，别说其他的了。

这样的爱情誓言如果只是个假设，就没什么意思，可处在真实的情境下，就让人既心酸又感动。可接下来，杨冬阳说的话让我吃了一惊，杨冬阳吃了几口菜，再抬起眼睛时，目光变得很散乱，说，可我总觉得这里头有什么不对，真的，肯定有地方不对。

什么不对？我昏头涨脑，一时不知道杨冬阳在说什么。

陶春光把我的工作室挪出去啊。这里头一定有什么不对，他是在跟我过不去吗？杨冬阳放下筷子，目光直直地盯着我说，陶春光变了。她眼睛下方的肌肉轻轻抖动了一下，他是在针对我的工作，还是在针对我？

什么都没有针对，他就是个病人。这回是千珍忙不迭地坐到杨冬阳这边来，揽住了她的肩膀。

刚才我收拾厅里的家具，看到阳台上的一个水龙头漏水了，当时装这个水龙头的时候，想着可以偶尔用一下，可装上了就没有用过，只在水池里堆杂物。今天我才发现，那个水池里已经积了一层黄垢。也许很久之前就开始漏了，只是漏得不快，半天才滴答一下，要是快一些，说不定我们早就发觉了。杨冬阳说。

什么水龙头漏水？我和千珍一头雾水。

我问陶春光知道这个水龙头漏水吗，陶春光也不知道。我们都不知道。不知道它从什么时候就开始漏水了。也许从刚装上那一天就开始了。杨冬阳像是魔怔了。

你说，陶春光爱过我吗？杨冬阳抬起泪水迷离的脸。

当然，你们是爱情典范。千珍说。

我无端有些心酸，沉默了一会儿，我也坐了过去，我们三个人坐在一张卡座上，面前是几乎没怎么动的饭菜，我和千珍帮着杨冬阳一起回忆我们上大学时，她和陶春光相恋的情景，包括他们在之后二十年的风风雨雨，不离不弃，当然，这只是我们了解到的他们俩的一部分，也许还有一部分是我们不知道的，但杨冬阳脸上终于闪现出的明媚笑容，让我们觉得即使有一部分是我们不知道的，那部分也一定无关紧要，甚或可以忽略不计。

很晚，我才拎着一份打包的玉米排骨回到家，老全已经睡了，我在客厅的沙发上坐了一会儿，去阳台上看了看洗手池，水龙头没有漏水，厨房的洗手池、卫生间的洗手池也都没有漏水，可躺在床上，很长一段时间，我耳边总幻觉般响起滴答滴答的声音，很慢，很轻。

几天后，"三人行"的群里，杨冬阳贴出了张照片，是张自拍照，她家的客厅布置成了寻常人家的样子，一面电视墙，墙上挂着一个液晶电视，一组沙发，一个茶几，果然都是老榆木的，泛着木头的气息，她和陶春光坐在沙发上，两人的脑袋靠在一起，肩膀和肩膀之间却有一个拳头的距离，杨冬阳脸色光洁，笑着，陶春光的脸大了一圈，也闪着光泽，那光却隐隐泛着黄。

七

陈佩斯和杨立新的话剧《戏台》在石家庄大剧院演出时，千珍约我一起去看，临散场，她告诉我说，她现任男朋友在剧场外等她，问我要不要和他们一起吃饭，还说这个剧的票就是她这个男朋友买的。我奇怪这个男朋友怎么不进来看，千珍说，他不喜欢这些，他在商场喝茶呢。我想了想，说，不喜欢看，还给你买好票，让你和朋友一起来看，也算拿你当回事。千珍说，什么当回事不当回事的，过一天算一天吧。

我自然没有跟他们一起吃饭。不过，那男人像是真心和千珍处朋友的，拿我也有那么点当回事，一定要先送我回家。可我一想起晚上要和老仝一起吃饭，就有些头疼。时间已过了三天，我要是再不跟老仝说那套公寓的事情，就办理不了过户了，但我不知道我该怎么跟老仝说，如果我还和那个从漂流瓶上拣来的情人联系着，我倒可以破罐子破摔，反正老仝也有那么多女群友。可现在，我怎么说？我说，过一段时间，我就想一个人在那套公寓里住两天？

路上，我接到了杨冬阳的电话，杨冬阳的声音有些不对劲儿，她说陶春光的姐姐开车带着陶春光回家给父母上坟了，她一个人在家。我说，你想吃什么？要么我买两份馄饨？杨冬阳说，行。我让千珍的男朋友在下一个路口调头，去杨冬阳家。

千珍只在杨冬阳家待了十分钟，就走了，她那个男朋友还在门口等着。我送走千珍，进门时，看到鞋柜上散放着一大捧鲜花。怎么回事？怎么不插起来？我问。

杨冬阳告诉我，陶春光的姐姐是今天上午赶到的，下午就开车拉着陶春光去上坟，晚些时间才能回来。他们姐俩去上坟从来都不带她，不过，现在陶春光身体都成这样了，她觉得她应该跟着去，可是陶春光不让她去，说他姐姐会照顾好他。那也好，她就从网上给他们订了一束花，以前，他们姐俩去上坟，也都是她来订花。等他们要走时，花也到了，她给他们送到车跟前，陶春光看了看那花，忽然就从车窗扔了出来。

你不是喜欢花吗？你留着吧，我爹我娘不喜欢。陶春光说，并不看她。

她就从地上捡起了那束花，不知道放哪儿，就放在了鞋柜上，和一堆鞋子在一起。

真累啊。杨冬阳说。

是累。我由衷地说，也不知道为什么这么累。

孩子什么时候回来？我问。

下个月。孩子学习不能耽误啊。杨冬阳说。

我煮了两份馄饨，端到餐桌上，杨冬阳的家，厨房、餐厅和客厅在一条线上，我坐在餐桌前，看到陶春光布置的新客厅，的确是古朴典雅的感觉。那么，是不是从一开始，杨冬阳就不该把客厅布置成工作室？

你是编剧，你帮我分析分析，陶春光为什么会变成这样？杨冬阳没什么心情吃饭，她还陷在这个突如其来的问题中出不来，说起话来，顺序颠倒，逻辑混乱。他白细胞值低，这回化疗完，状况很不好，得养着，养到什么时候白细胞值上来了，才能再化疗。可是，这也不是他变成这样的理由啊，你说到底发生了什么，他一下子就变成这样了？

一个人，生命快要结束了，都会变的吧。再说了，他不就是扔了一束花吗？有什么大不了的？

我忽然想起杨冬阳在千人大课上讲的发生在他们家的那个

著名的"鲜花和白菜"的故事，这让我倏然感到一阵心惊，我下意识用目光去鞋柜上找那一束花，花还在那儿，散着，有一种被冷落的气息。陶春光也是知道那个"鲜花和白菜"的故事的吧？杨冬阳不仅在课堂上把这个当例子讲，在同学聚会上，也拿这个当例子讲，她想传递的无非是，陶春光以前并不懂得爱，经过了她这个心理咨询师的训练，现在懂了。

也许，并不是懂了。理想主义者的失败，无处不在。

杨冬阳跟我说，并不是病痛让陶春光变了，她觉得不是。她说这段时间，陶春光对她表现得非常不耐烦。她说，他不喜欢吃我做的饭，他说他想吃他母亲炒的怪味豆，他还嫌弃我手上没劲儿，说我给他按摩腰部的时候像挠痒痒，他说他这辈子最失败的就是没挣上钱，要是多挣了钱，他就雇个保姆伺候他，反正我从来都不会照顾人……我是不会做饭、照顾人，但精神上的抚慰不算照顾吗？我忽然觉得我这么多年很不值得。杨冬阳眼泪涌出。

一碗馄饨没有吃完，杨冬阳拉着我到厨房，掀开一块布，里面有泡发的花生豆、蚕豆、腰果。杨冬阳说，我也在学着做，可我做不好。我说，我现在也忘了春光当年教我的那些步骤了，我们只能从网上查。我打开"下厨房"，一点点查看那些步骤，再从记忆中搜寻，没有相似的，我摇摇头，我们只能试着做了，也许我们根本就做不出他习惯的那种味道。也有可能，就算他母亲在世，也再也做不出他习惯的那种味道，他的味觉已经停留在小时候那一刻，而外界所有的因素都变了。

做完一盘怪味豆，用箅子扣在饭桌上，又喝了一杯茶，陶春光的姐姐打来了电话，说他们已在回来的路上。回来，正好吃。我说。出门时，我又看到了鞋柜上的那束花，是百合和黄桔梗，我想了想，说，我带走吧。

杨冬阳说，不，陶春光让我留着，我倒要看看他是什么意思……我说，你傻不傻呀？他是个病人。我不由分说，去拿那束花，被杨冬阳拽住了手。我没办法，出门，摁了电梯。

杨冬阳站在电梯口，说，我明天还有课，真不知道这课该怎么上。

这与你上课有什么关系？我问。

你觉得没关系，但实际上有关系。杨冬阳说。

杨冬阳的话模棱两可，我也不再多问，说实在的，我有些害怕在电梯间或者在小区门口遇上陶春光，我不知道自己该说什么。我快速进了电梯，长出了一口气，心里一时很茫然。

坐在出租车上，我给千珍打电话，让她明天陪我去听杨冬阳的课，千珍说不去，我说你在北京的时候还说以后听听杨冬阳的课呢。千珍说，此一时彼一时。没有办法，我只好说，今天我都陪你去看话剧了，明天你必须陪我去。千珍没奈何，答应了。我顿了顿，又加了一句，说，要珍惜，一定要珍惜。千珍在那头笑，说，你越来越像杨冬阳了，神神道道的。放下电话，我也疑惑，我自己也不知道让千珍珍惜什么，是珍惜大好春光，还是珍惜一段感情，甚或是珍惜身边那个连话剧都看不懂的男人？

八

第二天是周六，我一早就赶到了传媒大学的报告厅，杨冬阳上课的有关信息，网上都有。千珍是踩着点来的，我们俩坐在后头，不怎么惹人注目。不过，我们听杨冬阳说过，坐在台上，底下的人一览无遗，我们坐在哪里，她都看得到。事先，我没有告诉杨冬阳我和千珍要来听她讲课，我想，杨冬阳不期然地看到我们坐在下面，心里会暖融融的吧。

千珍鬓发整齐，妆也画得不浓不淡，很得体，不过，穿的还是昨天的连衣裙，看来昨天没有回家，和男朋友开房去了。

杨冬阳开始讲了，我听得还算认真，可又觉得没多少意思，讲的是"理想化移情"，就是依靠强大的理想化客体满足自己的情绪要求，我觉得自己听懂了一些，又觉得没有真正懂。这世界上哪有真正理想化的移情？千珍没怎么听，一直在看手机。到提问环节，仍然有学生提问杨冬阳是怎么走上心理咨询师这条路的，杨冬阳照例说，刚开始，只是想把自己的家庭经营好，她是个相信爱情的人，后来就喜欢上这一行了。相较她之前风趣地讲她和陶春光"鲜花和白菜"的段子，她今天的回答干巴巴的，毫无特色，下面听众的激情也没被带起来。可能是意犹未尽吧，有人接着问，那杨老师和您的先生感情一直很好吧？杨冬阳微微一笑，那当然。她这个笑，笃定、自然、亲切，跟她在电视台上出现的笑容一模一样。

课程结束了，许多同学上台跟杨冬阳合影，还有一个小姑娘跑上来给她送鲜花，应该是主办方安排的吧。我和千珍在停车场等她，看见她抱着两束鲜花走过来。

你们怎么来了？杨冬阳问。

你说你不知道今天的课怎么上，我们就想看看你在课上能出什么乱子。我跟她开玩笑。

陶春光有他姐姐陪着，我们和你吃顿饭，昨天太匆忙了。千珍说。

不吃了，没什么心情，你们送我回去吧。杨冬阳说。

我和千珍互相望望，只能一个人往驾驶席走，一个人去开左侧的车门。

车上，杨冬阳一副疲累的样子，话也不多，我问起昨天陶春光回来后的情景，杨冬阳说他还好，有他姐姐陪着，他情绪还算稳定，看到怪味豆，他还表示了感谢，不过没吃几粒，他姐姐在一旁说这种食品不适合他吃，他也就听他姐姐的不吃了。杨冬阳苦笑了下，好像他更喜欢和他姐姐在一起，两个人都说小时候的事情，我也插不进去嘴。

血缘这种东西很奇怪，好像是人生的最后一道屏障，二十年的夫妻感情也抵不过血缘。杨冬阳说她实实在在感觉到了陶春光对女儿的眷恋，他给女儿整理了一个大相册，没事的时候，就看看女儿的照片，但他不想女儿过早回来见到他这个样子，还说他这辈子算是一事无成，对不起女儿。

车在一个红绿灯路口停下来了，车窗上有雨水弯弯曲曲淌下来，下雨了。

可他一次也没有提起过，他对不起我。杨冬阳声音高了一度，吓了我一跳，其实，我知道，要不是我上学的时候经常考前几名，陶春光也不一定会接受我的追求，我还知道，如果我毕业后没有分在还算有个正式编制的出版社，他也不会放弃老家乡政府的工作来石家庄和我破镜重圆，我还知道如果这么多年他能赚取到更多的钱，也许我们这个家庭还得解体……

不是，你怎么能这么想呢？我握住杨冬阳的手，感觉杨冬阳在颤抖。

事情反过来想，就是这样的，但我不愿意相信是这样。杨冬阳说，真快，我到了。她挣脱我的手，屁股欠起，说，这花都是你们的，你们拿回去。

千珍不明所以，从后视镜里看了下杨冬阳，说，我家里从来不插花，就你喜欢插花，快拿上。

杨冬阳说，我家现在不插花了，一枝都不插了。你不知道，昨天陶春光回来后，看见我把百合和桔梗插在花瓶里，直接连瓶带花扔了。

我一条腿出了车门，这话让我吃了一惊，另一条腿出车门的时候急了些，碰了脑袋。我愣愣地看着杨冬阳，不知道说什么，然后，突然口不择言地说，冬阳，你经历过那么多生离死别，要看开些啊。说完，我就后悔了，赶快加上一句，"花果树"的那些孩子们在关键时刻，都是你陪在他们身边的呀。说出"花果树"这三个字，我更是后悔了，紧张地看着杨冬阳。

杨冬阳凄然一笑，这回，我可是理解"花果树"里那些孩子的爸爸妈妈了。

我脑海里忽然冒出"花果树"的那面白墙来，我现在想，了无痕迹也挺好的，为什么要把那些孩子们像花一样一朵一朵地画到墙上去呢？这些永远不会生长也永远不会凋谢的假花，让人们的悲伤永远都没有尽头。

最后，是我拿着那两大捧鲜花，在细雨中回了家。其实，和千珍家一样，我们家的花瓶里也从来没插过什么鲜花，都是富贵竹、绿萝之类的。

九

到秋天的一天，杨冬阳在"三人行"的群里发了张照片，是她躺在病床上的自拍照，白色的枕头，白色的被子，她穿着病号服，头发从枕头边缘铺散开来，接着，她把群名改成了"大脸三妞"。确实，躺在床上的她的脸，扁扁的，下巴上赘肉丛生，脸真的是大了一圈。然后，杨冬阳在群里说，你们谁来陪陪我，我整容了，把脸整大了一圈，我们仨，现在真正是"大脸三妞"了。

杨冬阳很少有这么幽默的时候。她这么一幽默，我知道，肯定出事了。

当时，老仝正要和一个邻居去钓鱼，他喜欢上钓鱼是这个月的事情，也许并不是喜欢——不喜欢待在家里，又不能去山上拍照的周末，还是和邻居去钓鱼保险。如今，他做什么倒会跟我说一声。放弃去山上拍照，他跟我说的理由是，摄影团里那些人看李子柒火，都嚷嚷着要拍小视频，他还是觉得摄影更有美感，就不跟他们去了。我知道他在说谎，他以前也是喜欢李子柒的。

没错，那天我捧着两大束鲜花回到家后，老仝问了我一句，我跟他模棱两可地解释了一句，他也就不再多问了。对这种结果，我一点都不意外，可那天晚饭我没怎么吃，爬到床上，我试着找朋友聊天，让内心平静下来。

可是，平静了一会儿，我还是爬起来，去敲老仝的卧室门，上了锁的卧室门打开时那"嘣"的一声，差点让我再次返回自己的卧室，好在老仝及时出现在门口。我定定神，告诉他，我买了套公寓，明天他必须陪我去办理过户手续，夫妻两个都要签字的，除非能提供离婚证明。老仝一下子就愣了，然后我们家爆发了有史以来第一次声振屋瓦的争吵。离婚证明没问题的，我已经咨询了，一天就能办好。我说。没办法，我只能实话实说，我说我已经受够了和他待在一起的日子，过段时间，我就想自己出去住两天，我还告诉他，我之前是想跟情人一起去那里住的，可是很奇怪，等买上那套公寓，我发现我并不需要任何一个情人。老仝说，是的，你不需要任何一个情人，你谁都不需要，你就是个冷血动物。这话让我想笑，可回到我自己的房间，我还是哭了。

第二天，我是被老仝叫醒的，老仝黑着眼圈，和我一起去办理了过户手续。

我和老仝是同时出门的，家里只有一台车，他听说我要去医院看朋友，顿了下，把车钥匙给了我，我礼貌地表示了感谢。

从车库上来，我发现老仝在小区门口站着，咧着嘴，冲我招手，我不知道他要干什么，停下车。老仝脑袋钻进来，说，我送你吧。我说，你们不是要去钓鱼吗？老仝说，鱼什么时候都能钓，我看你今天情绪不好，还是我送你吧。我换到副驾上，看老仝熟练地开着车，这样的场景很久都没有了。十几分钟后，老仝告诉我，他换了工作岗位，再也不扛摄像机了。这才是他周末不和那个摄影团去山上拍照的真正原因吧？那你换了什么岗位？我问。修理工。老仝说，你不会觉得修理工丢人吧？我现在不是合同制了。

不丢人。我说。我朝车窗外看，眼前一阵模糊，什么都没有看清楚。

瞬间的沉默后，老仝打开音箱，扑面而来的是那首《沙漠骆驼》，我以前很讨厌这首歌，觉得歌词文理不通，那天，竟然听出了它的好听。

    漫长人生旅途

    花开花落无数

    沸腾的时光

    怎能被荒芜

    清晨又到日暮

    天边飞鸟群逐

    ······

杨冬阳是做了个微创，把一个子宫肌瘤给切除了。她虚弱地躺在床上，脸看起来，并不像在照片中那么大。

为什么现在要切除它？我知道杨冬阳有子宫肌瘤，我们这个年龄的女人，没事时讨论的都是雌激素、更年期、子宫肌瘤之类的问题，谁身上有什么毛病，彼此都知道。

杨冬阳说她这段时间老觉得肚脐眼嗖嗖冒冷气，就天天贴暖宫包，昨天忽然感觉肚子疼得厉害，下身也出了血，赶紧来到医院，医生检查了，说子宫肌瘤已经破了，必须做手术。

你贴暖宫包？什么暖宫包？我问。

杨冬阳不回答，说，你问这么多干吗，让你来陪我，又不是让你来审问我的。

我无奈地坐下来，问，陶春光呢？

陶春光有他姐姐照顾呢。杨冬阳脸上闪过一丝漠然。这漠然让我心惊肉跳。

陪杨冬阳坐了一会儿，正好老全打电话过来，我借故出了病房门，接了老全的电话。然后，我定定神，去护士站问询杨冬阳的病情，一位护士告诉我这是她经历的第五起暖宫包引发的大出血了，幸亏，杨冬阳到得及时，不然，人命都可能不保。从护士站出来，我给千珍打电话，问上回她送给杨冬阳的暖宫包是什么牌的，千珍照实说了，不过知道这个牌子的暖宫包出事之后，她差点吓死，她知道杨冬阳有子宫肌瘤，而用暖宫包出事的人，都有子宫肌瘤，她第一时间就给杨冬阳打了电话，杨冬阳告诉她自己还没有用，她才放下心来。接着，她又千叮咛万嘱咐，让杨冬阳把那些暖宫包扔掉。我听得浑身一阵阵发冷。

在走廊站了一会儿，我决定去三楼找陶春光。夫妻两个，一个住在三楼，一个住在十一楼，是要同生共死吗？

电梯停在三楼，我忽然发现三楼的走廊是那么地长，我脚步沉重，一步一步走到护士站，问到陶春光的名字，又返回去，仍然是一步一步地，直到从一间病房门上的窗口看见陶春光侧着的半张脸，那脸瘦得只剩了骨头，都有些认不出来了。我不知道该不该推门进去，难道要我进去跟这个重病的人吵一架？

我就那么站着流了一会儿泪，然后又返回来，走过那条长长的走廊，上了电梯，我想不明白，是什么样的遭遇让杨冬阳选择了拿自己的命证明自己？

杨冬阳倒显得神色如常了，最起码在我面前是这样。我问她想吃点什么，她说已经叫了外卖，让我一会儿帮她取一下。是两份红枣糯米粥、一份素炒铁棍山药、一份西芹炒香菇，我陪她慢慢吃着，一时，竟然不知道该说些什么。她忽然想起了什么，放下筷子，拿出手机来看，说，今天都 28 号了呀，还有不到一个月了，下个月 20 号在清凉寺有个禅修课，我报了名，后来想着退，退不了，我怎么也去不了了，你去吧。不能浪费了。看我没明白，她又接着说，你不知道清凉寺的禅修课多火爆，名额有限，得提前大半年报名。我缓过神来，点了点头。

十

陶春光病逝于那一年的深秋。

当时，我正在清凉寺禅修。大半个月前，杨冬阳说把名额让给我时，我答应了，等工作人员跟我联系的时候，我忽然又有些犹豫，我想起许多年前杨冬阳劝说我去参加"家庭系统排列"课的那个下午，我们在一棵古老的松树下，用鞋子粘松油，还想起那个课吐露"心声"的环节，大家崩溃似的哭。不过，工作人员没有给我时间犹豫，她只是例行提醒一下学员报到时间。放下电话，我开始慢吞吞地收拾东西，心里竟然有些隐约的期待，时间已经过了这么久，我想我已经不害怕近距离了解每个人内心的秘密，我也有秘密，这些秘密在心里沤久了，其实，就变成了每个人活下去的养分。

禅修课却并不像我想的那样，有吐露私密的环节，我们只是把除了吃饭、睡觉外的时间分成了两个部分，每个部分一个钟头，一部分打禅静坐，一部分走山路，依次循环，让身体在一动一静中达到喜悦与和谐。

第五天晚上，回宿舍后，我打开手机，看到千珍给我留言，说陶春光走了。第二天一早，和负责人请假的时候，我有些不舍，一动一静如此简单的方式，竟让人获得久违的安宁，很是打动我，可我不能不回去，我给老全打电话，让老全来接我。

说是陶春光走得并不痛苦，病着的一天，艳阳高照，他突然说下雨了，然后就叫起一个人的名字，守在病床前的杨冬阳、娅娅她们一时不知道他叫的是谁，还是陶春光的姐姐反应过来，他叫的是他小时候的一个玩伴，很多年前出车祸走了。把陶春光送进急救室，不到一天，就走了。

遵照陶春光的意思，葬礼在陶春光的老家显坪举行，没有通知在石家庄的同学们。下葬那天，杨冬阳几次要冲出我和千珍的怀抱，随着陶春光去，她的力气忽然大得惊人，我们差点拽不住她，所有的人都为之落泪。倒是娅娅，表现出与她的年龄不相称的冷静来，从我们手里接过杨冬阳后，她还彬彬有礼地对我们表示了感谢。

葬礼过后，千珍开车，把杨冬阳和娅娅送回石家庄。

杨冬阳好像更多的是累，或者她的悲伤已经尽了。她坚决不让我和千珍待在她家里，娅娅也跟我们说，她会照顾好妈妈。我和千珍在回来的路上互相宽慰，杨冬阳是心理咨询师，一定没事的，她会处理自己的情绪。我们都记得杨冬阳给我们讲她学心理咨询后患过的几次抑郁症，她跑步、唱歌、蹦迪、喝酒、旅行，用各种方式让自己缓过来，可有一次，用尽了各种办法，仍然缓不过来，最后她找了自己的督导，督导告诉她，"相信"，只有"相信"，才能让你自己救自己。从此，她再也没有患过抑郁症。

我和千珍每天坚持在"大脸三妞"群里跟杨冬阳语音，杨冬阳每次都接，听起来，她情绪还算稳定。大约是第四天，杨冬阳一大早在群里给我们留言，说昨晚她梦见陶春光了，陶春光在半空中飞来飞去，眼睛是看着她的，却一句话都没有说，穿的衣服也不是他临走时，他们给他穿的那身。

临走前，陶春光给你留什么话了吗？千珍问。

没有，陶春光什么话都没有给我留。杨冬阳说，就像他在我梦里一样，一句话都没有说。

陶春光"头七"那天，千珍没有空，我开车带杨冬阳和娅娅回陶春光的老家，我事先买了一大束鲜花，杨冬阳看见后，让我把鲜花留在车上。她说，你忘了？陶春光不喜欢鲜花。上回，他给自己的父母上坟，就把我买的鲜花给扔了。

我并没有忘，买花的时候，我还犹豫了一下，不过，我不知道去看一个故去的人，除了香纸和鲜花，还能带什么。我想，今天去参加陶春光"头七"祭奠的亲戚们，大多也会带鲜花的，这是通用的。鲜花这种东西，真是奇怪，既能献给爱情，又能送给病人，还能献给死亡。

我从后视镜里看了看，杨冬阳应该是给陶春光准备了几样精致的水果和点心。

等我和杨冬阳、娅娅从车上下来时，发现陶春光老家的宅子里已经坐满了人。

在陶春光的老家，一个故去的人的"头七"是件大事，以陶春光的姐姐为首的一干亲戚都来了，陶春光的姑妈、舅舅、表弟、堂兄围坐在院子里，显然是在等杨冬阳和娅娅。

杨冬阳和娅娅刚坐到小板凳上，陶春光的姑妈就先哭了，老妇人得有八十岁了，哭得颤颤巍巍，说春光是个好孩子，没有忘记姑妈小时候抱他的恩情，临走，给她留了话，让她少吃油腻的，少操点心，还说儿女自有儿女福。陶春光的姐姐也哭了，说春光这辈子不易啊，净在外头吃苦受累了，临走给她留话，让她少生气，多锻炼，和姐夫好好过日子。然后是陶春光的堂兄，那堂兄倒没掉下泪来，只哽咽着断断续续地说，我听了个大概意思，大约是他曾经借过杨冬阳和陶春光的钱，不多，也就几千块，临走的时候说，钱不要了，让他好好培养孩子。

杨冬阳的脸色一点点黯下来，她眼睛下方的肌肉微微抖着，压抑着进涌而出的哭声，后来，她支持不住了，从小板凳上站起来，蹲在了院子里。

到墓地，杨冬阳也没有哭出声来，她眼睛下方的肌肉只是抖得更厉害了，连带着她的嘴巴也抖动起来。陶春光的墓地不算小，亲戚们一拥而上，围了墓地，把娅娅围在了最中间，周围都是刚刚出土的麦苗，竟然没有杨冬阳下跪的地方，她站在最外环，两手提着陶春光爱吃的水果和点心，就像一个不相干的人。还有我，更是不相干，我手里的鲜花在那一堆儿香纸、元宝、鸡鸭鱼肉、膨化食品中间，孤零零的，死气沉沉的。

回来的车上，杨冬阳和娅娅一言不发，我也不知道说些什么好，车从山路上开下来，拐弯的时候，我心里一慌，差点把车开到沟里去。我想起千珍，千珍开车技术比我好，心理素质也比我好，可今天早晨，她说她忘了陶春光"头七"了，约好了和她现在的男朋友一起去香山看枫叶，我让她换个时间，她支支吾吾地说她男朋友就今天有空，我想起来，她又换了一个，这个是有家庭的，抽出个整天的时间确实不容易。

这回从显坪回来，杨冬阳仍然不怎么出门，也不见我们，不一样的是，在"大脸三妞"的群里，她也不怎么回答我们的留言了，我们极力劝说杨冬阳回启睿教育去上班，她也没有理会我们。私下里，我和千珍讨论过陶春光为什么给所有人都留了言，唯独不给和他生活了二十年的妻子留，可我们讨论来讨论去也讨论不出个结果来。过了大约十来天，我和千珍到底有些担心，就约好，从不同方向，开车去了杨冬阳的家，发现杨冬阳的家里，一个密码锁的大门紧紧闭着。我们吃了一惊，这个时候，再联系杨冬阳，发现我们电话、微信都联系不上她了。我让老仝给杨冬阳打电话，也打不通。

我们给启睿教育打电话，那边说杨冬阳早在几天前就已经办了辞职。辞职？两个字把我和千珍定在了地上。你们没问她为什么要辞职吗？千珍问。问了，她说她要离开石家庄。那边回答。问她要去哪里了吗？问了，可她没有说。

还有一个"花果树"。千珍赶紧翻找"花果树"负责人的电话，可时过境迁，当年，千珍采访过的"花果树"机构早已易主，千珍辗转找了几个人，都联系不上对方，我们只好驱车去一趟。我们停下一辆车，开了一辆车，半路上，我接到老仝的电话，不知道为什么，一听到他的声音，我就先哭了。

"花果树"现在的负责人告诉我们，杨冬阳前段时间来过一次，和孩子们待了大半天，临走，在那面墙上画了几笔，就离开了。

我又一次看到了那面白墙，墙上的花朵又多了几枝，花心里都有一个名字，都朝上长着，歪歪扭扭的，一看就是孩子们的笔触。在那面白墙的一个角落，我看到了两朵并蒂的倒挂金钟，白色的外瓣裹着鲜红的内瓣，粉红的蕊从花心里垂下来，画得很规整。我没去看那两朵花花心里的名字，千珍不晓内情，凑近看了一眼，再看向我时，泪水淌了一脸。

从那之后，我和千珍再也没有听到过杨冬阳的消息。

营　养

一

　　这儿像是家理发馆。

　　王进京抬头看到了门上的牌匾，"新大地美发馆"，没错，是家理发馆。很简陋的样子，但很安静。王进京拉开玻璃门，迎面看到女老板浅浅的笑。"理发？坐一下吧，马上就好！"王进京四下里看了看，没有找到地方坐。这个理发馆只有两张席位，一张东，一张西，现在，西边这张坐着顾客，东边那张放着一件大衣。女老板的手没有停，嘴巴一努："拿一下大衣，坐下吧！到我这儿来的人，都是熟人，没关系的。"女老板脸上的笑深了些。王进京看到西边席位前大镜子里的那张脸也笑了，像是熟人的样子。

　　王进京没有拿。她没有动别人东西的习惯。当然，她也不喜欢别人动她的东西。她刚升职不长时间，有一次去开会，陪同的人帮她放大衣，那是个大大咧咧的女人，随手把她的大衣里儿朝外一卷，再拦腰横着一折，就放在一旁的椅子上了。她不动声色，拿起大衣，把两只袖子反折，再拦腰横折，让大衣的水貂领在上，然后才放在椅子上。她不看她，但感觉她在擦汗。她是领导，出席活动要坐在主席台上，这就跟一件衣服的领子一样，是不可以窝在里面的。

　　可是，眼前这件大衣，非但没有露出领子，好像连叠都没叠，只是胡乱堆在那里。当然，这件大衣一看就很廉价，也不需要特别照料，这倒跟这里的环境很相配。这里真不是自己该来的地方。王进京皱了皱眉。可这里很安静。除了女老板轻声慢语的说话声，就是洗发池上头一个电热水器发出的"咝咝"声，很微弱，几乎可以忽略。屋里东西不多，北墙矗立着一个放美发用品的小柜，一个小桌上放着一个电水壶，墙面、地板、玻璃门，包括毛巾架上搭的一长溜毛巾，看起来也都很干净。也罢了。王进京开始脱大衣，脱得很慢，能拖几分钟算几分钟吧，她不打算坐。

　　"姐，坐到这边来吧。"这时候，西边席位上的女人已经站了来，女老板把她往旁边一推，朝王进京伸出了一条手臂。"来，到这边来。"王进京手里托着大衣，不知道该放到哪儿。女老板一把拿过来，挂到了墙上的衣钩上。王进京愣了愣，把目光从大衣垂下来的水貂领上收回来，心里对自己说，入乡随俗吧。"姐，想怎么弄？理一理？"女老板问。"做营养。"王进京说。女老板说："自己的发膜？"她摇头。女老板说："那行，就用我们店里的。我这就给你做。"

她是短发，跟明星孙俪发型差不多，不同的是她加了一点碎片式的纹理烫，以使她的脸显得更开阔一点，她的脸小而窄，不是那种狐狸脸，上头略宽，下边略窄，她是上下都窄，一条木板子似的。从小，她爹就看不上她这张脸，说从面相上讲，这样的脸是一辈子受穷受苦的命。她娘和她的姑姑舅舅们也认为薛宝钗似的银盆大脸才是福气。他们谁能想到三十年后她成了他们县里的一名女领导？放到这个县里，虽然她的职衔只能算中不溜，可在她老家，她足可以称得上是一名女领导，像她这样一个没有任何背景的女人，能升到这样一个职位，也几乎称得上是一个奇迹了。过年回家，她的爹娘包括三亲六戚再也不说她这张脸是受穷受苦的面相了。有一回，她一个堂姐从众人俗气的恭维中别出心裁，说了句，瞧京京，现在多大气！人们吃了一惊，她也吃了一惊，人们可能不大明白大气的意思，她却是最明白的，她现在很大气吗？穿着打扮大气？举手投足大气？还是长相大气？她没有往下问，一问就不大气了，她笑了笑。以后就经常有人用"大气"这个词来形容她。她很高兴，她喜欢这个词。在她心目中，形容一位女领导，端庄、优雅、干练，说到底，都不如这个词，大气。大气是什么？对于一个女人来说，大气就是不哭哭啼啼，不矫揉造作，拿得起放得下，她觉得她自己还是能担得起这些词的，只是在个人形象上，尤其是这张脸，让她觉得跟大气相差很多。这么多年，为了在形象上配上"大气"这个词，她费尽了心机。她不穿时尚的衣服，只穿高端而线条简单的正装或者商务装。她不穿高筒靴，不穿打底裤。她剪去了长发，十年如一日地留着微卷的短发，而且永远是不长不短正合适。

工作中，她的会算不上多，但也不少。有时候是在主席台上，更多的时候是在主席台下。可是不管是在台上还是台下，她永远仪表整洁，满面春风。她不想让任何人议论她，她让他们找不到可以议论的地方。就连她这张又小又窄的脸，他们也说不出什么，因为她这头略显蓬松的微卷短发拉大了她这张脸的尺寸，让她看起来端庄、沉静，而且——大气。所以，每次有重要活动，或者隔个七八天，她都要去美发馆做一做头发。所谓做一做头发，也就是做营养。洗了发，涂上一层发膜，按摩一会儿，再蒸上半个小时，头发就会变得软而顺，然后该修修毛边时修修毛边，不需要修，就直接用吹风机吹干，定好型，那种看似随意实则精致的效果就出来了。如果确实走不开没有做成，第二天去开会，她会略显慌张和疲惫，甚至会走神，会不知所措。

她固定在"领航国际女人美丽会所"做营养，这是他们县最高档的一家美发馆。她在这里做了差不多五年了，是他们的VIP会员，他们也多少知道点她并不是一个普通顾客，每次她一来，都由大老板亲自把她引到贵宾室，并指定最好的理发师为她服务，她也一直对他们的服务很满意。但世界上的事情，有时候很难说得清。就在今天，她一如既往地去"领航"，可刚走到门口，就听到了从里面传出来的音乐，地动山摇的，她在门口站住了，脑海里冒出会所里面的情景，北墙、南墙上那十来面大镜子前都坐着顾客，旁边的沙发上也坐满了等着的人，洗发小弟、侍应生顶着五彩缤纷的头发穿梭来穿梭去，美发师挥舞着剪刀、吹风机，在顾客头上铿铿锵锵地摆着战场，抽下空时，还会踩着鼓点摇一摇胯，跟熟人飞个眼。这是她很熟悉的场景。虽然她每次都在贵宾室享受服务，但贵宾室跟大操作室只一墙之隔，无论嘣嚓嘣嚓响的音乐还是嘈杂的说笑声都能听个满耳。这时，她看到门口的侍应生已经拉开了门，可她没有往前走，而是转过身，朝回走去。

她不知道自己突然之间为什么这么厌恶声音，也许她是想静下来想点什么。又有什么可想的呢？这几天一直在开一个选址的会，她知道以自己的职衔和能力决定不了这个址到底定在哪儿，但她还是组织了一个各界人士参加的座谈会，类似于听证会，并邀请了县领导。座谈会很成功，百分之八十的人认为应该建在新城区的繁华地带，毕竟这个大型的文体活动中心是为老百姓服务的。但今天，她在会议上听到的结果仍然是建在新城区主街道以北三公里处的公路边，是县领导亲自宣布的。这样的事情很多，她差不多已经习惯了，可不知为什么，这件事情，她始终没办法释怀。走在路上，她耳朵里全是县领导干巴巴而又不容驳斥的声音，就连车流声，也带上了一丝喧嚣的冷漠，她加快脚步，家里是没有任何声音的，家里只有她和丈夫，丈夫每晚很晚才回家，就是回了家，他们也在不同的卧室。走进小区，她爬了几步楼梯就站住了，明天有会，虽然不是坐主席台的会，但还是比较重要的，头发不做做营养怎么行？楼梯的声控灯灭了，她无声无息地站在黑暗中。不知过了几分钟，她转身下了楼梯，出了小区，走到了大街上，总能找到一个没有酷烈的音乐传出来的美发馆吧？

　　街上没有多少人，王进京顺着街道往前走，这是新城区一条比较繁华的商业街，这条街上至少有三家美发馆，叫什么"SHOU""蓝色火焰"等，可那天奇怪了，哪一家美发馆也不肯安生，"凤凰传奇""小苹果"，比赛似的，一浪高过一浪地传出来，那些炫目的彩灯，也长了手似的，在她脸前晃，像要打她的额头。一年多没有一个人逛街了，难道这些美发馆全成了这个样子？王进京感到腿有点酸胀，她知道自己应该随便走进一家美发馆，给头发做一做营养，反正也就是个做营养，没有多高的技术含量，然后赶快回家休息，明天还有个比较重要的会。可她脑子里嗡嗡响，根本就无法接受外面的任何声音，她甚至想，如果让她听到那些乱七八糟的声音，她说不定会大喊一声，然后一拳捣过去，把那些大镜子全捣个稀碎的。

　　"新大地美发馆"很不起眼，不仔细看甚至看不到。起初，王进京还以为是一家粮油店。与商业街相对，这是一条生活街，街边全是水果店、蔬菜店、肉食店、小饭馆，等等。一个美发馆夹在这些店铺里，怕有些不相配。但王进京注目看了看，实际上，跟她想象的完全不同，这间美发馆跟这些散发着柴米油盐气息的店铺非常相配，店门是玻璃门，门楣上的牌匾不像"领航"和"SHOU"的牌匾一样，是闪闪发光的 LED 的，而是电脑喷绘的，黑颜色，朴素得很，字形呢，说是龙飞凤舞，不如说是飘飘欲飞，显然是为了引起对飞扬的头发的联想，倒显出几分天真的浪漫。再看女老板，跟这些场景也很相配，矮矮的，胖胖的，圆脸上有了双下颏，黑黑的头发梳成马尾，穿一件红色的羽绒棉大衣，一开口先笑，一笑，倒有几分好看。

这点好感没能延续下去，王进京听到女老板问她："姐，你是做什么的？"王进京不喜欢别人问她这个问题，她也从不好好回答，她往往含糊其词，说一句"做什么也是为了吃口饭呀"了事，可今天，不知怎么，她忽然蹦出一句："我在外地工作。"

"是出差还是休假？"

"休假。"这回，王进京想了想，用肯定的语气回答道。

"休假"是个好词。王进京说完，闭上了眼睛，是一副休假的样子，也是免谈的信号。女老板果然没有再说话。刚才那位顾客已经走了，洗发池上的电热水器也不烧了，那种微弱的"咝咝"声更是销声匿迹了，这里一下子变得非常安静，安静得像空谷。

做完，王进京从大镜子里看了看，效果还可以，反正她也是临时在这儿做一次，她从衣钩上拿下大衣，听到女老板在身后说："姐以后常来呀！"她扭过头，女老板一脸恳切，她指着墙上的衣钩说："买几个衣服架吧，这么挂，容易损伤衣领。"

女老板马上接话："好，好，接受姐的意见，明天就买，姐讲究，一看就不是普通人，姐常来呀。"

二

没有像女老板说的那样，"常来"。

到又该做营养的时候，王进京去的仍然是"领航国际女人美丽会所"，好在，那天"领航"没有播放震耳欲聋的音乐，她很满意。在贵宾室里，大老板督察似的，看了会儿理发师为她做营养，然后建议她试一试他们刚推出的一种离子烫，离子烫是打造直发的，直发只能让她小而窄的脸更加小而窄，她对"领航"大老板唯利是图不为顾客着想的行径很不满，就审视般地看了他一眼，大老板很会察言观色，转而给她推荐一种来自法国的发膜，"比姐你现在用的这款还好用，能彻底修复头发！"大老板言之凿凿。王进京抬了下眼皮，大老板立刻说："给姐试试？"她便点了点头。第二次去用新发膜的时候，王进京发现"领航"的主操作室变了模样，墙上除了钉镜子的地方，全贴上了海报，一模一样的海报，海报上全是搔首弄姿的女人，一模一样的女人，女人旁边是店庆活动的具体介绍，一模一样的介绍。贵宾室里的墙上居然也是。乱套了，全乱套了。王进京在贵宾室里待了会儿，觉得跟待在黑压压一片人的会议室里没什么区别，很压抑，而去调兑发膜的理发师半天也来不了，她果断地从小柜里取出大衣，走了出来。

这回简直是逃出来的。王进京怀疑自己患了人群恐惧症，即便贵宾室里的人不是真人，只是人的头像，也让她觉得不舒服。这三天，她一直在小会堂开大会，这次的与会人员足有六百人，她就一直跟这六百人在一起，吃饭、开会、上厕所，随便走到哪儿，都是密密麻麻的人。也就是个发发议论的会，她不知道这样的会让他们这些担负局领导职位的人参加，有什么意思。以前她不这么想。她记得几年前她第一次看到这些人的名单时，心里还很庆幸自己几乎全认识这些人，他们可全是这个县的精英呀。不过几年的时间，现在，她看着名单上的人名，居然感到莫名的恐惧，自己不过是这些名单中的一个，而即便这些名单全加起来，对一些事情，也只能无能为力。会上，他们组讨论到了那个大型文体活动中心的事情，她作为主管中层，无话可说，只能表情僵硬地坐着，那时候是不能逃的，不像在"领航"，披上大衣，就逃也似的走了。王进京也没想到，她逃去的地方，竟然是"新大地"。

"新大地"跟她第一次去一样，安静，朴素，甚至可以说稍显落寞，没有一个顾客，只有女老板一个人，正坐在东边那个席位上嗑瓜子，看她进来，赶紧站起身，脸上露出了笑容："姐来啦？"然后又把目光停留在她头发上，说："还是做营养？"王进京说："对，做营养。"

女老板拿一条毛巾掸了一下洗头床，示意王进京躺下。王进京脱下大衣，墙上的衣钩上果然挂着几个衣服架，铁丝制成的那种，还好是加粗的，也凑合了。她把大衣规规整整地挂上去，说："这么挂才好！"女老板笑了，说："姐尽管提意见，我们好改！姐今天又休假？"

"对，休假。"

女老板一手擎着喷头，一手在她的头上揉搓。她感觉到外面黑透了。等直起身来，她透过玻璃门朝外面看，跟商业街的灯红酒绿不同，这条生活街上弥漫着一种乡野气息，灯光昏黄，树影婆娑，人们趿拉着鞋，叼着烟，一边走一边漫不经心地说着话，很悠闲。这场景，让她想起她小时候。那时候，村里还没有通电灯，晚上点的是洋蜡，白色的，火红的烛心一跳一跳的，给幽暗的屋子跳出一层朦胧的光亮。一般情况下，一个屋子里只点一根。她上小学五年级的一天晚上，她娘点了两根，那是要为她剪刘海儿，第二天她要代表学校去乡里参加演讲比赛。可那两团光亮跳呀跳呀跳了半天，她娘仍然不敢下剪子。她生气了，自己拿过剪子，让她娘在前头举着镜子，照了照，她一剪子剪了下去。刘海儿算不上多漂亮，第二天的演讲却很成功。那次演讲的题目是"我的理想"，她记得当时她演讲的内容是，我的理想是当一名人民教师。其实，她最不喜欢当老师。但她知道她这么写才能提高去县里参加比赛的可能性，她成功了。现在想来，从五年级开始，她就开始懂得使用一些手段去达到自己的目的了。她那时候的想法还很超前，她自己也很有毅力。初二那年，她忽然胖了起来，在八十年代中期的农村，谁会明白身材的重要性？她就明白。她知道以自己的窄头小脸和矮个头，如果胖起来，后果将会多么严重。她开始不吃饭，说不吃就不吃，她又成功了，她恢复到八十斤。这么多年，她一直以初二那年确立的标准保持着身材，她知道自己的形象很难有大的改观，只有瘦，能让她保持一种少女的姿态，这是她的优势。

"姐，你的假怎么个休法？"她听到女老板问。第二次来这里，让女老板有了把她发展成长期客户的信心，话就自然多了起来。王进京想了想，说："得看具体情况。"女老板看了她一眼，又问："姐是本地人吧？"王进京说："是啊。"女老板说："住得离这儿不远吧？"王进京说："不远。"其实，远着呢。她住在新城区，"新大地"在南边的老城区，最少得穿过三条街道，距离足有两公里，她又喜欢步行，走到这里，最少得一个小时。"不远就常来。"女老板说。"好。"她答。"咱们县城这两年发展挺快的，你瞧，那些商厦、写字楼，说起来就都起来了。"女老板说。"是挺快的。"她答。有几分钟，女老板停了说话，专心致志地用梳子往她头发上刷着发膜，她觉得有些怠慢女老板了，就问了一句："你做这行多久了？"

"有六七年了。"

"怎么做上这行的？"

女老板想必回答过多次这个问题，这个问题便有个比较简洁的答案，高中毕业没考上大学，父母一想，一个丫头干什么呀？理理发不错，风吹不着雨淋不着，就去学了理发。哪知干了没两年，仿佛一夜之间，县城的繁华地带就出现了好多个高档美发会所，还有叫美发沙龙的，都装修得皇宫似的，到处亮光闪闪，理发师也都牛哄哄的，号称每个月都要去省城进修几天，还雇佣着那么多侍应生，让人眼花缭乱。

"你没想过也开一个这样的美发会所？"王进京有了兴趣。

"想过，想想也就算了。"女老板不紧不慢地捋着她的头发，"我这人懒，也不喜欢冒险，再说了，哪有那么多钱？也干习惯了。有时候想想，人的脑袋还真是分贵贱，做个金贵头少说也得千八百，是一个便宜头的三四倍呀，可你说手法、技巧包括用的产品能有多大差别？不就是环境上的不同嘛。说白了就是个心理作用。话又说回来，他们那些金贵的脑袋有地方做，咱们这些便宜的脑袋也得有地方做不是？"女老板咯咯笑，随之进入了对这个她自认为不算"金贵"的脑袋的下一个服务程序，开始用右手按摩，五根手指在她的后脑勺上，一压一收，又一压一收，王进京感觉了感觉，手法上跟"领航"还真没什么区别，只是劲儿稍大一些。

几分钟后，女老板撒走了手，给她戴上一个大红的电热帽，插上插销，开始蒸。这倒跟"领航"不一样了，"领航"用的是探照灯似的仪器，泰山压顶似的从三个方向烤她的头发，而"新大地"用的还是老式的电热帽。

她从大镜子里看着这个自己也不知道算是"金贵"还是"便宜"的脑袋。

现在，这个脑袋上戴着一顶硕大的帽子。小时候，她最不喜欢戴帽子，窄头小脸的，戴上帽子，会显得更加小更加窄。小而窄就是受穷受苦的命。这当然是因为她爹娘的灌输，她爹娘穷，一辈子穷，可他们不知道他们自己又有多心高。她大姑家的儿子，叫二刚的，在县里给领导开小车。她爹不知怎么说服二刚开着车带着她爹娘回了一趟她姥娘家，从她姥娘家回来，她爹娘意犹未尽，坐着车在村里的护村路上又转了一圈，从车上下来，她爹大张着嘴巴，冲村里人说，哟嗬，好家伙，这车快的，像是没刮着地皮！她娘也大张着嘴巴，冲着一棵树哇哇吐，却吐不出多少东西，直起身来，又赶快抱住头，只喊晕。从那儿之后，她记得，她爹就抽开了烟，街上人们敬，他自己也买。可只抽了两个月，他就抽不起了，因为这个二刚并不像她爹娘想的，帮了他们这个忙就算了，而是老拿这件事来邀功，隔段时间就来家里大吃二喝一顿，把她爹娘恨得牙根痒痒。她爹回忆一会儿坐车的风光，咂摸一会儿被吃光喝净的凄惶，就会把他们兄弟姊妹四个叫到跟前，唏嘘连声，说，你们长大后，一定要熬个一官半职的，人这辈子，还是有权有势好哇！然后，她爹就开始研究他们兄弟姊妹四个的面相，她总是第一个被淘汰的，她爹恨恨地看着她那张脸，说，看你这面相，也是个受穷受苦的命，你看看哪个帽檐上插了翅的，不是肥头大耳的！她同样恨恨地回看着她爹，心里说，我偏要让你看看！那时候怎么就那么喜欢赌气呢？

大专毕业，她被分到了县里的一家工厂。没干两年，他们县政府招考文秘，她觉得机会来了，报了名。她瞒着家里请了两个月病假，在城郊一个小旅馆里租了个房间，天天跑到那里去复习，她到现在还记得旅馆老板娘看她的目光，像看一个等着接客的小姐。接到录取通知那一天，家里翻了天。她笃定地坐在床上，她娘兴奋地帮她收拾东西，她爹一声不吭地在一旁看着，她知道她爹仍然不相信她会有个好前程，就像她爹常说的，就她这一搭巴，就她这窄头小脸，连个门面都充不了。临走，她爹到底说了一句，那可是衙门口呀，你给人家好好干！

她好好干。这一干就是十年。结果跟她爹预测的一样，她原地踏步了十年。这十年，她想尽了办法，可仕途上的事，跟她争取去县里参加演讲完全不同。她只有让自己死心，她告诉自己，她一个农民的女儿，能混成一个小吏已经不错了。可到了那个地步，一切好像都不以自己的意愿为转移了，她把办公室门关住，她两耳不闻窗外事，一心只干好自己的工作，可这些都不行，总有一股一股的风从四面八方吹过来，今天这个提拔了，明天那个考察了，而她，明明资格最老，却无人问津。她就像被打入冷宫的妃嫔，而且从未被临幸过。她身边就有几个这样的人，上不去又退休不了，每天去上班都像去坐牢，其中有一个，有一天从自己的办公室跳了下来。她不能要这样的结果。眼看黄金年龄将过，她咬了咬牙，在三十五岁那年去援了藏，换来了一个好的开头。头开了，下一步仍然难，难得让人难以想象，可她坚持了下来。到这会儿，她爹有些满意了，说，还是二丫头有能耐！说着又看她的脸，不无遗憾地说，要不是这窄头小脸的，二丫头说不定还真像她的名字一样，进了京城哩！

进京是他爹起的名。她哥哥叫进国，她弟弟叫进县，到她妹妹那里，他爹改了策略，给她起名叫进名，这个"名"字虽然比他们三个的"国""京""县"的意义都要宽泛，但同样不容易实现。他爹的意思，无论他们中的哪一个实现了自己名字所赋予的含义，他都能在乡亲们面前一吐胸中浊气，但他们四个好像都不怎么争气，她叫"进国"的大哥是一名货车司机；叫"进县"的三弟是一名普通的乡镇工作人员；叫"进名"的小妹更干脆，就是一名家庭妇女。虽然他们三个的脸都比她的大，尤其是她弟弟，简直就是她爹常说的肥头大耳。只有她，这个第一个就被他爹淘汰的二丫头，往前"进"了"进"，至于"进"到哪儿，严格意义上讲，也只能算"进城"，连"进县"都算不上。他们几个是实现不了她爹给他们定下的宏伟目标了，但拐个弯，也许她还是能实现她弟弟那个"进县"的目标的，不过，也很难，难得让人难以想象。

电热帽拿下来，洗了，吹了，大镜子里这张小而窄的脸明显宽了一点，大了一点，王进京甚至觉得这次的效果比"领航"做出来的还要好，她站起来，又上下左右看了一遍，然后跟女老板说："以后我就在你这里做营养了。"

女老板说："好呀，好呀，欢迎姐来！姐一来，给我充门面呢。"王进京一笑，心里却在暗暗称奇，她现在是能给人充门面了，可她一直在回避这一点，这种情况下，女老板仍能识别出来，可见也不是一般人，毕竟是三教九流什么人都接触过的。

之后，王进京真去"新大地"给头发做起了营养。

多半是从单位走过去，单位也在新城区，距离"新大地"的老城区，也有不近的一段距离，她正好遛遛腿，等到了"新大地"，差不多正是夜幕降临时分，这正合她的心意。路上也遇到过熟人，她告诉他们去买点东西就含糊过去了。她不希望熟人知道她去"新大地"，她去那样的地方，毕竟是不太合适的。在"新大地"也遇到过人，不过，那些人都不知道她。知道她的只有女老板。当然，也仅限于知道她在"外地工作"，是回来"休假"的。她对女老板却知道得挺多，包括常来"新大地"理发的顾客，她也略知一二。比如一个女教师，从她这儿开始营业之后就在她这儿理发，几年来就没换过地方。还有一个特有钱的大姐，是开化工厂的，每次来都开着宝马车。女老板也说起过丈夫，说她丈夫虽然没什么大本事，但对她挺好。好像为了验证她的话，后一回去，她见到了她丈夫，一个矮个头的男人，穿着工作服，手里提着一个保温桶，是给她炖了肉。他们俩站在一起时，她留心瞧了瞧，女老板比他个头还高，身胚也比他宽，但女老板的神色却是很小女人的，笑得也很娇媚。世界上的每对夫妻都有自己的相处模式吧。女老板问她丈夫什么样，她笑了笑，说："他那种人，走在大街上，一抓一大把。"有时候，她也很想跟女老板认认真真说些什么，比如，说说这个县里每一座高楼大厦是怎么起来的，说说这个县里马上要兴建的大型文体活动中心，说说她丈夫，说说她和她丈夫一人一间卧室的相处模式，可每每话到嘴边，就又咽了回去。

女老板却什么都跟她说，有一回，做完营养，女老板用手摩挲着她的头发，有些迟疑地说："多好的头发呀！姐，我一直想问你，你的头发这么好，干吗还要做营养？"

王进京一愣。她从大镜子里看着自己的头发。面前这头头发黑乌乌、光溜溜的，有光泽，有弹性，而且一根白头发也没有，称得上发质良好。那为什么还要做营养？想想看，她是在第一次升职之后，开始做营养的，现在算来，已经做了七年了，七年来，她已经习惯了隔个七八天就去做做营养，她没法想象自己不做营养的头发，和这种头发修饰下自己又小又窄的脸，以及这个状态下坐在主席台上和主席台下开会的自己。

可她总不能说她做营养是为了开会吧。她忽然想，她其实一直都是不适合混迹于官场的。

"人没有营养不能活，头发没有营养也一样呀。"她说。

身后的女老板不以为然地笑了，然后像面对一个做错了事情的孩子般，给她讲了很多关于头发营养的常识。她说无论多好的发膜、倒膜，无论是来自韩国的法国的还是美国的，几乎都含有化学成分，即使那些号称纯天然植物养发的产品，也无一例外含有化学成分，这些化学成分对头发都有伤害。一个人，如果自己的身体素质能保证自己的头发又黑又亮，其实根本就不用做营养。

王进京第一次听到这种说法。"领航"没人跟她说过这个。当然，女老板这么说，一定也有她的目的，怎么说也是个生意人，绝不会自断财路。果然，临走，女老板打量着她的头发，说："姐这么好的头发，真不用做营养了。姐也到我这儿来了几次了，我可把姐当朋友了。姐，你看，我打算把这儿用屏风隔个小间，放张美容床呢。"她指着屋里北边三分之一处，接着说："空余时间，也给姐妹们做做美容。我学过美容，只给熟人做。到我这儿来的，全是熟人。收个成本价，就为招揽点人气。姐，你说有得做呗？"

王进京还没回答，女老板又把目光放到了她脸上，说："姐的皮肤还不错，就是有点缺水。女人都缺水。女人是水做的，缺了水就会干，一干就会长皱纹。姐，等我这里收拾好了，姐过来，我给姐好好做做美容。"王进京扭过头，从大镜子里看着自己的脸。这是一张四十多岁的脸，又小又窄，像一条木板，肤色说不上好也说不上坏，肤质也还不错，是长期使用高档化妆品维护的结果，不是因为做美容。王进京不喜欢做美容，面护、眼护等都不喜欢。她不喜欢别人在她的脸上折腾来折腾去。那些美容师会怎么评价她的脸？

王进京问："你觉得我的脸型怎么样？"说完，她立刻就后悔了，她有些紧张地看着女老板，她从来没问过别人这个问题，今天不知怎么忽然脱口而出了。

女老板怔了一下，然后冲着大镜子笑了，又煞有介事地仔细打量了几眼，说："很好呀，是流行的脸型呀！"

女老板的表情鼓励了王进京，她又问了一句："你不觉得小气、没福气？"

女老板说："怎么能说小气？没福气？网上那些女孩们自拍时，拼命收着下巴瞪着眼，才能拍出姐这样的脸型来！"说完，女老板的神色忽然变得有些不自然。王进京一下子就明白了，女老板指的是那种狐媚型的"小三脸"。现在的脸型，有许多古怪的叫法，有什么"奇葩脸""小三脸"，适用男士的，还有"阳痿脸"。奇怪，王进京并没有生气，而是宽容地朝她笑了笑。

回到家，王进京上网搜索"给头发做营养"，点了一下，出了"1,360,000"个相关结果。林林总总的，说法不一。有说做营养有用的，有说没有用的。有说有害的，有说没害的。那些有害的说法，跟"新大地"女老板说的如出一辙，那就是做营养用的营养液或者发膜、倒膜说白了都是化学成分，别说对头发有伤害了，有的甚至对人体内脏还有伤害，长期使用这类产品会导致头皮过敏或者头皮富负营养化，而且很容易招灰尘而导致头皮长痘痘。那个在百度上答题的人还很幽默，最后补充了一句比喻，这就像给皮鞋擦油，看起来油光锃亮，可是这能说给皮革补充营养了吗？

王进京有十二天没去做营养。到第十三天，当她坐在"新大地"西边那张席位上，对女老板硬邦邦地说出"做营养"三个字时，她看到女老板的双眼在大镜子里瞪大了。她不管这个，她什么都不管。那时候，她又急切又后悔，还有点气急败坏。不做营养的这十一天，她没有坐主席台，只开了四个不用发言只用记录的大会，她发现她夹杂在乱哄哄的人群中，既不突出好又不十分坏，也并没有多少人注意她，这让她觉得自己这十一天没有去做营养是对的，头发还是自然生长好。只是有两回下班早了，她又不愿意那么早回家，便想去找个地方放松放松，这么一想，胖胖的女老板就闪现在她面前，可她的头发又不需要做营养了，她便莫名其妙地有些惆怅。

那么，也许她是可以在"新大地"做做美容的。

第十二天，她在办公室突然接到电话，是她的一个密友，要带她去见一个大人物，马上就走，车在楼下等着。她浑身的血立刻涌了上来，她等这个机会已经等了快一年了，这个机会是她实现她弟弟那个"进县"目标的最好机会，她必须把握好。她提上包，去洗手间，镜子里蓦然闪出一张脸，萎黄、疲惫、一条木板似的，又小又窄，而且毫无神采！她脑袋里嗡的一声，整个人都有些摇晃，双脚像踩在棉花上，软绵绵的，她不知自己是怎么走到车上的。坐在车里，她的密友问她，脸色怎么这么不好？她连说话的力气都没有。等往回返，她的密友不说她的脸了，说她整个人，语气都有些后悔帮了她，你这人，关键时候掉链子！

她更后悔，后悔没有让自己始终如一保持一种状态，哪怕五年用不上，十年用不上，但一旦有机会用上，它就在那里，就会带她冲锋陷阵。而她，也许要错失这个机会了。这让她恨不得自己把自己杀了。

三

过了年，事情突然有了转机。

是有个高人点拨了王进京。高人的办法有些直接，她内心很是将信将疑，但还是按照高人的点拨做了，没想到消息这么快就来了。那时候，她刚洗完澡，正坐在沙发上擦头发，她丈夫坐在沙发上看电视。这两天不知怎么回事，他回来得早了点。

短信息的声音响起来后，她一手托着头发，一手点开，一条简短的短信息看完，再抬起头，好半天，她才想起自己正在擦头发，但那个时候，她根本擦不下去头发了，她把毛巾放好，站起身，听到丈夫问："怎么了？"她愣了一下，看看丈夫一脸犹疑的神色，说："没事。"她穿上外套，拉开门，丈夫站了起来，还往门口走了两步，说："干吗去？"

"做营养。"王进京想了想，说。

丈夫没问，她没有回答之前，她真不知道自己要去干什么，说了之后，走在大街上，她发现去给头发做营养这件事正是她要去做的。其实，已经在家里洗了头，完全不用去做了，再说，三天前，她刚刚做了的，可话又说回来，做一做营养也没什么不好，最起码头发会蓬松一些，柔顺一些，哪至于像女老板和网上说的那么玄乎，什么化学物质不化学物质的，水还是化学物质呢，难道都不喝了？她想象着丈夫听到"做营养"这三个字时的表情，丈夫是不会懂得这三个字的含义的。她做了这么多年营养，丈夫一点都不知道，她没有跟他说过。他们之间除了有一个儿子，是共同的之外，别的好像都是你是你，我是我。丈夫是一名普通干部，但因为岗位特殊，在外面应酬的时候也很多，有时候，他们会几天见不到面，就是两个人都在家里，他们也总是各干各的，互不相干。从什么时候开始的呢？仔细想来，应该是从她升职以后，尤其是她第二次升职，触到了他的底线。他们变得没有话说，就是偶尔说两句话，也像刚才似的，不咸不淡，不过刚才虽然也不咸不淡，但她丈夫往门口走的那几步却让她嗅到了一点关心的味道，如果不是刚才那个短信息，也许她能循着这种关心往下走，而现在，她只能离开他，去做营养，连告诉他短信息的内容都不能，她不知道别人会不会这么做，反正她会，在事情还没有成为事实之前，她对谁都不能透一点口风，哪怕是对她丈夫。

"新大地"的女老板正要打烊，一看王进京进来，很高兴，又看了看王进京的头发，说："姐，还不到做营养的时候呢吧？不过——做做也行。"重新为王进京做起了营养的女老板再也不说她的头发不用做营养的事情了。王进京把外套挂到墙上的衣服架上，转过身，女老板说："姐，快来看看我这儿的新格局！"女老板兴致很高。"姐瞧瞧，不错吧？下次来，我给姐做做美容！"

"新大地"北边三分之一处，矗立着一张扇形的磨砂玻璃屏风，屏风后是一张新购的美容床，床上铺着粉色床单。原来盛放美发用品的小柜挪到了东墙，与东边那张席位之间只隔开一把椅子的距离。空间看起来虽然逼仄了些，但仍然很干净，很有秩序。

"不错。"王进京说。

免了洗头，女老板直接帮她涂发膜，然后慢条斯理地将来将去，又用右手的五指摁在她的后脑勺上，一压一收，又一压一收，她感到头皮轻松了许多，这时候，王进京脑子里又涌出那个短信息的内容，她哑摸来哑摸去，感觉到一点不真实，像是意外得了一笔横财，生怕一觉醒来，是场梦。

"姐，还记得我给你讲过的那个开化工厂的特有钱的大姐吧，每次来都开着宝马车的那个？我觉得跟她挺投缘的，朋友嘛。可过了年，她有段日子没来了。我不是非要她来，我是有事找她。左等不来右等不来，我就给她打了个电话。"女老板手上忙着，嘴巴也不闲着。

"有事找她？"王进京应了一句。

"不是我有事找她。是我一个朋友有事找她，也是我的顾客。"女老板"咯咯"笑，"我就是爱帮人办事。我觉得我也能办成。我这个朋友的儿子技校毕业，找不到工作，我觉得找她管保顶用，就给她打了个电话。姐猜怎么着？她帮我办了！"女老板把王进京的头发全部拢在一起，抓起来，轻轻往上提，王进京觉得头发要飞离头皮了，可只一瞬，女老板就松了手。"我想请她吃顿饭，可她说她感冒了。过几天我再邀邀她，你说她会来吗？"女老板一边问，一边给她扣上了那顶大红的加热帽。

大镜子里自己的脸一下子被压榨得像一只干瘪的梨。她忽然就觉出了难堪，皱了皱眉头，问："你这里有没有别的加热器？"女老板不解地望着她。她知道没有，这个小美发馆的所有东西都在她眼皮子底下，她说："你该考虑买个现代加热器了。那种飞碟式的。"女老板说："那种东西不如加热帽方便，对头发还有伤害。"王进京想说，你懂什么叫伤害吗？不是你说有伤害就有伤害的，也不是你说没有伤害就没有伤害的。她烦躁地闭上了眼，这蒸的半个钟头，她一直闭着眼。女老板见状，也不说话了。空气一下子变得很迟滞。很奇怪，她和女老板又变成了她第一次去"新大地"时候的样子，谁都不说话，像是一个天南一个海北，像是她们不曾有过热热闹闹说话的时候。

等她睁开眼，电热帽已经被拿走了，然后是洗、吹。全部做完之后，她从大镜子里看着自己的脸，不知是不是因为刚开始没有洗，从而导致发膜涂得不均匀，抑或是因为这个电热帽的加热效果已经打了折扣，她感觉她现在的头发没有以前做出来那么柔顺、那么蓬松了。她问女老板，女老板上下左右打量了一番她的头发，说："一样啊，跟以前一样啊。"她看着女老板这张又胖又蠢的脸，懒得跟她争执，就往外走，女老板浑然不觉，送她出门，说："姐，记得到我这儿来，我给你做营养，做美容！"

"我不会到这个地方来了。"王进京看了一眼"新大地"的喷绘牌子，那飘飘欲飞的三个大黑字在昏黄的灯光下显得又单薄又暗淡，整间店看起来也那么狭窄、简陋，走出两步去，前面的五金店和炒货店等店铺全打了烊，整条街道看起来模糊一片。这儿不是自己该来的地方，"新大地"更不是自己该来的地方，自己以后非但不会把脸交给这个地方，连头发也再不会了。她的脸虽然又小又窄，像一条木板，但并不像她爹之前说的，没有好命，刚才那个短信告诉了她一个内部消息，这一两天，市里就会派人下来考察她，当然，不仅仅是考察她，是考察几个人，而她是其中的一个。

走在大街上，王进京觉得浑身凉飕飕的，她裹紧外套，从街边商家的玻璃门中看见自己的身影，头型和脸型还是让她感到不那么满意，想了想，她走进了"领航国际女人美丽会所"。

两个多月没来，"领航"好像没什么大的变化，虽然没有响着嘣嚓嘣嚓的音乐，但仍然很热闹，主操作室里到处亮光闪闪，墙面上空余的地方现在贴的不是店庆的海报了，是"三八"节的海报，炫目的灯光从不同的角度打下来，理发师和洗头小弟仍然在顾客之中穿梭来穿梭去，不同的是，他们似乎又都换了新发型。这是她早已经熟悉的场景。看她进来，"领航"的大老板立刻走上来，画了浓妆的脸上笑得很开，显示出一种失而复得的兴奋："好久不见姐啦。姐今天有空？快进来，快进来！"大老板接住她脱下的外套，打开一旁的一个更衣柜，把她的外套规规整整挂在一个竹制的衣服架上，锁住柜门，把钥匙放到她手里，然后才看着她的头发，问："姐还是做营养？"她脑子里闪出"新大地"女老板新买的铁丝衣服架子来，这种铁丝衣架挂起衣服来，肩部容易滑落，挂大衣或者外套还得是竹制的。

王进京说："做营养。"

半年后，这个县里入驻了一家开发商，一期工程是在新城区主街道以北三公里处的公路边建设大型文体活动中心。作为附加条件，开发商看上了一块地，要开发一个楼盘，在房地产的规划图上，王进京看到有一条生活街面临拆迁，从位置上看，正是"新大地美发馆"所在的那条街，她脑子里闪出那个胖胖的女老板的身影，她想起她还有一个问题没有回答她，那个问题再简单不过了，如果她是那个开化工厂的很有钱的女商人，给女老板帮忙是可以的，但不会去吃她的饭。不过，她是没有机会告诉女老板答案了。她大笔一挥，在规划图上签下了自己的名字。

大风之夜

父亲去世后，母亲的生活成了问题。

母亲坚持住在乡下的老房子里，我和弟弟便只得轮换着陪她住，母亲六十七岁了，但毕竟是新寡，一个人的漫漫长夜不是那么好熬的，这些，我们都能想象得到。不过，我们心里还是存了一个期盼，希望用不了太长时间，也许半个月，顶多一个月，母亲就能走出阴影，把我们赶回城里去。

这二十年，我们已习惯了住在城里，老房子里的一切很难再入眼。

早晨，我蹲在院子里刷牙，泛着白沫的水流到了菜园子里，很快就蜿蜒而去，在前方不远处戛然而止，像是菜园子衰败不堪的一个脚注。说起来，这菜园子已经不能叫做菜园子了，几乎烂成了猪圈——长成的菜，茄子、豆角、西红柿，都被摘了，吃了；没长成的，全被踩到了土里。给父亲办丧事这几天，亲戚朋友出来进去的，谁还顾得上菜园子呀！倒是母亲，时不时从屋子里走出来，在菜园子旁边站一站，很惋惜的样子，有时候鼻子还翕动两下，像是在闻什么，能有什么味道？还不是一种腐烂的味道——我恰好从窗户里看到这一幕，内心便涌出一丝不满，这个阶段，我、弟弟包括母亲，都是大家伙儿关注的对象，得知道什么时候该做什么，不该做什么，几棵菜算什么！可是活了多半辈子的母亲，仿佛对这些一无所知。父亲下葬的头一天晚上，家里灯火通明，守灵的人在屋子里抽着烟打着麻将，我恍惚看到菜园子里有个人影，赶过去一看，是母亲。母亲拿着一把铁锹，正在敛垄沟。

我皱起眉头，说，你这是……

母亲扭过头来，嘴巴紧紧闭着，眼里寒光一闪。我很少在母亲脸上见到这种表情。母亲向来是木讷、沉默的，我们也都习惯了。就是父亲葬礼这几天，母亲仍然木着脸，勾着头，一脸茫然，我们也都可以接受——弟弟虽然还不到三十岁，却已为人夫为人父，有足够的资格和能力应承族里长辈对父亲葬礼的一应安排，我们只要求母亲在父亲脚边安安静静坐着就行了，可母亲除了在人来人往的白天去菜园子看菜，晚上又拿起铁锹，去菜园子劳作了，仿佛这个菜园子比父亲还要重要，我的眼眶里涌出了泪水。

母亲把头扭过去，抢起了铁锹。我擦掉眼泪，瞅了瞅嘈杂热闹的灵堂，又瞅了瞅母亲隐忍而又坚决的后背，咽下了要说的话。

葬礼总算结束了，没出什么乱子。现在，母亲就是在菜园子旁边坐上一整天，我也不管了。

实际上，母亲只坐了一会儿，就换了鞋，拿上铁锹，开始收拾那个菜园子了。还赶得上种菜？我问母亲。母亲说，赶得上，种萝卜！我便也要去换鞋，母亲拦下我，说，你现在哪儿还干得了这个！这样，我便只好坐在地头，一边看母亲干活儿，一边跟母亲说话。多是我说，母亲答。我说起了父亲弥留那几天来探望父亲的乡亲们，那些在父亲的病榻旁坐上个三五分钟，叹息两声，安慰我们几句的人们，有些我认识，有些我看着面熟，却叫不上名字来。我很满意自己调动起了母亲说话的积极性，秋景、孙荣勤、锁子、二刚……母亲历数着来过的人。但母亲遗漏了一个人，那个人来时，我和母亲都看到了，那个人还俯在床头，试图跟父亲说几句话，可那时父亲的眼珠已不能转动，气息也十分微弱了，那个人叹息了一声，眼圈一红，出门时，是我往外送了两步。这些，母亲在我身后看了个真真儿的呀。

那么，母亲遗漏她，是故意的了？我感到了什么，又觉得自己有些神经过敏，我试探着问母亲，惠燕婶儿也来过，你忘了？

母亲愣了一下，淡淡地说，没忘。说完，把铁锹朝地上用力一戳，转身去了屋里。轮到我发愣了。我看着母亲刚整饬过的菜园子，她像是把父亲下葬前一天晚上敛起来的垄沟又推平了，在一侧又重起了一趟，新垄沟又直溜又圆润，大小均一，像用尺子量过似的。在种地上，母亲很执拗。母亲个头不高，人也瘦弱，可她的不惜力气在我们村是出了名的。偌大一片田地里，母亲总是第一个到地里干活儿，最后一个离开的。我小时候跟父母下地，青纱帐里，看不到母亲，只见一片一片玉米唰唰倒地，最后，母亲瘦小的身躯露了出来。父亲呢，人高马大，可总是高秆子似的戳着，仔细一看，是在抽烟。干到地头要抽烟，干到地中心要抽烟，有时候看见一只大雁飞过，也得抽根烟。可父亲是正正经经的庄稼把式，虽然他身子骨懒散，但只要他弯下腰杆，就比别人干得好。在农村，男人出大力，当指挥，女人出长力，听指挥，多是这样的模式吧。

　　惠燕婶儿家却不是这样。惠燕婶儿的男人，大泉叔，有病，很少下地，地里的一切就都得靠惠燕婶儿。惠燕婶儿家就在我们家前头，站在她家房顶上，我们家的小院一览无余。北屋的门帘若是掀开了，连屋里的情景也能看个一清二楚。我见过她跟我母亲说笑，你们的窗户上只有窗纱没有窗帘，小心让人看了去！母亲红了脸。她却并不脸红，只咯咯地笑。惠燕婶儿喜欢笑，小时候，我总能听到她笑，她的笑声朗朗的，传得很远。我老早就知道，父亲和大泉叔打小就好，新房子盖起来，又成了前后邻家，关系就更加好了。大泉叔要是叫父亲喝酒，就爬到房顶上，冲我们家小院喊一嗓子；父亲要找大泉叔喝酒，就拿拳头去擂大泉叔家的后墙，咚咚咚响上三声，大泉叔就保准在小酒馆里等着了。大泉叔病了之后，父亲很少擂墙了，他经常走过我们家这排房子，拐个弯，去大泉叔家里，陪大泉叔说话，帮大泉叔些忙。到该下地的时候，他会跟惠燕婶儿一前一后从家里出来，往地里走。父亲的脚步迈得又大又快，不一会儿，就把惠燕婶儿落到了后头。等到了我们家地里，父亲仿佛又不放心惠燕婶儿了，手搭凉棚看半天，终于叹息着走到惠燕婶儿家的地边，给惠燕婶儿一遍一遍演示，要把铁锹斜起来，用力，猛地戳进泥土里，然后反手向上一拱……

即使父亲这么费心巴力地教，即使惠燕婶儿的兄弟们经常来帮忙，惠燕婶儿家的庄稼仍然不像个样子。刚开始那两年，好歹还能有点收成，后来，索性荒了。那个年代，荒了地，意味着主家不务正业，好吃懒做，是莫大的罪过。经常有人在村口掩着嘴巴笑话惠燕婶儿。可惠燕婶儿不在乎。一个春天的早晨，人们在村头看到一架小推车，小推车上堆满了箱子、盒子、包袱，顺着小推车两个把儿上的两条胳膊往上看，人们发现是惠燕婶儿。惠燕婶儿做上买卖了！一个女人家做什么买卖？人们都很惊奇。惠燕婶儿丝毫不掩饰，脆生生地告诉人们，服装！我卖服装呢！说着，惠燕婶儿从一个包袱里拿出一件来，在自己身上比画了比画。惠燕婶儿脸盘子长得好，身条子也好，被那件红艳艳的小袄一衬，新娘子似的，好看得不得了。

你娘才好看呢。惠燕婶儿对我说。小时候，我淘，不喜欢待在家里，几乎天天往惠燕婶儿家跑。惠燕婶儿有个儿子，比我大，在我们村里念小学。每天，惠燕婶儿把儿子送出门，自己就会推起小推车往外走，我呢，巴巴地跟在后头。惠燕婶儿便只得让我爬上小推车。我嘴巴甜，一路上小嘴不停。每当说起惠燕婶儿好看，惠燕婶儿就会说，傻丫头，你不看看，你娘才好看呢。你娘过门那天，把俺们都给镇住啦。母亲下轿，母亲踩火盆，母亲被簇拥着进了北屋，母亲垂着头，在床前坐下……惠燕婶儿一幕一幕讲我听。然后有人逗母亲，母亲抬起头来，一双眼睛黑漆漆的，皮肤像是刚磨出来的水豆腐，接着，又看到了她的腰，像是两只手就能掐住……而且，你娘一看就是好人家的闺女。惠燕婶儿说，那天你娘在人前连口水都没喝，人们谁都没看见你娘露出牙笑一笑是什么样子。第二天，俺们就见到你娘笑啦，一笑更好看，像个孩子。

实际上，母亲不是个爱笑的人。童年时代，我很少见到母亲笑。我不知道母亲的忧郁是不是天生的，或者是父亲让她忧郁？也许，是她的忧郁影响了父亲？这些，小时候的我，是不懂的。我只知道，后来，父亲也做上了买卖。他是拉大板车。大板车上经常装着西瓜、花生、谷子，一部分是我们家地里生产的，一部分是他从山里低价买进来的。那个年代，村里还没什么人做买卖。父亲和惠燕婶儿是我们村的两个异类。父亲还好，惠燕婶儿一个女人家，老在外面跑，就有些不成体统了。惠燕婶儿不管这些，每天高高兴兴地推着小推车穿行在三里五乡的街道上。有时候，她的小推车和父亲的大板车相遇了，他们俩一左一右，一张朝东的脸，一张朝西的脸，这时候，都朝对方扭着，夕阳温和地照在他们脸上。他们站着，笑着，说着话，风从一个方向吹来，惠燕婶儿额前的头发飞扬起来，父亲从灰色大褂的衣服兜里掏出一块手绢，擦着脸上的汗。我呢，这时候如果在惠燕婶儿的小推车上，就会叽叽喳喳叫着跑到父亲的大板车上，如果在父亲的大板车上，就会反过来跑到惠燕婶儿的小推车上，他们俩往往亲昵地拽一下我的辫子，说，假小子似的，这么淘！

中午，我做好了饭，在院子里摆饭桌，把母亲叫了出来，母亲喜欢坐在院子里吃饭。还没吃，院子里突然起了风。风不大，灰尘却是四处飞扬，我们只得把饭桌挪到北屋里，我一边吃，一边看着院子里摇晃起来的树枝，问母亲，你那么怕风，以后要是刮起大风，可怎么办？

我很小的时候就知道母亲怕风。别人家的母亲怕蛇，怕老鼠，怕满街跑的疯子，我的母亲，怕风。这好像有些不合常规。一个庄稼主儿，风里来雨里去的，怎么还会怕风？可母亲就是怕风。小时候，跟母亲下地，每每天上刚现出乌云，风才从远处起来，母亲就已经拉着我往家里跑了。待在家里，大风呼啸，母亲不敢去关窗户，都是父亲去关，我大了之后，是我关。母亲缩在床上，不许我们开灯，出门，也不让我们去做饭。父亲不怕这些，安心笃定地坐在椅子上，跟母亲开玩笑，你是太瘦太小了，才怕刮风？怕把你刮到天上去？母亲立刻沉了脸，把嘴巴一闭，看也不看父亲一眼。后来，我们就都不问了，人有三怕，各各不同，母亲不就是怕风吗？

大了些，想得多了，也或者，母亲是在哪个大风之夜受到过什么惊吓？这些，母亲不说，我不敢妄猜。我只知道，母亲的怕风，影响到了我和父亲。坐在惠燕婶儿的小推车上跟父亲相遇时，也碰到过大风的天气。那种时候，父亲往往一把把我从小推车上抱过来，一边嘱咐惠燕婶儿赶快回，一边已然拉起了车，一双大脚板踩在地上，啪啦啪啦的，比风声还响。父亲是要赶回去陪母亲的，他知道，这个时候，他必须回去陪母亲。

母亲像是专心专意在等我和父亲，我们一进门，她的脸色就会缓和很多，父亲呢，说话时声音也温和下来，家里的气氛立刻就发生了变化，这让小小年纪的我摸不着头脑，外面的狂风吹得窗棂咣当咣当响，屋里的两个人却是少有的和颜悦色，这个时候，我往往会钻进母亲的怀里，把脸贴在母亲的脸上，感到母亲凉凉的脸一点点变得烫起来。

后来，老长一段时间，我去惠燕婶儿家里，都没见过她推着小推车出去，我在父亲的大板车上也没有遇到过惠燕婶儿的小推车，父亲跟我说，大泉叔的病又犯了。时间不长，我在我们家小院里听到了前排放鞭炮的声音，父亲跟我说，大泉叔死了。

那时候，我并不知道什么是死。我的小脑袋瓜里想的是，大泉叔死了之后，我就能再坐在惠燕婶儿的小推车上跟她一起去卖服装了。后来，惠燕婶儿真来叫我了，可母亲不同意了。母亲说，今今也大了，快该上学了，让她收收心吧。母亲以前也不怎么喜欢我跟着惠燕婶儿走街串巷，但还没有明令禁止，这回像是铁了心了，我怎么哭闹都不行。好像所有的变化都从此开始了。父亲不再拉大板车，也不去惠燕婶儿家了。惠燕婶儿原来经常来我们家，有时候拿只鞋底子，有时候拎件小棉袄，在我们家的煤油灯下，她一边飞针走线，一边轻声跟母亲说笑。大泉叔死了之后，惠燕婶儿很少再来我们家了，晚上更是不来了。父亲和母亲的夜晚，不知怎么变得焦躁、动荡，他们开始吵架。

　　夏天，我们村的人都喜欢睡在房顶上，凉快。惠燕婶儿一个女人家，没了丈夫，也睡在房顶上。她和她的儿子一人在东头，一人在西头。我们家三口人在一起，一张草编的席子，一条旧被子，铺好，我和父亲躺上去，眼睛朝天上看，找北斗七星和仙女座。母亲不喜欢我们的游戏，黑夜里，她的眼睛却是格外亮，像是在时刻观察着什么。有的夜晚，父亲从外面喝酒回来，不愿意去房顶上睡，也不想母亲去房顶上睡，母亲就会说，这屋里能睡吗？能睡吗？父亲大着舌头，说，怎么就不能睡？母亲恨恨地看看惠燕婶儿家的房顶，哼哼两声冷笑，说，你愿意让别人看，我还不愿意呢。我没有那么贱！

　　后来，像这样的争吵，在我们家三天两头就会出现。我想，死原来就是这样的啊。是大泉叔的死，让我们家充满了危险的气息，让父亲和母亲都变得乌眼鸡似的。碰到惠燕婶儿，我把这些说给她听，她怔了半天，才伸出手摸了摸我的辫子。现在想想，实际上，也许从很早之前，一切就已经开始发生微妙的变化，关于父亲、母亲和惠燕婶儿。只是那时候，我懵懂无知，直到那一天的来临。

那天想必是个礼拜天吧，我跟着母亲去地里。我最讨厌跟着母亲去地里，但我已经七岁了，照母亲的话说，也该替家里干点活了。我踢踢踏踏走着，大太阳把我晒成了大红脸。走到大柳树下，正好有人家浇地，我就捧起水洗脸，母亲也蹲下来洗，洗了两下，突然直起身，想起了什么似的，跟我说，丫呀，你自己在这儿玩会儿，我一会儿就回来。我还没反应过来，母亲已经急匆匆往回走了。我心里一阵高兴，蹦跳着跑到机井旁，去玩水了。那水真凉啊，我把两只脚丫子放到水里，水流不动了，在我脚旁一蹿一个高，水花溅到我的裤腿上，我浑然不觉。玩够了，我又跑到地里捡了几根麦秸，趴到地上，用麦秸吸水喝，那水就像放了冰糖，甜丝丝的。玩到实在没什么可玩的了，还不见母亲回来，我不知该干什么，便怏怏地往家里走。

成年后，每每想到那个炎热的午后，我都会无端出一身冷汗。那天，我要是晚回来十分钟，我可能就再也见不到母亲了。

北屋里，站着父亲。父亲铁青着一张脸，脚底下满是碎瓷瓦片，我们家的暖水瓶、茶壶、茶碗全碎了。母亲在南屋，披头散发，看到我进来，眼珠连动都没动。我哭着喊母亲，上去摇母亲，母亲才转过头来，朝我艰难地咧开嘴，随之，一缕白色的涎液顺着嘴角淌下来。我吓坏了，哭着喊父亲，父亲三步并作两步跑过来，背起母亲就往村卫生所跑。母亲喝了农药。洗了胃之后，母亲活了下来。

长大以后，我喜欢上了阅读，我看过几篇描写父辈那一代爱情的小说，不约而同地，那几篇小说中都充满一种难得的情愫，是温情，是宽容，是原宥，是爱，淡淡的，在漫长的岁月中，这种淡淡的情愫像是每天清晨的风儿，始终没有消失，倒愈来愈久长似的，贯穿着他们寂寞和芜杂的人生。这让我很是动容。可是，在父亲和母亲身上，我没有看到这种东西。我的母亲，忧郁了许多年，后来，一朝爆发，她宁肯死。然而母亲的烈性只表现了这一回，之后又是漫长的忧郁、沉默，她甚至很少出门。后来，去地里干活儿成了她唯一走出家门的理由。父亲呢，有两年性情大变，整天在村头的小卖铺里打麻将。无论母亲把钱藏在哪里，他都能找出来，把它们一把把输掉。一个一米八的汉子，躬着身，伸出蒲扇似的大手，哗啦啦推麻将的场景，我到现在还记得。很多次，是我把他硬从麻将场上拽回来的。为了能拽回他来，十岁的我想了很多办法，最有效的就是装病。我一头撞开小卖铺的门，捂着肚子蹲在地上，父亲真假莫辨，只好背上我去村卫生所，村卫生所那个秃顶的大夫摁哪儿我哪儿疼，嘶嘶的响声从我的龅牙缝儿中传出来。秃顶老头摇着笔杆，半天才给我开了几片治蛔虫的药，我装上，还由父亲背着，往家走。在前排胡同口，看到惠燕婶儿，我忘了肚子疼，喊起来，惠燕婶儿一转身，急急地往胡同里走，父亲呆愣一下，也便迈开大步，顺着护村路往我们家那排胡同走，一路上，父亲都不再说话。

后来，我的弟弟出生了。

一切都好了起来。我惊奇着弟弟给我们这个家带来的变化。仅仅多了一个婴儿，家里却好像多出来许多人一样，脚步声不断，说话声不断，闹闹腾腾的，然而又充满喜悦。奶水的甜腥味，饭菜的香味，婴儿的屎尿味，弥漫在北屋上空。弟弟十二天那天，我们家摆了酒席，亲戚朋友来了很多人，左邻右舍的女人们，全来给我们家帮忙。惠燕婶儿也来了。那天，母亲头上包着白毛巾，靠在被垛上，怀里揽着我的弟弟，嘴角一直挂着一抹满足的笑容。女人们脸上也都是笑。女人们看父亲的神情，仿佛父亲是个什么都不会干的孩子。父亲呢，仿佛也甘愿成为一个这样的孩子，嘿嘿笑上两声，就躲到一旁抽烟去了，整个场面，都成了女人们的天下。晚上，母亲的满足还一直持续着，她一边跪在床上给弟弟换尿布，一边跟父亲说，我比她们谁差？我也生了儿子了！父亲不说话。沉默了一阵儿，母亲又说，前头那女的，什么时候走的，你看到了吗？父亲一愣，半天才闷闷地咕哝了一声，也不知道咕哝了句什么。那之后，我偶尔会听到母亲跟父亲说起"前头那女的"，"前头那女的"病了，去找秃三看了，"前头那女的"的买卖越做越好啦……我不知道自己是什么时候明白过来的，母亲嘴里的"前头那女的"指的就是惠燕婶儿。弟弟出生后，惠燕婶儿在母亲嘴里就没有了自己的名字。

这三十多年来，母亲是不是再也没有提到过惠燕婶儿的名字？我胡思乱想了一阵儿，睡着了。午休起来，风已经完全止了，午后的阳光肆意地照射着，菜园子里，细腻的新土被翻了出来，一行行的垄沟高高拱起，母亲往高岗上撒着菜籽。这就算种上了？我问母亲。母亲抬头看看我，说，种上了，过几个月就能吃到水灵灵的大萝卜了！

门"哐当"响了一声，我探过头去看，是淑萍大娘，后头又悄无声息跟着一个，走近了看，居然是惠燕婶儿。淑萍大娘大嗓门，今今娘啊，干吗呢？俺们来看看你！说着已经到了母亲跟前。母亲直起腰，拍拍手，我已经给她们拿来了板凳，三个女人坐在院子里的一棵柿子树下。今年的柿子挂果很多，却没敌过虫害，一个个柿子还没红透，便纷纷早夭，掉落的掉落，残破的残破，满树的颓败景象。三个女人先感叹了一阵柿子，接着话头一转，话题落到了母亲身上。这段时间，经常会有六七十岁的老太太来看望母亲，都是失去了丈夫的，像是为确保母亲能顺利进入一个新的团体，她们亲切、热情而又带着掩饰不住的平衡给母亲介绍着独自生活的经验，比如，一个人吃饭不能手懒；一个人不能老闷在家里，得到处走走；一个人不要到坟上去，就是哭瘫了，也没人知道……具体而实用。

这个时候，母亲往往只是闷了头听，很少说话。

沙沙的树叶子响了一阵，惠燕婶儿说，头三年是最难熬的，顺顺当当过了这三年，准能活个大岁数。

母亲有些不以为然地笑了一下。

惠燕婶儿有所觉察，说，真的，头三年……

母亲打断了她的话，什么头三年后三年？你的头三年能跟我们比？你那时候才多大？三十多吧？怪不得难熬呢。对了，你的头三年到底怎么过来的？

惠燕婶儿一下子红了脸，哆嗦着嘴唇，一句话都说不出来。

淑萍大娘挪了挪板凳，揽住了惠燕婶儿的肩头，笑着说，对呀，你那时候可还正年轻哩，真可惜了，你这大美人……

两个人笑闹间，母亲已经进了菜园子，左手拎着水桶，右手用瓢舀上水，一个坑一个坑地浇起水来。菜园子里的母亲简直就是个圣女，她动作娴熟，脸色平静，夕阳照过来，她的额头光洁而明亮。淑萍大娘由衷地说，今今娘，你好像生下来就是种菜的！

母亲笑了一下。

这时候，惠燕婶儿说话了，把种菜搞得像绣花一样，有啥意思？

她的声音并不大，母亲像是没听到，手里的动作并没有停下来。淑萍大娘脸上却是闪现出了一丝不安。说起来，惠燕婶儿在我们家前头住了三十年，她应该比淑萍大娘更明白这个菜园子对母亲的重要，却还要这么质疑，当是故意的了，或者，是对母亲刚才对她那种态度的反击？一阵风刮过，树叶子哗啦啦响了一阵，复又归于沉寂。

淑萍大娘和惠燕婶儿离开后，整个院子更加沉寂了，又仿佛鼓噪着什么。接着，我听到扑通一声，是柿子树上最后一个柿子掉到了地上，摔开了，里面红黄的瓢溢了出来，仍然是一个坏掉的柿子。母亲听到响声，看了一眼，并没有停下手里的动作。

母亲在菜园子里待了一下午。父亲没有生病之前，我和弟弟很少在老家住，我不知道那个时候的母亲是不是也整天待在菜园子里。十几年前，我们村的地被一家工矿企业征用。那时候，村里人还都把自己的地当衣食父母，不像现在，巴不得卖了地，这一变故让当时的村里一下子慌了手脚，只有父亲、惠燕婶儿和少数一些人不以为意。我知道，父亲早就不想种地了，现在可以名正言顺不种了，父亲高兴得很呢。父亲专心做自己的买卖，不几年，他经营的烟酒生意就有了起色。惠燕婶儿也顺风顺水，她不卖服装了，把自己家改建成了一个自选超市，自己坐在柜台后头收钱。儿子读了大学之后，她把超市缩小成了个小卖铺，只图有个人气。每每她那个高高大大的儿子回来，村里人都会感叹她的能干和不易，他们再也不笑话她荒了地了，他们经常把她跟我的父亲相提并论，说，那两个人，就是跟咱们这些庄稼主儿不一样！

母亲呢，没有地种，像是丢了魂儿，整天跑到村口望自己家的地，慢慢地，那片地上打了地基，起了房，烟囱高高地耸立起来……这期间，我们家成了村里最富有的人家。父亲把我们家的房子推倒，翻盖成了楼房。楼体全镶了白瓷砖，还在楼顶上起了脊，看起来十分华丽。院子也扩了，父亲要把院子墁上花砖，种上花圃，母亲不同意。母亲说，我要种菜，我要在院子里种菜。父亲也不同意。父亲说，现在什么没地方买？非要自己种？那时候，我和弟弟全站在了父亲一边，我们好容易摆脱了泥腿子的生活，却又要把菜园子搬到自家的院子里？我们没想到，一向木讷、沉默的母亲丝毫不肯妥协，有一天早晨，我们看到母亲一个人扛了锄头，在我们家的院子里掘起了地，像是，如果不开辟一个菜园子给她，她就要把整个院子都掘一遍似的。

这样，父亲不得不做了让步，母亲这才有了自己的菜园子。十几年过去了，村里的人家都开始争相在自家院子里种菜，一是绿色无污染，二是好歹有个事情做，也能活动活动身体。母亲倒像有了先见之明似的。只有我知道，不是这样的。母亲这辈子只会种庄稼，她不像惠燕婶儿还会做买卖，没了地的母亲，除了一个菜园子，还能有什么呢？

没过半个月，在十三天头上，母亲说什么也不让我们回来住了。都好好上班去吧，谁也不许往回跑了！母亲很坚决。这个时候，我却不愿意回到城里了，总有些不放心似的。母亲说，有啥不放心的？我又不是个小孩子！想想看，母亲这一生也不是完全没有主张的，有一年，父亲去山西进酒，滞留到了太原，消息传来，母亲一个人带着钱去太原接父亲，回来的路上，他们遇到了劫匪，父亲头上被砍了一刀，母亲用自己的衣服为他包扎好，又以最快的速度把他送到了医院。但这样的事情，就像母亲喝农药自杀一样，在母亲的生命中只是昙花一现。是关系到父亲了吧，母亲瘦弱的身躯里才充满了非同一般的力量。这两件事情之外的母亲，木讷、沉默、忧郁。而且，又到了刮大风的时候。"三伏天，孩子脸"，这种季节，你永远也猜不到什么时候会忽然刮上一场大风。我问母亲，说不定哪天刮大风呢，你不怕？

母亲愣了一下，说，那也不能让你们天天住在这儿啊。你们都有车，路又不远，要是起了风，赶紧回来就行了。

　　也只好这样了。我和弟弟便回到了城里。我每天都会给母亲打个电话。电话中，除了问问母亲的衣食，仿佛也没有多少话可说，停顿一下，便问问菜园子里的菜，母亲很高兴我提出这个话题，她告诉我，萝卜苗出得很整齐，现在已茸毛一般了。然而，也终究只能探讨到这儿，说实在的，我对种菜并没有兴趣。有一天，在电话中，我忽然想跟母亲说，昨晚，我梦见父亲了，我张了张嘴，试了几试，终于没有说出来，而那个时候，我眼里已经噙满了泪花。

　　我怎么能在母亲面前提起我已经去世了的父亲呢？这不是徒惹她伤心吗？

　　可是，说实在的，自父亲去世后，我很少看到母亲伤心。父亲病重那段时间，我和弟弟在医院走廊里哭过很多次，可我很少见母亲掉泪。母亲只是木然地听任我们折腾，我们送父亲住院，转院，又一次住院，转院，母亲在后面跟着，像一个木偶。我和弟弟商量父亲后事的时候，母亲站在一旁，一言不发。我发了半天呆，给弟弟打电话，说了没两句，就哽咽了，弟弟很不耐烦，认为我小题大做，说，谁知道他们俩怎么回事？再说，咱娘不想咱爸，不是正好吗？省得咱们惦记！弟弟今年二十八岁，第二个孩子刚刚三个月大。我听到电话里传来孩子的哭声，急切，嘹亮。

　　弟弟毕竟年轻了点，家里也正热闹忙碌，他不像我一样，我已经四十岁了，一个孩子住校读高中，婚姻生活索然无味，便生出了探究父母这一辈婚姻生活真相的想法。父亲已经去世两个多月了，这期间，母亲一次也没有主动提到过父亲，一次都没有。我偶尔提起，重点也会落在"反正他扔下我们去了，我们得好好生活"上，劝诫的语气。实际上，我很想跟母亲说说父亲今生说的最后一句话，父亲今生喝的最后一口水，可是母亲好像并没有兴趣。我感觉到了这一点，心里酸涩难忍。我走在回乡下老家的路上，越想越觉得无趣，两个人共同生活了五十年，一个人去了，另一个人居然连一丝怀念都没有？这世界上，婚姻到底有什么意义？

　　菜园子里，绿色的小苗果然已破土而出，密密匝匝的，争先恐后的样子。母亲蹲在菜园子里，用皱皱巴巴的手，拈苗，小心翼翼的，真的像绣花一样，一旁的老人机里，咿咿呀呀地唱着河北梆子。夕阳余晖照到母亲身上，母亲灰白色的头发变得银光闪闪。母亲对这个菜园子，可真是用心啊。

　　今今回来啦？循着说话声，我抬起头，看到了前排房子上的惠燕婶儿。惠燕婶儿端着一个簸箕，躬着身，朝我笑着。晒东西？我问。惠燕婶儿说，是啊，晒点小甜枣。一会儿我给你拿过点来，你小时候就爱吃我家的小甜枣。我连忙推辞，惠燕婶儿笑了笑，蹲下去，忙活起来了。

　　惠燕婶儿家里有一棵枣树，是那种金丝小枣，甜得很。记忆中，她每年都会在房顶上晒小甜枣，小时候，我也确实常吃她家的小甜枣。稍微大点以后，不怎么吃了，但每年仍然见她端着簸箕在房顶上晒。搁到十来年前，这倒也不奇怪，那时候，家家户户都往房顶上晒东西。农户的房顶简直就是个大晒场呀，一场农忙下来，地里的收成就都上了房，必要经过风吹日晒，才能进屋。小麦、玉米、黄豆、花生、红薯，一年四季，总有东西往房顶上晒。惠燕婶儿也不例外，她不喜欢种地，但她喜欢往房顶上晒东西，除了那些农作物，她还晒小甜枣、柿子，有时候抹了袼褙，也晒在房顶上。地荒了之后，她没有农作物可晒了，村里人一麻袋一麻袋地往房顶上晒小麦，我母亲也站在自己家铺满了小麦的房顶上，朝她家光秃秃的房顶上看，嘴角挂着一抹笑。可没过几天，惠燕婶儿就出现在了他们家的房顶上，金黄的小麦也哗啦哗啦倒在了房顶上。之后，玉米、黄豆、红薯，别人晒什么，惠燕婶儿也晒什么。那些东西，明晃晃地告诉别人，瞧瞧，我们虽然不是在主家的地里长出来的，可我们现在就是主家的，我们在这儿呢。我们饱满着呢。惠燕婶儿是不服输呢。到了后来，她晒东西越来越讲究，还晒出了花样，她不知从哪儿弄了一个细铁丝架子，把白菜、蒜头、红薯一串串挂到架子上，每天，她都要爬到房顶上翻一翻这些东西。小时候，我对什么都好奇，觉得惠燕婶儿的细铁丝架子很高级，就缠着母亲，让她也找人做一个，母亲斥责我，花里胡哨的东西，没啥用！你怎么老待见这些东西？

　　土地被征用之后，村里人再也没有地可种了，房顶也自然闲了下来。惠燕婶儿家的房顶却依然如故。她不委屈自己，各种豆子、杂粮、米面，大葱、白菜、萝卜，该买都买，该晒的还会大明大亮地晒出来。有时候刷了鞋子，她也要晒到房顶上去。她站在房顶上四处望，东边一眼，西边一眼，最后会落到我们家院子里。她是要看看父亲的，也看看母亲，看看他们的生活。偶尔，她的目光会和我的目光相遇，我注意到这些时已经十五六岁了，照我们班主任的话说，我早熟。但我看不出惠燕婶儿的目光中有些什么，流连？惆怅？这个时候，我总感觉，惠燕婶儿就是一只鸟，一只飞在高处的鸟，可这只鸟却喜欢在低处盘旋。成年之后，我经常在网上晒图片，晒美食，晒风景，晒箴言，不管晒什么，晒的都是心情。而在我的印象中，这一切，在我的老家，有一位叫惠燕的女人老早就做过了，她在房顶上晒出来的各种什物，不是别的，也是她的心情。这一晒，就是三十多年。

如果说菜园子是母亲的阵地，那么，房顶就是惠燕婶儿的阵地。

过了一会儿，惠燕婶儿果然端着一盘子金丝小枣进了我家，我连忙接过来，往北屋里走，端着空盘子出来时，我看到母亲直起了腰身，跟惠燕婶儿说着什么，却也并没有从菜园子出来，一种冷淡的礼节般的应酬而已。接过盘子，惠燕婶儿讪讪地站了一瞬，就往外走，母亲仍然站在菜园子里，我便送了出去。

出了我们家门，走过三户人家，就要往她家那排拐了，我听到她说，你爸这一辈子，哎，我都不能想。

我没想到她会这么说，母亲尚不曾这么说，怎么就轮得上她了？我斜她一眼，说，我爸这一辈子怎么了？怎么就不能想？

惠燕婶儿觉出了自己的不妥，马上慌乱起来，说，你爸也没受多少罪，也享了你们姐弟俩的福了。说完，她逃也似的往前走去，身子扭动得很不自然，灰白的头发在阳光下非常刺眼。我脑海里冒出我坐在她装满货物的小推车上，跟着她一起东跑西颠的情景，那时候，我不过五六岁，对她的亲昵却仿佛天生地长得一般，那么自然。我们顺着蜿蜒曲折的小路往前走，路两旁全是金黄的麦子，空气中弥漫出庄稼成熟的气息。父亲从道路另一侧拉着大车走过来，他们站在路中央说话，这一切，仿佛就在昨日。

回到家，母亲已经从菜园子里出来了，正在柿子树下喝茶。

她跟你说啥了？母亲问，带着微微的恼火。

什么都没说。我答。

母亲很少提起惠燕婶儿，我想了想，这么长时间以来，这是母亲第一次在我面前提起惠燕婶儿。她称呼她为"她"。那天下午，母亲一边喝茶，一边跟我说这个，道那个，也多次说到了惠燕婶儿。不过，她仍然称呼她为"她"，好在，这个"她"夹杂在母亲并不复杂的交往圈里，我还是能分辨出来的。母亲气鼓鼓地说，这阵子，她常来。有时候和你淑萍大娘一起，有时候和老金秀一起。其实，我很讨厌她们。该我可怜她们，她们的老头都比你爸死得早。她们凭啥可怜我？撂下茶杯，母亲仿佛更加气愤了，说，尤其是她，整天来，献的哪门子殷勤？那天，还给我拿来一把黑豆，我稀罕她那个？我惊讶地看着母亲，失去了父亲的母亲，仿佛变了一个人，独立了，身上也长了刺儿。又一转念，心一下子宽慰了许多，一个仍有斗志的人，内心一定充满了力量，母亲是不必担心的了，不管她的斗志是针对谁。是啊，三十多年的恩怨纠葛，岂会一朝消弭？

只是我仍然对母亲心怀不满，她没有提起我死去的父亲。我这回回去，一是为了看望母亲，另一个是想和母亲说说父亲，可母亲没有提，一个字都没提。母亲不提，我就不能提。我一边往回走，一边在心里委屈，又愤怒，还很诧异。天渐渐暗了，城市的灯火次第升了起来，远的，近的，全是璀璨的光圈。父亲、母亲和惠燕婶儿，慢慢地，在我眼前一点点清晰，又一点点模糊，长到四十岁，我却仍然有许多事情看不清楚，有关一个已经去世了的男人，有关两个寸土必争的女人，以及在他们三个人之间存在过的一切，像被灯火照亮的影子，倏忽而逝，让我难以辨析。

时间过得很快，我和弟弟整天担心的暴风雨一次也没有来，夏天就要过去了。我觉得这是老天爷对母亲的体恤。这样，我和弟弟就再也没有在乡下老家住过。对母亲，我也渐渐放了心。电话仍是常打，母亲在电话中告诉我，菜园子里的蔬菜们都长成了个儿，萝卜在地面上露出了点白皮，白菜呢，绿莹莹的，铺散着棵子，也快长心了。大葱，更是长得好，比手指头还粗。母亲还说，阳光好的时候，她会到村里溜达溜达，她以前不喜欢出门，现在不行了，不出门这一天都不知道怎么打发。村里的大街口经常坐满了人。母亲说，都是死了老头的。数一数，光咱们后街，就有十三个。老女人们坐在一起，说说笑笑，一天也就过去了。哪十三个？会有那么多？我问母亲。母亲就给我数，淑萍大娘、老金秀、波兰婶儿、强子娘……还差一个呢。我说。母亲又数了一遍，老金秀、波兰婶儿、强子娘、淑萍大娘……数来数去，终究数不对。我知道，母亲不愿意说出惠燕婶儿这个名字。

这些人，成了一个特殊的群体。无论她们过去的生活中，都有些什么，或者艰辛，或者贫穷，或者跋扈，或者富有，她们现在，是一样的了。一个个满头白发，一个个风尘密布，一个个孤孤单单。她们中的一大部分人，都有子女在城里，可她们不愿意去城里，宁肯一个人生活在村子里。她们知道这个村里每个人家的故事，自己的故事放进去，也就并不显得多么凄凉。临近中午，她们中的一个会提议，该回家做饭了，其余的人便会纷纷起身，三拐两拐走到自己家里，熬上一碗粥，然后，对着空空的墙壁，吃下去。有时候，她们也会豁达起来，赌气似的，嚷嚷着，一个人怎么了？一个人也得吃饺子！走，割肉去！也便有两三个人迟疑着被她拉起来，一起到小卖铺里割了肉。对于她们，生活多余的赘物都被剥离了，只剩了一日三餐。这一日三餐是如此重要，该喝粥的时候喝粥，该吃饺子的时候就得吃饺子，那些酸甜苦辣，该有的，都要有。

秋天来临的时候，距离父亲去世快三个月了，我对母亲，也完全放了心。直到那个夜晚的来临。

风是夜里十点多刮起来的，之前没有任何征兆，说刮就刮，而且，越刮越大。我给弟弟打电话，是弟妹接的，说弟弟醉倒了，猪一般，怎么都叫不醒，晚饭都没有吃。窗外的树枝摇来晃去，忽而要折了似的完全匍匐了下去，紧接着，又翻了过来，朝相反的方向倒下去，声音也愈来愈大，屏息听起来，像是鞭子抽打在大地上。我心急如焚，丈夫出差三天了，我还不会开车。这种夜黑风高的天气，也没办法骑电动车。母亲怎么办？都已经过了风狂雨骤的季节了，怎么又来了这么大的风？我给母亲打电话，母亲接了，只说了一句话，不能接电话！就挂掉了。雷还没有响，母亲就不敢接电话了。母亲一定又缩到了床角，身上拥着被子，一双眼睛里射出恐惧的光，外头的大风却丝毫不怜悯一个孤独的老人，一阵比一阵肆虐地发泄着对这个世界的不满和愤怒。

可我去不了，我陪不了母亲。我呆呆地坐在窗前，一遍遍刷着手机，天气预报说明日风就会停，天气预报说今天的风是6至7级。不过十分钟后，除了大风，雨也哗哗下了起来。我又给母亲拨了个电话，已经关了机。在屋里转悠了一阵儿，我躺到了床上，睡不着，胡乱翻起了书。后来，我迷迷糊糊睡着了。不知道过了多久，一个激灵，我从梦中惊醒，之后，便再也难以入眠。窗外的风小了很多，雨也慢了。母亲熬过了这几个钟头，现在，是不是平静了些呢？也或者家里只有她一个人，她仍陷在无尽的恐惧之中？

我这么胡思乱想着，好容易熬到了凌晨五点钟，外面风声已息，雨也停了，天光也已放亮，我长舒了一口气，把电话打了过去，电话嘟嘟响了两声，母亲接了。

喂——，母亲的声音传过来，听起来很平静，好像并没有什么异常。

我有些诧异，问，你在哪儿？

母亲说，你猜我在哪儿？母亲居然还有心情开玩笑，声音里甚至还含有一丝兴奋。

在哪儿？我惊诧极了。

母亲说，我在你惠燕婶儿家呢。昨晚我在她家睡的。现在刚起来，往咱家走呢，也不知道菜园子里的菜都成什么样了。

我简直不敢相信自己的耳朵，迟疑半晌，我又问了一遍，你在哪儿？

这回，母亲有些不好意思了，说，在哪儿？在你惠燕婶儿家呢。昨晚我害怕，就跑到你惠燕婶儿家睡去了。她家也就她一个人。我们说了一晚上的话。

我愈加惊奇，眼珠子都要蹦出来了，问，你们都说了些什么？

过去的事呗。母亲淡淡地说。接着声音又高了起来，我不跟你说了，到咱家了，我去看看咱家的菜！你也不用回来，我没事，一点事都没有！

我是下午回去的。单位里上午忙，再说，电话里，母亲的声音没有任何异常。但就是这种不异常让我觉得难以理解。一上午，我都陷在深深的迷惑之中，我没法想象，两个各有阵地、寸土不让的女人是如何睡在一张床上的。即使她们是同一个特殊的群体里的两个，她们也没有理由睡在同一张床上。

我从街口看到了这个群体。刚刚被风雨冲刷过的大街很干净，阳光更是明朗，慷慨地照射着一切，大街口坐着的女人们脸上都有一片光晕，她们并排坐在一起，中间留出来一尺宽的缝儿。淑萍大娘、老金秀、强子娘……有七八个。母亲在最东头坐着，像是一个微弱的尾巴。她终究跟她们有些不一样，她是最末一个加入这个群体中的，况且，父亲在世的时候，母亲并不喜欢出门，她跟村里人的交往很少，现在夹杂在这个群体中，母亲显得羞涩，不自然。惠燕婶儿呢，在最西头，也就是最靠近马路的这头，她的丈夫死得最早，她像是个领头的。事实上，依惠燕婶儿爱说爱笑的性格，她一定是喜欢坐在最西头的。现在，最西头的阳光最好。

我从这个群体中领回母亲。

母亲看到我，自然是高兴的。母亲走在我旁边，说，我刚才就要走，她们不让。我想着得收拾菜园子里的菜了。进了家，我看到，菜园子比父亲下葬那几天被损毁的还要严重，已完全不像个样子了。一排葱东倒西歪的，白菜像被踩了似的，一片片叶子全烂在了泥地里，萝卜缨子全折了，只剩了露出土地面儿的那点白萝卜。风神发怒了！我辛辛苦苦种了几个月的菜，快要被毁完了。母亲说。

正说着，门吱扭一声响，惠燕婶儿推门进来了。母亲见到惠燕婶儿，好像有些不好意思，愣了一下，把刚说过的话又说了一遍，我辛辛苦苦种的菜，快要被毁完了。惠燕婶儿仿佛也有些不好意思，接过话来说，没那么严重，白菜和萝卜，慢慢就又长起来了。母亲笑笑，进了菜园子，弯下腰，开始捡拾那些折掉的萝卜缨子。躲进了菜园子里的母亲，是有资格不说话的。我怕惠燕婶儿窘，正要开口，母亲扭过头来，看着我说，你爸最爱吃萝卜缨子蒸出来的包子。我每年都会给他蒸，不过用的都是收了萝卜的缨子，又老又干。现在好了，刮了这场大风，萝卜缨子全折了，能给你爸蒸一顿又嫩又香的包子了。

这是母亲第一次提到父亲，我的眼眶里立刻涌出了泪水。母亲浑然不觉，接着说下去，明天就是你爸的百天忌日。我蒸好包子，你给他送过去。我怕自己哭出声来，点了点头，赶紧往北屋走，迎面遇上惠燕婶儿亮晶晶湿漉漉的眼神，只一瞬，她就低下了头，帮母亲捡起了萝卜缨子。我忽然感觉到，跟我一样，她也是想听母亲提起父亲的，也许她隔三岔五就和别的女人一起来找母亲，是想听母亲提起父亲来的吧。

再出来时，萝卜缨子已被整整齐齐码在了洗菜盆里，几瓢净水浇下去，萝卜缨子翠绿翠绿的，很是新鲜。母亲又把葱拔下来，剥掉老叶子，理顺好，打了捆，然后递给惠燕婶儿一捆，惠燕婶儿当仁不让，脸上带着笑，手里拎着那捆葱，出了我们家门。

不一会儿，我在院子里看到了房顶上的惠燕婶儿，她把从我们家拿走的那捆葱运到了房顶上，晾晒了出来。她站在房顶上，朝我们家院子里张望，还冲着我们笑，母亲也便抬头笑。她说，你瞧瞧你家这大楼房，楼顶上还起了脊，哪有地方晒东西？不行也拿到我家房顶上来晒吧。我保准不偷吃！你给我的我还吃不清呢。她咯咯笑。母亲说，不用，不用，我们家有地方晒，这么大的院子呢。等惠燕婶儿转过身蹲下来，母亲狡黠地小声对我说，我怎么会去她家晒东西？

我说，你还去人家睡了呢。

母亲立刻不好意思起来，说，一码是一码。

我趁势问，你怎么就想到去人家睡了呢？

母亲更加不好意思起来，说，你问这个干啥？我都七老八十了，啥事情都要向你报告吗？

我不死心，又问，你们昨晚都说了些什么？

母亲有些惊讶我又一次提出这个问题，不耐烦地说，我不是说过了吗，说过去的事呗，还能说啥？

过去的事。四个字挡住了我寻求真相的脚步。我知道，我从母亲嘴里再也问不出什么来了。昨晚那场大风，像是母亲生命中又一次昙花一现，然而，开过花后，一切都会有所不同。呼啸的大风中，母亲即使要去寻找一处庇护所，也有众多可选择的余地，淑萍大娘、老金秀、强子娘……其中，老金秀家跟我们家是一排，只隔了一户人家。母亲为什么要在狂风骤雨中穿过三户人家，拐个弯，跑到前排的惠燕婶儿家呢？母亲缩在床脚，一脸恐惧的时候，是不是想起了父亲？他们也是有过好日子的。然而，我也知道，因了父亲，母亲和惠燕婶儿各自的阵地也许一辈子都不会消失，但昨晚那场大风，还是让我感激这个世界，感激生命对漫长岁月的那种顺从。

以后再刮风怎么办？我一边帮母亲洗菜，一边问母亲，带着一点戏谑。母亲觉察到了我的语气，却仿佛并不在意，说，她说以后要是刮风，还让我去她家，你说我去不去？母亲俨然又成了一个没主意的孩子。然后，我和母亲不约而同抬起了头，天空一片湛蓝，飘过朵朵白云。